Robin G. Nightingale

Firmenhure

Passion Publishing

Impressum

Passion Publishing Ltd.
Postfach 11 28
D-53621 Königswinter

Autor: Robin G. Nightingale

Satz und Layout: Hilga Pauli

Titelbild: © Roman Kasperski www.RomanKasperski.de

Umschlagentwurf: Ralph Handmann

Printed in Germany

Vertrieb: VSB, Georg-Westermann-Allee 66, 38104 Braunschweig

ISBN: 978-3-939907-24-4

VSB-Titelnummer: 3000233

Bestellhotline: 01805/708709
Bestellfax: 0531/708601

www.passion-publishing.de

Robin G. Nightingale

Firmenhure

Als Samanthas Finger über ihre Brüste glitten, war das einzige, woran Karen denken konnte, wie verrückt das alles war.

Unwillkürlich musste sie kichern.

Mit einem spitzbübischen Augenaufschlag sah Samantha, deren Blicke zuvor nur Karens Brüsten gegolten hatten, wieder hoch in ihr Gesicht.

„Was ist so lustig?“ fragte sie mit diesem sahnigen Tonfall in der Stimme, der Karen in diesen Minuten direkt zwischen die Schenkel rann.

„Es ist ...“ Karen konnte ein weiteres Kichern nicht unterdrücken, ... entschuldige, es ist nur so völlig unbekannt für mich ... ich bin eigentlich nicht lesbisch, weißt du ...“

Samanthas Fingerkuppen schlichen jetzt zu Karens Halsbeuge empor. Karen spürte, wie ihr heißkalte Schauer durch den gesamten Körper fuhren.

„Dann kann es sein“, hauchte Samantha in Karens Ohr, ihre Haut nur Millimeter von Karen entfernt, „dass du all die Jahre etwas ganz Besonderes verpasst hast.“

Karen war schon seit einiger Zeit nicht mehr in der Lage, einen wirklich klaren Gedanken zu fassen. Alles wirbelte und tanzte in ihrem Kopf. Immer wieder blitzte in ihr auf, wie verrückt dieser Abend war. Seit ihrer Pubertät war sie immer nur mit Männern im Bett gewesen. Sogar jetzt hatte sie einen festen Freund, auch wenn der wegen einer Geschäftsreise gerade im Ausland unterwegs war. Für Frank gehörte eine steile berufliche Karriere genauso zu seinem Lebensplan wie für Karen, und sie hatten sich immer wieder mal gegenseitig angespornt, waren in eine Art freundschaftlichen Wettbewerb miteinander getreten. Dabei war Frank völlig klar, dass es für Karen als Frau immer noch zumindest ein wenig schwieriger war, in ihrer Firma eine Führungsrolle mit vergleichbarem Rang einzunehmen wie für ihn in seiner. Du lieber Gott, durchfuhr es Karen, was ihre Kollegen und Vorgesetzten wohl von ihr denken würden, wenn sie wüssten, dass sie sich gerade, trotz ihrer festen und stabilen Beziehung mit Frank, in den Armen einer anderen Frau befand, die sie an diesem Abend erst kennengelernt hatte.

Das wäre ein ordentlicher Skandal und ihrer Karriere alles andere als förderlich, war Karen klar, und wieder musste sie kichern.

Eine wildfremde Frau, die sie wenige Stunden zuvor in einer Schickimicki-Bar aufgegabelt hatte.

Karen wurde schwindelig, und sie spürte, dass ihre Beine zunehmend zu Butter wurden. Samanthas kundige Berührungen raubten ihr schier den Atem. Sie wankte zurück, suchte nach einem Ort, auf den sie niedersinken konnte – ein Bett wäre am besten gewesen ... Leider hatte sie keine Ahnung, wo sich in Samanthas Wohnung das Schlafzimmer befand.

Samantha hatte aber offensichtlich bereits bemerkt, dass Karen sich nur noch mit Mühe auf den Beinen halten konnte, und dirigierte sie hinüber zu einer mattgrauen Ledercouch, die sich schräg hinter Karen befunden hatte. Karen hatte jeden Überblick verloren. Der gesamte Raum drehte sich um sie. Plötzlich war Samantha von einem Moment zum anderen verschwunden, als ob sie sich in Luft aufgelöst hatte. Karen zwinkerte irritiert, stellte dann aber erheitert fest, dass Samantha lediglich vor ihr in die Knie gegangen war und ihr nach dem Rock, der zuvor schon gefallen war, jetzt auch noch den Slip herunterzog.

Dann schwankte Karen völlig nackt im Raum, nackt bis auf ihre Fuck-me-Pumps, wie sie ihre Stöckelschuhe nannte, auf deren Absätzen es ihr momentan immer schwerer fiel, das Gleichgewicht zu behalten.

Mit einer lasziven Bewegung schleuderte Samantha, ebenfalls nackt, ohne dass Karen genau mitbekommen hatte, wie das geschehen war, Karens Slip beiseite. Dann begab sie sich in einer halb sitzenden, halb liegenden Stellung auf die Couch, spreizte ihre Beine und winkte Karen lächelnd zu sich heran.

Karen kippte nach vorne, fand nicht mehr ausreichend Platz auf der Couch, und sank so fast ein wenig unfreiwillig vor Samantha auf die Knie.

Die rutschte ein wenig nach vorne, so dass sich ihr Schoß jetzt dicht vor Karens Gesicht befand. „Ja" flüsterte sie. „Das ist eine gute Idee. Leck mich, meine Kleine."

Unwillkürlich schreckte Karen jetzt doch einen Moment lang zurück. Nachdem sie noch nie zuvor eine Frau geleckt hatte, verwirrte es sie nicht wenig, sich plötzlich in dieser Situation wiederzufinden. Ihre Gedanken waren noch immer eine einzige trübe Brühe, und sie hatte den Eindruck, eher wie eine Marionette an unsichtbaren Fäden geführt zu werden als selbst darüber entscheiden zu können, was sie tat.

So auch jetzt. Normalerweise hätte sie großen Wert darauf gelegt, ihr erstes lesbisches Abenteuer bei so klarem Kopf wie möglich zu erleben. Stattdessen kniete sie nun vor einer ihr weitgehend unbekannten Frau, die sich lasziv auf dieser Couch räkelte. Ihre Beine fühlten sich immer noch an, als bestünden sie aus Pudding, und sie hätte gar nicht mehr die Kraft gehabt, sich wieder in die Höhe zu stemmen. Samantha blickte erwartungsvoll zu ihr herunter. Und nicht zuletzt war Karen selbst mittlerweile auch ausgesprochen erregt.

„Was ist los?“ hörte sie Samantha fragen.

Ihr kam keine einzige vernünftige Antwort in den Sinn. Samanthas erwartungsvoller Blick ruhte immer noch auf ihr, schien sie geradezu nach vorne zu ziehen.

Also gab Karen schließlich nach, beugte sich vor, versenkte ihren Kopf zwischen Samanthas Schenkel und begann zu lecken.

Samanthas Stöhnen wurde heftiger und ihr Schoß spürbar feuchter. Sie packte Karens Kopf und zog ihn noch näher an sich heran. Karen fühlte, wie der Körper ihrer neuen Bekanntschaft unter ihr erbebte. Auch das trug zu ihrer eigenen Erregung bei. Zugleich spürte sie einen absurden Stolz in sich aufsteigen, dass sie einer anderen Frau gleich bei ihrem ersten Cunnilingus eine derartige Lust bereiten konnte.

Es dauerte nicht sehr lange und Samantha kam. In heftigen Zuckungen umklammerten ihre Schenkel Karens Kopf. Ihr Oberkörper flog hin und her wie ein Schilfrohr im Sturm.

Als sie wieder zur Ruhe gekommen war, schien sie einen Rollentausch für eine gute Idee zu halten. Also zog sie Karen zu sich herauf auf die Couch und glitt fast gleichzeitig neben ihr zu Boden. Karens Beine wurden auseinandergeschoben, dann spürte sie Samanthas Zunge in ihrer intimsten Region.

Wenig später kam schließlich auch Karen. So heftig wie schon lange nicht. Die Stöhnlaute, die ihr entfuhren, waren kleine Schreie – und das, obwohl sie sich normalerweise im Bett genauso kontrolliert verhielt wie im Job – ihr Rücken beugte sich einmal durch, mehrmals, ihre Augen verdrehten sich hin zur Zimmerdecke und ihre Fingernägel gruben sich in das graue Leder der Couch.

Dann verlor sie sogar das Bewusstsein.

Als sie es zurückerlangte, befand sie sich ganz woanders.

Noch verwirrter als zuvor, gelang es ihr nur mit Mühe, die Augen zu öffnen. Ihre Orientierungslosigkeit war jetzt komplett. Sie befand sich halb zusammengekauert auf der Rückbank eines Wagens. Wie sie mit einigen schnellen, ängstlichen Berührungen feststellte, trug sie jetzt wieder ihre Kleidung am Leibe. An den Fensterscheiben rannen Sturzbäche von Regen herab.

„Was ..." brachte sie mit schwerer Stimme hervor. „Wo...?"

„Es ist alles in Ordnung" hörte sie von vorne Samanthas beruhigende Stimme. „Ich bringe dich jetzt nach Hause."

Nach Hause. Natürlich, dachte Karen schläfrig. Die Party war vorbei und jetzt ging es wieder nach Hause. Wie nett das von ihrer neuen Freundin doch war. Beruhigt ließ Karen ihren Kopf auf die Brust sinken. Wenige Augenblicke später versank sie wieder in einem tiefen Schlaf.

Das nächste Mal erwachte sie mit pochendem Schädel in ihrem eigenen Bett. Blendende Sonnenstrahlen fielen auf ihr Gesicht. Sie zwinkerte, zog eine verärgerte Grimasse und hob schützend einen Arm vor die Augen. Normalerweise dachte sie abends daran, den Rolladen herunterzulassen, damit genau das nicht passierte. Ihr Schlafzimmerfenster ging nach Osten und es gab keinen Baum und kein Gebäude, das der hellen Morgensonne schützend im Weg stand. Karen hasste es, an Frühsommertagen wie diesen schon um fünf oder halb sechs, jedenfalls noch fast mitten in der Nacht, aus dem Schlaf gerissen zu werden. Ihre Führungsposition machte es oft genug notwendig, dass sie bis in den späten Abend hinein in der Firma blieb; da wollte sie morgens wenigstens so lange ausschlafen, wie es irgend ging.

Stöhnend rollte sie sich auf die Seite und warf mit zusammengekniffenen Augen einen Blick auf den Radiowecker, der auf ihrem Nachttisch stand.

14:20 glühten ihr die roten Zahlen entgegen.

Karen fuhr in die Höhe.

Augenblicklich walte auch der hämmernde Schmerz in ihrem Kopf wieder auf. Auf einen Arm gestützt erstarrte sie in der Bewegung.

War ihre Uhr kaputt? Es konnte doch unmöglich schon kurz vor halb drei am Nachmittag sein!

Plötzlich stellte Karen fest, dass sie nichts an hatte. Normalerweise trug sie im Bett ein kurzärmeliges Nachthemd, jetzt aber lag sie splitternackt unter der Decke. Ihr Blick flog im Raum herum und entdeckte schließlich ihr ordentlich zusammengelegtes Business-Kostüm und ihre Unterwäsche auf einem Stuhl.

Hatte sie die so zusammengefaltet? Normalerweise war sie in ihren eigenen vier Räumen nicht so ordentlich.

Aber die Frage, die noch viel brennender war, lautete: Wurde sie seit über fünf Stünden im Büro erwartet, und keiner dort hatte eine Ahnung, wo sie steckte? Worauf sofort die nächste Frage hochloderte: Sollte sie jetzt sofort unter die Dusche stürmen ... mit einem kleinen Umweg über ihr Medikamentenschränkchen vielleicht ... oder lieber anrufen und sich verspätet krank melden? Aber vielleicht war sie ja krank? Wie war das überhaupt möglich, dass die Morgensonne ... die mittlerweile längst eine Mittagsonne geworden war ... in ihr Zimmer strahlte und dass sie, Karen, trotzdem die ganze Zeit über bewusstlos dagelegen hatte wie eine Tote? Was hatte sie gestern Abend überhaupt angestellt? Hatte sie irgendwo mehr getrunken, als gut für sie gewesen war?

Leider konnte sie sich nur sehr nebelhaft erinnern. Sie war noch wegen irgendeiner Sache in der Firma gewesen ... richtig, mit den Abrechnungen hatte etwas Wesentliches nicht gestimmt ... und war danach noch in einer Bar versackt. Dort hatte sie eine nette junge Frau kennengelernt, blond, sehr lebhaft ... und dann? Dunkel erinnerte sie sich noch daran, sie nach Hause begleitet zu haben. Aber selbst hier war sie sich nicht mehr sicher, was vielleicht Teil ihrer Träume und was Wirklichkeit gewesen war.

Ihr hämmernder Schädel machte ihr das Denken auch nicht gerade einfach.

Sie schlug die Bettdecke zurück, stemmte sich vorsichtig in die Höhe und tappte durchs Zimmer zu dem Schrank hinüber, in dem sie ihre Medikamente verstaut hatte. Dort nahm sie ein Fläschchen Dolormin heraus und verließ ihr Schlafzimmer, um in die Küche zu tappen und sich ein

Glas Wasser einzuschenken.

Auf dem Küchentisch sah sie die Zeitung von gestern liegen. Vom Samstag, dem 19. Mai.

Was im Klartext bedeutete ... reimte sie sich fast beängstigend langsam zusammen ... dass heute Sonntag war.

Ihre leichte Panik, schon seit mehreren Stunden unentschuldigt auf ihrem Arbeitsplatz zu fehlen, ließ nach. Degenhardt, ihr Vorgesetzter, verstand in solchen Dingen wenig Spaß. Gut, manchmal war es sinnvoll, dass Karen auch sonntags wenigstens kurz in der Firma aufkreuzte, aber ob das heute auch so war, das musste sie sich noch einmal in Ruhe durch den Kopf gehen lassen. Sobald dieser etwas klarer geworden war. Sie ließ ein Glas vollaufen, warf sich dann die Dolormin-Tabletten in den Mund und schluckte sie mit dem Wasser hinunter.

Dabei stellte sie fest, wie sehr ihr Magen knurrte.

Kein Wunder. Sie musste seit bald 24 Stunden nichts mehr gegessen haben.

Sie war selbst schon ein wenig entnervt davon, wie sie an diesem Tag von einem Gedanken zum anderen sprang, aber es war klar, dass sie dringend etwas essen musste. Und sie hatte nicht viel im Haus. Normalerweise frühstückte sie zwar ausgiebig, aber den Rest des Tages verbrachte sie in der Firma, und selbst da überging sie das Essen häufig. Was immerhin den Vorteil hatte, dass sie, obwohl sie wenig Sport trieb, immer noch sehr schlank war. Und das sollte ihr erlauben, wenigstens heute ein wenig zu sündigen.

Sie griff zum Hörer und trat damit an ihre Pinnwand, an der unter anderem eine kleine Speisekarte samt Telefonnummer der nächsten Pizzeria befestigt war. Dort orderte sie eine kleine „Diavola“ und erkundigte sich, wie lange es wohl dauern würde, bis die Pizza bei ihr eintraf. Zwanzig Minuten. Das ließ ihr genug Zeit, unter die Dusche zu springen und sich anzuziehen.

Als sie sich eine halbe Stunde später hungrig über die Pizza hermachte, war ihr Kopf schon viel klarer geworden. Sie konnte sich an weite Teile des gestrigen Tages wieder deutlich erinnern. Ihr Filmriss begann irgendwann in dieser Szenekneipe, als sie sich bei ein paar Cocktails mit ihrer neuen Bekannten gegönnt hatte. Aber was war dann passiert? Hatte sie irgendwann zu einem härteren Getränk gegriffen, als gut für sie gewesen war? Und wie war sie dann nach Hause gekommen?

Das etwas Unheimliche war wirklich die Art, wie sorgfältig ihre Kleidungsstücke von gestern gefaltet worden waren. Wenn sie hackedicht in ihre Wohnung gestolpert wäre, dann hätte sie sich doch nur das Nötigste vom Körper gestreift und wäre mit dem Rest noch ins Bett gefallen? Zumindest war das ihre Theorie: Karen hatte mit Alkoholexzessen keine Erfahrung und konnte nur raten, wie sie sich in einer solchen Situation verhalten würde. Aber der ordentliche Umgang mit ihren Klamotten wies darauf hin, dass sich jemand mit einem sehr klaren Bewusstsein darum gekümmert hatte. War sie also von ihrer neuen Bekannten – Karen kam nicht einmal mehr auf den Namen – in ihre Wohnung begleitet worden, und war die andere weit weniger angeschickert gewesen?

Sie ging noch einmal ins Schlafzimmer zurück und schaute nach, ob ihre neue Bekannte vielleicht irgendwo einen Zettel hinterlassen hatte. Aber da war nichts zu finden. Gut, dachte Karen bei sich, vielleicht hatten sie ja ihre Telefonnummern ausgetauscht und die andere war nur noch nicht zu einem Anruf gekommen, weil sie heute unterwegs war. Oder sie glaubte, Karen würde sich an alles erinnern. Oder sie nahm das alles nicht so wichtig. Oder aber, sie war so angeekelt davon, dass Karen nach ein paar Cocktails bereits blau wie eine Haubitze war, dass sie auf einen weiteren Kontakt keinen Wert mehr legte.

Das alles schienen doch ganz gute Erklärungen zu sein. Allerdings wäre es Karen lieber gewesen, das Ganze wäre erst gar nicht passiert. Bei der bloßen Vorstellung, einer ihrer Kollegen oder gar Vorgesetzten aus der Firma hätte sie zufällig gesehen, als sie betrunken durch die Gegend wankte, verzog sie schamerfüllt das Gesicht.

In ihrer Position war es wichtig, die Selbstkontrolle immer aufrechtzuerhalten.

Sie warf einen erneuten Blick auf die Uhr. Kurz vor vier. Nein, in der Firma wollte sie heute nicht noch mal vorbeischauen. Alles, was da möglicherweise noch anlag, musste Zeit haben bis morgen. Statt dessen setzte sie sich lieber an ihren Laptop und schickte eine Mail an Thomas in

Stockholm, um sich zu erkundigen, ob er an diesem Abend Lust und Zeit hätte, via Skype ein wenig mit ihr zu plaudern. Während sie auf eine Antwort wartete, ging sie noch ein paar Unterlagen durch, die sie am vorigen Tag aus der Firma mitgenommen hatte.

Plötzlich runzelte sie irritiert die Stirn.

„Herr Finke, könnten Sie bitte für einen Augenblick in mein Büro kommen?" sprach sie am nächsten Morgen in den Telefonhörer. Vor ihr auf ihrem Schreibtisch lagen dieselben Dokumente, bei denen ihr am Tag zuvor die Unstimmigkeiten aufgefallen waren. Und jetzt, nach einer geruhsam durchgeschlafenen Nacht, war ihr Kopf absolut klar und ihre Gedanken von keinerlei etwaigen Nachwirkungen von Alkoholika getrübt. Woher diese Unstimmigkeiten rührten, verstand sie trotzdem nicht.

Sie lehnte sich zurück in ihren hohen drehbaren Ledersessel und ließ den Blick nach draußen schweifen. Der Himmel war weitgehend wolkenlos, und ein angenehmer Frühsommertag kündigte sich an.

Wenige Minuten später erschien Martin Finke in ihrer Bürotür. „Guten Morgen, Frau Weißgerber" begrüßte er sie. „Was gibt es denn?"

Ihr sehr jugendlich wirkender Mitarbeiter war ein paar Jahre länger bei Ekineba International als sie. Karen war vor ein paar Jahren als Quereinsteigerin dorthin gekommen, nachdem sie sich nach einem Studium der Betriebswirtschaft an der Frankfurter Börse die ersten Sporen verdient hatte und schließlich von einem Headhunter entdeckt worden war. In ihren ersten Wochen als Führungskraft war es ihr richtiggehend befremdlich vorgekommen, dass ihre Mitarbeiter, die teils älter waren als sie, sichtlich nervös wirkten, wenn sie zu ihr gerufen wurden und für verschiedene Vorgänge Rede und Antwort zu stehen hatten. Aber im Laufe der Zeit hatte Karen sich daran gewöhnt. Finke, ein rotblonder, in Karens Augen recht hübscher Mann Ende zwanzig war immer wieder besonders eilfertig und bemüht, alles zu ihrer Zufriedenheit zu erledigen. Auch wenn er damit manchmal etwas übereifrig erschien, wusste Karen sein Engagement sehr zu schätzen und konnte sich für ihn durchaus eine ansehnliche berufliche Karriere vorstellen.

„Guten Morgen, Herr Finke“, grüßte sie freundlich zurück. „Ich habe hier ein paar Probleme mit Ihrem Fact Sheet. Schauen Sie bitte einmal?“ Sie schob ihm die Unterlagen hinüber, auf denen sie einige Zahlen mit Bleistift umkringelt und daneben ein Fragezeichen gesetzt hatte. „Diese Zahlen hier stimmen nicht mit denen aus dem aktuellen Monatsbericht überein.“

Finke stutzte und beugte sich über die Papierbögen. Sein Blick flog von einem zum anderen, schließlich nahm er die Finger zur Hilfe, um nicht in der Spalte zu verrutschen. „Das ist seltsam ...“ murmelte er.

„Nicht wahr? Das dachte ich mir gestern auch, als ich über die Sheets noch mal drübergeschaut habe.“

„Also aus dem Stand kann ich mir leider nicht erklären, warum die Beträge hier voneinander abweichen ...“

„Von wem haben sie Ihre Zahlen denn?“

„Von Herrn Hagen. Deshalb müssten sie eigentlich stimmen.“ Er deutete zum Telefon. „Vielleicht hat er ja eine ganz einfache Erklärung für diese Diskrepanz.“

Karen schüttelte den Kopf und unterdrückte einen Seufzer. Armin Hagen würde sich die Zahlen ansehen müssen, aber er war bei weitem schwieriger als Finke. Beispielsweise ließ er sich nur allzu gern seine Einstellung anmerken, dass eine Frau in der kalten, manchmal brutalen Welt der Hochfinanz wenig verloren hatte. Wobei er, und das fand Karen besonders heuchlerisch, solange es sich um seine Mitarbeiterin Diana Birkenau handelte, mit der er offenkundig auch privat etwas laufen hatte, die Dinge völlig anders sah. Allerdings war die, anders als Karen, nur Hagens Kollegin und nicht seine Vorgesetzte. Und nicht zuletzt hatte die Birkenau, die von mehreren Angestellten der Firma heimlich „die Eishexe“ genannt wurde, vermutlich auch mehr Biss als die meisten Männer, die Karen in diesem Beruf kennengelernt hatte. Sie und Hagen passten erschreckend gut zueinander, musste sie zugeben.

Sie raffte die Unterlagen zusammen. „Ich gehe mal zu ihm rüber und zeige sie ihm. Kann sein, dass er das alles auf seinem PC gegenchecken muss.“

Finke nickte. „Kann ich Ihnen solange noch irgendwie behilflich sein in dieser Angelegenheit?“

„Ich glaube nicht. Wenn noch was sein sollte, melde ich mich. Vielen Dank einstweilen." Damit marschierte sie aus ihrem Büro, den Gang hinunter, warf einen Blick in Richtung Aufzüge und weil keiner zufällig offen war, lief sie rasch die Stufen hinunter zu dem Stockwerk unter ihrem.

Auf halber Treppe kam ihr Spinella entgegen, ein Kollege, dem gegenüber sie sehr gemischte Gefühle empfand. Eigentlich war er sympathisch und immer freundlich, nur hatte er sich vor wenigen Jahren ein wenig in sie verschossen, was er ihr eines Tages bei einem Betriebsausflug unbedingt mitteilen musste. Sie war damals noch solo gewesen und hatte kurz überlegt, ob sie mit ihm etwas anfangen sollte, sich dann aber nicht zuletzt deshalb dagegen entschieden, weil sie vermeiden wollte, dass eine Liaison am Arbeitsplatz mit all ihren Höhen und Tiefen Anlass für Firmengetuschel sein würde. Spinella war mit ihrer Zurückweisung nach außen hin recht gut umgegangen. Bei einem späteren Gespräch hatte er ihr anvertraut, seine damaligen Gefühle wären wohl auch weniger Liebe als Lust, also rein körperlich bedingte Zuneigung gewesen, schließlich sei sie ja alles andere als unattraktiv. Danach kam nichts mehr, aber trotzdem fühlte Karen sich bei jeder Begegnung mit diesem Kollegen bis heute ein klein wenig unbehaglich. Möglicherweise ging es ihm ähnlich.

Auch diese Begegnung überspielten sie beide genauso wie fast jede andere: Sie lächelten einander kurz zu, ohne etwas zu sagen, und gingen dann aneinander vorbei.

So gelangte Karen schließlich in den unteren Flur, an dessen Ende linker Hand Hagens Büro lag. Die Tür stand offen. Sie hörte ein helles Frauenlachen und verdrehte fast unwillkürlich die Augen.

Wie sie erwartet hatte, kam das Lachen von Hagens Gespielin Birkenau, die neben ihm an der Espressomaschine stand und sich über irgendetwas königlich zu amüsieren schien. Als eine sehr schlanke, geradezu grazile Frau mit fast weißblondem Haar bildete sie optisch ein fast perfektes Gegenstück zu dem breitschultrigen, hochgewachsenen Hagen, den Karen am ehesten mit dem Wort „wuchtig" beschrieben hätte. Sein Haar glänzte schwarz und sein teurer Anzug verriet, dass er noch mehr Wert auf sein äußeres Erscheinungsbild legte als es bei den meisten in dieser Firma üblich war: So wie Klappern zum Handwerk gehörte, schien die Vorliebe für eine teure Garderobe hier ein direkter Hinweis darauf zu sein, dass man nicht nur beruflich mit viel Geld gut umzugehen wusste.

„Guten Morgen“, sagte Karen freundlich und klopfte symbolisch gegen die offene Tür.

Die beiden bedachten sie eine Sekunde zu lang mit einem abschätzigen Blick, dann grüßte Hagen mit einem leicht herablassenden Tonfall in der Stimme zurück. „Kollegin Weißgerber“, sprach er sie an. „Was führt Sie denn hierher?“

„Ich habe hier Probleme mit einigen Zahlen“, begann sie und hielt die mitgebrachten Unterlagen in die Höhe.

„Sie haben Probleme mit Zahlen?“ fragte Hagen ironisch zurück. „Kann ich mir überhaupt nicht vorstellen.“

Der Anflug eines maliziösen Grinsens huschte über Birkenaus Gesicht.

Karen war einen Augenblick aus dem Tritt gekommen. Leider, schimpfte sie innerlich, gelang das diesem Hagen und seiner Eishexe mit ihren dämlichen Bemerkungen immer wieder, weil man so schnell gar nicht wusste, was man darauf antworten sollte. Allerdings war ihr schon vor Beginn jedes Gespräches klar, dass es genau so ablaufen würde, und sie war fest entschlossen, sich davon nicht aus der Spur bringen zu lassen.

„Ich habe Probleme mit ihren Zahlen“, präzisierte sie deshalb, wobei ihre Stimme einen etwas schärferen Tonfall annahm. „Sie haben die an Herrn Finke weitergegeben, aber ich kann ... es ist unmöglich, sie mit dem aktuellen Monatsbericht in Übereinstimmung zu bringen.“

Sie musste sich zwingen, beim Sprechen den Blick nicht zu Diana Birkenau hinübergleiten zu lassen, die sie die ganze Zeit über so unverhohlen fixierte wie eine Katze einen Kanarienvogel, den sie gleich verspeisen wollte.

Hagen nahm Karen die Dokumente ab und trat damit, während er sie überflog, hinter seinen Schreibtisch. „Diese Zahlen stimmen“, stellte er fest. „Ich weiß nicht, wo sich da bei Ihnen ein Fehler eingeschlichen hat. Vielleicht müssten Sie alles noch einmal sorgfältig gegenrechnen.“ Karen kam sich vor, als wäre sie in der Rolle einer etwas begriffsstutzigen Schülerin, die mit ihrem Mathematiklehrer sprach.

„Ich habe alles mehrfach gegengecheckt" begehrte sie deshalb auf. „Und der Fehler liegt ganz bestimmt nicht bei mir!"

Hagen grinste sie an. „Na, Sie sind ja ganz schön gereizt", stellte er fest. „Vielleicht sollte man da noch mal mit klarem Kopf drübergehen ..." Er hob abwehrend die Hand, als Karen zu einer neuen Antwort ansetzte. „Aber gut, ich sehe mir das alles gerne noch einmal an. Wenn Sie das möchten." Seine Stimme triefte vor Geringschätzung.

Karen biss sich vor Zorn beinahe auf die Zunge. Eigentlich wäre sie inzwischen in bester Laune für einen kleinen Streit gewesen, aber Hagen hatte ihr mit seiner, wenn auch noch so entnervt klingenden Einwilligung, den Weg dazu versperrt. Was immer sie ihm jetzt noch an den Kopf werfen würde, das würde er später doch nur als „Herumzicken" bezeichnen, und dann war der schwarze Peter offenkundig bei ihr, obwohl er mal wieder irgendwo Mist gebaut hatte.

„Ich kann dann im Laufe des Tages mit ihrem Rückruf rechnen?" fragte sie knapp. Fehlte gerade noch, dass in ihrer Abteilung nichts vorwärts ging, weil dieser Typ sich nicht um den Unfug kümmerte, den er zu verantworten hatte.

„Ich versichere Ihnen, dass ich mich darum kümmere, sobald ich dazu komme." Bei ihm klang es so, als würde er ihr einen großen Gefallen tun, noch dazu in einer Angelegenheit, die ihm eigentlich sehr lästig war.

Karen nickte und hatte sich schon wieder halb zur Tür gewandt, um aus dem Büro zu stiefeln, als sie plötzlich von Birkenaus kühler Stimme aufgehalten wurde.

„Ach, Frau Weißgerber ..."

Karen drehte fragend den Kopf.

„Ich habe hier auch noch etwas, das sie sich anschauen sollten. Dauert nur ein paar Minuten."

Karen hatte keine Ahnung, was das wohl sein könnte. Beruflich hatte sie nicht so furchtbar viel mit der geschätzten Kollegin zu tun, und privat ging sie ihr ohnehin so sehr aus dem Weg, wie es möglich war.

„Kommen sie gerade mal mit?" fragte die Birkenau und zog, ohne eine Antwort abzuwarten, an Karen vorbei durch die Tür in Richtung ihres eigenen Büros. Karen blieb fast nichts anderes übrig, als ihr hinterherzudackeln, als ob Diana Birkenau ihre Vorgesetzte wäre und nicht umgekehrt. Innerlich begann sie schon wieder, über die Dreistigkeit ihrer Kollegin zu schimpfen.

Deren Büro war nur ein paar Meter weit entfernt. „Machen sie bitte die Tür zu?“ fragte sie Birkenau mit gekünstelter Freundlichkeit, während sie bereits an ihren Computer getreten war. Karen hatte zwar keine Ahnung, was das wieder sollte, aber wenn ihre Kollegin unbedingt unter vier Augen mit ihr sprechen wollte, dann konnte sie ihr diesen Wunsch schlecht versagen. Also schloss sie gehorsam die Tür.

Birkenau hatte inzwischen in ihrem Drehstuhl Platz genommen und begann, auf der Tastatur herumzutippen. „Kommen sie mal rüber?“ bat sie.

Karen trat um den Schreibtisch herum, so dass sie einen Blick auf den Monitor werfen konnte.

Wenige Sekunden später erschien dort ein Kamerabild, das zwei Frauen zeigte, die es auf einer mattgrauen Ledercouch miteinander trieben. Eine der beiden schien der Ekstase nahe zu sein, während die andere zwischen ihren Beinen zugange war. Ein eisiger Schauer durchfuhr Karen, als sie erkannte, dass es sich bei dieser Frau um sie selbst handelte. Einige Sekunden lang setzte fast ihr Herzschlag aus.

„Wir sind leider schon mitten im Geschehen“, erklärte die Birkenau im Tonfall gespielten Bedauerns. „Ich hab schon mal begonnen, mir den Film anzuschauen. Das ist ja doch mal eine nette Ablenkung, wenn der Büroalltag gar zu langweilig wird. Ich hoffe, sie verpetzen mich nicht?“

Karen starrte immer noch wie vom Blitz getroffen auf den Bildschirm. Sie hatte Schwierigkeiten, überhaupt zu begreifen, was hier vor sich ging. Erst als die Blonde, die zwischen ihren Beinen zugange war, ein wenig den Kopf drehte, erinnerte sich Karen wieder an ihre Wochenends-Begegnung in dieser Schickimicki-Bar. Und dann fiel ihr auch ihr Filmriss wieder ein.

Aber viel Sinn machte das alles trotzdem noch nicht.

„Wie ... wie kommen sie dazu ..?“ keuchte sie. „Was ist das? Woher haben sie das? Was soll das hier?“ Aus weit aufgerissenen Augen starrte sie Birkenau an.

Die Eishexe lehnte sich genüsslich lächelnd in ihrem Drehsessel zurück. „Sie sind schockiert. Das kann ich verstehen. Vermutlich wären sie nicht die einzige Person hier im Haus, die schockiert wäre, wenn sie diese Bilder zu sehen bekommt. Insofern ... es geht mich ja eigentlich nichts an, womit sie am Wochenende Ihre Zeit verbringen, aber sowas ... das könnte Ihnen beruflich wirklich schaden."

Karen schnappte nach Luft. „Sie ... Sie Miststück! Verdammt noch mal, was geht hier eigentlich ab?" Sie spürte, wie Tränen in ihr aufstiegen und zwang sich entsetzt dazu, sich zusammenzureißen. Das fehlte gerade noch, dass dieses Luder sie hier zum Heulen brachte.

Die Birkenau richtete tadelnd den Zeigefinger in die Höhe. „Ich glaube nicht, dass sie in Ihrer Position es sich leisten können, mich zu beschimpfen. Stellen sie sich vor, sowas macht hier die Runde." Mit einer Bewegung ihres Kopfes wies sie auf den Bildschirm, auf dem sich die Karen von vor zwei Tagen in immer ekstatischeren Zuckungen wand. „Wenn immer sie hier durch die Flure gingen, wüssten sie nie, welcher Ihrer Mitarbeiter sich ein paar Stunden zuvor vielleicht noch vor diesen Bildern einen runtergeholt hat. Der Spinella zum Beispiel würde es sich doch garantiert an seinen Heim-PC weitermailen, so wie der heute noch heimlich hinter Ihnen hergiert. Und ob Finke sich danach immer noch so verhält wie ein Hündchen gegenüber seiner Herrin, das weiß ich nun nicht."

Unter Karen hatte der Boden zu schwanken begonnen. Ihre Kehle war wie zugeschnürt, und sie brachte kein Wort heraus.

„Von der Chefetage natürlich ganz zu schweigen. Ich meine, das Mädchen, mit dem sie es da so genüsslich treiben, ist eine stadtbekannte Stripperin. Gut, vielleicht kannten sie sie vorher noch nicht, weil sie die Herren noch nicht zu solchen Ausflügen nach Feierabend begleitet haben, aber Armin erkannte sie zum Beispiel sofort."

Armin. Herr Hagen. Er hatte diese Aufnahmen also auch schon gesehen! Karen war fassungslos. Alle paar Sekunden wartete ihre Kollegin mit einem neuen Schlag in die Magengrube auf. Wollte sie sie fertigmachen oder was war hier los?

„Was wollen sie?" brachte sie schließlich krächzend hervor. „Und ... was haben sie da überhaupt mit mir gemacht?"

Birkenau lächelte noch immer. „Oh, das war nicht besonders schwer. Sie scheinen ja das zu sein, was man häufig ‚naturgeil' nennt. Oder besorgt es Ihnen ihr Freund nicht mehr richtig? Jedenfalls brauchte Arnim nur diese Stripperin anzuheuern und mit ein wenig finanzieller Zuwendung dazu bringen, dass sie sich ein wenig um sie kümmerte. Dann muss-te sie Ihnen nur eine Kleinigkeit in den Cocktail mischen ... noch nicht mal die volle Dosis ... und schon sind sie abgegangen wie Nachbars Lumpi."

Karen war während Birkenaus Worten knallrot geworden. „Und was ... was soll das alles?" fragte sie noch einmal. „Was wollen sie denn damit überhaupt erreichen." Eigentlich glaubte sie, die Antwort auf diese Frage zu kennen. Die Birkenau wollte sie fertig machen. Sie war selbst auf Karens Posten scharf. Aber wenn es nur das war, überlegte sie, dann hätte die Birkenau diese Aufnahmen doch lediglich der Chefetage zuspielen müssen, wobei sie sich nicht einmal als diejenige hätte zu outen brauchen, die dahinter steckte. Sie wäre vollständig im Schutz der Anonymität geblieben. Was also hatte sie vor?

„Fürs Erste", erwiderte ihre Kollegin genüsslich, „möchte ich, dass sie bei Armin anrufen ... für sie natürlich Herr Hagen ... und dass sie ihm mitteilen, dass er sich wegen dieser Unstimmigkeiten bei den Zahlen von eben keine Sorgen mehr zu machen braucht, sondern Ihre blöden Kopien beruhigt in den Schredder stecken kann." Sie nahm den Telefonhörer und hielt ihn Karen entgegen. „Seine Durchwahl kennen sie ja."

Karen starrte den Hörer an. Ohne Zweifel wusste er, dass seine Gespielin ihr gerade diese Aufnahmen gezeigt hatte. Wenn sie jetzt gehorchte, dann machte sie ihrem Mitarbeiter damit unmissverständlich klar, dass der Plan, den er mit der Birkenau ausgeheckt hatte, aufgegangen war. Dass die beiden sie in der Hand hatten.

Aber wenn sie nicht gehorchte ...

Die Vorstellung allein, dass Filmaufnahmen durch die ganze Firma sausten, die sie bei lesbischen Sexspielen zeigten, noch dazu mit einer Frau aus zwielichtigem Milieu, jagten ihr eisige Schauer über den Rücken.

Von Thomas Reaktion ganz zu schweigen!

Noch immer streckte die Birkenau ihr den Hörer entgegen. Karen war wie gelähmt und fühlte sich nicht in der Lage, eine Entscheidung zu treffen. Die Situation überforderte sie komplett. Endlich ergriff sie den Hörer, hielt ihn aber nur wie einen Gegenstand in der Hand, bei dem sie nicht genau wusste, was sie damit anfangen sollte.

Endlich schien es der Birkenau zu dumm zu werden. „Ich stell sie am besten schon mal durch“, beschloss sie. Ihre schlanken Finger huschten über die Tastatur ihres Telefons.

Dann hörte Karen Hagens Stimme: „Ja, bitte?“

Aber noch immer stand sie da wie aus Stein gehauen.

„Wer ist denn da?“ Sein Tonfall klang jetzt etwas ungeduldig. Möglicherweise würde er gleich wieder auflegen, durchfuhr es Karen. Und dann hatte sie keine Chance mehr, die Lawine aufzuhalten, die sie unter sich begraben würde.

„H-hier ist ... hier ist Ka-Karen Weißgerber“, stammelte sie.

„Frau Weißgerber?“ Jetzt klang er geradezu unverschämt gutgelaunt. „Was gibt es denn?“

Alles in Karen bäumte sich dagegen auf, sich diesem Typen auszuliefern. Am liebsten hätte sie ihn angeschrien. Aber sie sah ein, dass das nicht die vernünftigste Verhaltensweise war. Ihre Augen wanderten zurück zu dem Monitor, auf dem sie herumzappelte und die Augen zur Decke verdrehte.

„Es ... es ist wegen der Zahlen von eben“, würgte sie schließlich hervor.

„Ja? Was ist damit?“

„Sie können ... die Sache hat sich erledigt.“

Hagen lachte kurz, und es klang richtiggehend dreckig. Offenbar fand er großes Vergnügen an der Vorstellung, wie sie jetzt bei seiner Gespielin stand und auf die Aufnahmen starrte, die er und die Birkenau sich bestimmt schon mehr als einmal zu Gemüte geführt hatten. „Sind sie sicher?“ fragte er scheinheilig nach. „Ich möchte schließlich nicht, dass es zu irgendwelchen ... Unregelmäßigkeiten kommt.“

Wenn der Erdboden sie doch verschlingen wollte! Das war wirklich die entsetzlichste Situation in ihrem gesamten bisherigen Leben. „Ja, ich bin sicher“, presste sie heraus. „Ich kümmere mich um alles.“

„Gebongt“, sagte Hagen und hängte ein.

Karen spürte, wie ihre Knie fast zu Butter wurden. Endlich fand sie wieder die Kraft, der Birkenau ins Gesicht zu schauen.

Die wirkte aufs Höchste amüsieren. „Sie können jetzt gehen“, sagte sie kühl.

Wie eine Schlafwandlerin stakste Karen zurück zu ihrem Büro.

Was da eben geschehen war, hatte ihre ganze Welt durcheinander gebracht.

Einerseits versuchte sie sich zu beruhigen: Solange dieses Pärchen nicht mehr von ihr verlangt hatte, als diese paar Zahlen durchzuwinken ... so weltbewegend war das sicherlich nicht. Aber andererseits meldete sich die mahnende Stimme ihres Verstandes sehr deutlich zu Wort. Das, was die beiden eben mit ihr angestellt hatten, war offenkundig nichts weiter als ein erster Versuch gewesen, ob sie bestimmte Dinge mit sich machen ließ. Man wollte anhand einer relativ harmlosen Sache ausprobieren, wie sie überhaupt reagierte. Hätte sie nicht diese unstimmigen Zahlen angebracht, vermutlich hätte das Pärchen irgendetwas anderes in petto gehabt.

Und es gab noch etwas, was sie verwirrte.

Aus Gründen, die sie sich beim besten Willen nicht zusammenreimen konnte, hatte sie die Situation, die sie soeben durchstehen musste, ein klein wenig ... erregt.

Und das war nun wirklich völlig absurd. Weder ihr Kollege Hagen, und schon gar nicht die Birkenau, hatte sie jemals in irgendeiner Weise sexuell anziehend gefunden. Und auf diese schäbige Weise erpresst zu werden noch viel weniger.

Gott, wenn sie allein darüber nachdachte ... von einem Moment zum anderen war ihre Welt komplett aus den Fugen geraten. Die bloße Vorstellung, dass ihre Kollegen eine fremde Frau dazu bezahlt hatten, um sie zu verführen, und dazu in deren Wohnung eine Kamera installiert hatten – eigentlich war das komplett absurd. Wozu nur all dieser Aufwand?

Gut, sie war in einer nicht ganz unwichtigen Position. Sie überwachte einen Großteil des Zahlungsverkehrs dieser Firma. So verhielt es sich wohl auch mit den Zahlen, die sie soeben hatte durchwinken müssen. Transferierten die beiden Firmengelder auf ihre privaten Konten, und wollten sie auf diese Weise verhindern, dass Karen ihnen auf die Schliche kam?

Ja, das war die einzige Erklärung, die Sinn ergab.

Wenn sie das irgendwie beweisen konnte ... Vielleicht würde es ihr dann gelingen, eine Art Gleichgewicht des Schreckens herzustellen und die Erpressungsversuche abzuwehren. Aber das würde sie nicht während ihrer normalen Arbeitstätigkeit durchführen können. Die war ausgefüllt genug. Offenbar kamen da also schon wieder einige Überstunden auf sie zu.

Das Telefon klingelte. Sie musste sich erst einmal zwingen, sich wieder auf ihren Job zu konzentrieren.

Obwohl ihr das an diesem Tag beim besten Willen nur halbwegs gelang.

Hagen war ihr in der Kantine noch einmal über den Weg gelaufen. Er hatte sie angegrinst und einen Moment lang seine Augen unverhohlen über ihren Körper gleiten lassen. Karen machte, dass sie weg von ihm kam.

Während des Essens in der Kantine war Karen sehr still. Die ganze Welt lief wie ein Film an ihr vorbei. Die Unterhaltung an ihrem Tisch wurde davon nicht beeinträchtigt. Finke scherzte mit Bechtel herum, einem neuen Kollegen, zu dem er schnell einen Draht gefunden hatte, ab und zu unterbrochen von launigen Bemerkungen der jungen Frau Schulze, die im Zimmer neben Karen arbeitete. Der Gedanke allein, dass all diese Leute Aufnahmen zu Gesicht bekommen könnten, auf denen sie einer anderen Frau die Muschi leckte, raubten Karen einen Großteil ihres Appetits. Sie ließ das Tablett mehr als halbvoll zurückkehren.

„Nanu“, wunderte sich die Schulze. „Sie haben Ihr Essen ja kaum angerührt. Mögen sie das nicht so gerne?“

„Doch, sonst schon.“ Karen versuchte, möglichst natürlich zu klingen. „Ich hab’s im Moment nur ein bisschen mit dem Magen.“ Sie hoffte, dass das auch ihre Schweigsamkeit erklären würde.

„Och, sie Arme. Aber es ist im Moment ja auch wieder mal extrem stressig hier. Das kann einem auch wirklich auf den Magen schlagen.“

Zurück in ihrem Büro konnte Karen sich erneut kaum auf ihre Arbeit konzentrieren. Zu all den Gedanken, die in ihrem Kopf herumrasten, kam jetzt auch noch, dass sie Hunger hatte. In einem unbeobachteten Moment nahm sie den Aufzug ins Erdgeschoss und zog sich dort einige Muffins und Schoko-Riegel aus dem Süßigkeiten-Automaten. Sie wickelte ein Gummiband um ihre Ausbeute und schob sie in einen leeren Aktenordner, um neugierige Fragen zu vermeiden, falls sie auf dem Rückweg jemandem begegnen würde. Zu Mittag kaum etwas zu essen und sich dafür danach mit Süßkram die Wampe vollzuschlagen war äußerst untypisch für sie.

Du lieber Gott, dachte sie bei sich. Ich schleiche ja jetzt schon an meinem Arbeitsplatz herum wie eine Verbrecherin. Wie sollte das erst werden, wenn sie sich nie sicher sein konnte, hinter welcher der geschlossenen Türen sich ein Kollege gerade an ihren Vergnügungen vom letzten Wochenende erfreute?

Den restlichen Nachmittag über versuchte sie, sich durch ihre Arbeit abzulenken, das Erstellen einer Cost-Cutting-Analyse, das normaleweise ihre höchste Aufmerksamkeit erfordert hätte. Diesmal aber schweiften ihre Gedanken immer wieder ab zu den Filmaufnahmen, die sie an diesem Morgen gesehen hatte. Allein die Erinnerung daran trieb ihr immer wieder die Schamesröte auf die Wangen.

Insofern war es nicht verwunderlich, dass sie sich immer wieder verrechnete und wesentlich langsamer voran kam, als es normalerweise der Fall gewesen wäre. Irgendwann zwischen fünf und sechs rief ihr Frau Schulze im Vorübergehen ein gutgelauntes „Auf Wiedersehen, bis morgen!“ zu. Vielleicht eine Stunde später verabschiedete sich auch Herr Finke.

Kurz nach sieben marschierte plötzlich die Eishexe in ihr Büro. Sie hielt eine grüne Heftmappe in der Hand.

Im ersten Moment war Karen so erschreckt, dass ihr fast der Kuli aus der Hand gefallen wäre. Dann zwang sie sich dazu, sich zusammenzunehmen. Sie musste sich ihren Feinden ja nun wirklich nicht als ein noch leichteres Opfer präsentieren, als diese ohnehin schon in ihr sahen.

„Na, immer noch fleißig?“ erkundigte sich die Birkenau mit Spott in der Stimme.

Karen holte tief Luft. „Was wollen sie?“ fragte sie und legte alle Aggression und sämtliche Verachtung, die sie aufbringen konnte, in ihre Worte.

Dicht vor ihrem Schreibtisch blieb die Birkenau stehen und sah amüsiert auf Karen herab. „Sie können sich bestimmt vorstellen, dass wir uns an den letzten Tagen nicht all diese Mühe gemacht haben, nur damit sie ein paar unstimmige Zahlen durchwinken. Das war eine kleine Improvisation heute Morgen, um zu sehen, ob sie wirklich so klug sind zu erkennen, in welcher Situation sie sich befinden. Und dass es am besten wäre, brav das zu tun, was wir von Ihnen verlangen.“

Mit hämmerndem Herzen starrte Karen ihre Peinigerin an. „Und was wollen sie wirklich?“

„Wir möchten, dass sie ein paar Unterlagen für uns unterzeichnen“, erwiderte die Birkenau und legte die Mappe vor sich auf den Schreibtisch.

„Und worum geht es da?“ wollte Karen wissen und griff nach der Mappe, um sie aufzuschlagen.

„Schhht!“ Die Birkenau legte ihre Hand auf die Mappe. „Das ist etwas, was sie nichts angeht.“

Karens Augen weiteten sich. „Ich soll diese Papiere da blind unterschreiben?“

„Sie haben es erfasst.“

„Da müsste ich ja vollkommen wahnsinnig sein“. Karen warf ihren Stift auf die Schreibtischplatte. „Da kann ja alles Mögliche drinstehen!“

„Stimmt“, bestätigte die Birkenau, noch immer mit diesem überlegenen Lächeln in ihrem Gesicht. „Sie haben natürlich die Wahl. Entweder sie unterzeichnen für uns diese Dokumente oder es gehen morgen bestimmte Filmaufnahmen im ganzen Haus herum. Das könnte das abrupte Ende für Ihre gesamte Karriere bedeuten, wenn nicht sogar für Ihre Anstellung überhaupt. Und dass Ihr Freund von dieser Sache erfahren wird, ist natürlich auch klar.“

Karen hatte zu schwitzen begonnen. Leider war sie nie eine besonders gute Pokerspielerin geworden. Trotzdem versuchte sie es. „Und was ist mit Ihre Karriere?“

„Bitte?“ Die Eishexe zog eine Braue in die Höhe.

„Wenn ich bekannt gebe, dass sie und Herr Hagen mich auf diese hinterfotzige Weise zu erpressen versuchen, bekommen sie nicht nur mit Degenhardt Probleme. Sondern vermutlich auch mit der Staatsanwaltschaft.“

Die Birkenau lachte leise. „Sie haben ja überhaupt nichts in der Hand. Armin und ich würden natürlich aussagen, dass wir keine Ahnung haben, wovon sie überhaupt reden. Wenn sie mit Ihren Beschuldigungen als Erste nach außen gehen, müssten sie der Firmenleitung klar machen, dass es Aufnahmen gibt, auf denen sie ... bestimmte Dinge tun. Wenn man ihnen glaubt, dass sie einer stadtbekannten Stripperin die Muschi geleckt haben, sind wir möglicherweise wegen Mobbing dran, aber sie sind für längere Zeit das Gespräch des ganzen Hauses. Und sie werden keinem Ihrer Kollegen mehr begegnen können, ohne dass sie sich fragen, ob er wohl gerade bestimmte Phantasien von Ihnen hat. Wir würden zu einer anderen Firma wechseln oder auf eigene Faust etwas auf die Beine stellen – und dann tauchen am Ende tatsächlich noch gewisse Aufnahmen auf den Computern dieses Unternehmens auf. Jeder hier wird sie für ein extrem verdorbenes Flittchen halten. Und wenn sie diese Firma schließlich verlassen möchten, weil sie das alles nicht mehr ertragen, dann haben sie ein paar entzückende Vorstellungsgespräche vor sich, in denen sie die Hintergründe Ihres Wechsels darzulegen versuchen.“

Karen war klar, dass da etwas dran war. Hagen und die Birkenau waren gewieft und skrupellos genug, dass sie irgendwie schon wieder auf ihren Füßen landen würden. Sie selbst allerdings würde massiv durch den Schmutz gezogen werden, sobald sie all diese Ungeheuerlichkeiten publik machte.

„Was sind das denn überhaupt für Unterlagen?“ versuchte sie es noch einmal.

Aber die Birkenau schüttelte den Kopf. „Das ist nichts, worüber sie sich Ihren Kopf zu zerbrechen brauchen“, sagte sie. Sie öffnete die Heftmappe und fächerte die Dokumente so auf, dass Karen lediglich die Unterzeichnerzeile am Fuß der Papierbögen sehen konnte. „Schauen sie, es ist Ihre Entscheidung: Setzen sie einfach Ihren Namen drunter, und sie sind mich los. Oder aber sie bocken. Dann werden sie noch für lange Zeit an äußerst unangenehmen Konsequenzen zu knabbern haben."

Mit dem Kugelschreiber in der Hand starrte Karen auf die geduldig wartenden Unterschriftszeilen, bis sie vor ihren Augen verschwammen. Ihr Herz schlug bis zum Hals. Endlich senkte sie den Kugelschreiber und setzte ihren Namen auf ein Dokument nach dem anderen.

„Braves Mädchen", flüsterte die Birkenau zufrieden.

Als ob sie von diesen paar Schriftzügen vollkommen erschöpft wäre, lehnte sich Karen in ihrem Schreibtischsessel zurück. Die Birkenau raffte die Papierbögen zusammen und schob sie zurück in die Heftmappe. Geschlagen sah sie zu ihr hoch.

„Jetzt wäre da nur noch eine letzte Kleinigkeit", sagte ihre Rivalin lächelnd.

„Was denn noch?" fragte Karen stöhnend.

„Ich hätte ganz gerne noch das Password für Ihren Computer."

Als Karen an diesem Abend Ihr Appartement betrat war sie fix und fertig. Wenn sie daran dachte, mit wie viel Elan und Handlungsdrang sie Ihre Wohnung an diesem Morgen verlassen hatte und was sie inzwischen durchgemacht hatte, war ihr hundeelend.

Hagen und Birkenau hatten sie jetzt in der Hand. Soviel stand fest.

Sobald die Wohnungstür hinter ihr ins Schloss gefallen war, ließ sie sich mit zitternden Beinen dagegen sinken. Erst in diesem Moment wurde es ihr klar, wie viel Energie es sie gekostet hatte, den ganzen Tag über in der Öffentlichkeit so zu tun, als sei alles in bester Ordnung. Falls ihr das überhaupt gelungen war.

Irgendwie schaffte sie es, bis in ihr kleines Wohnzimmer zu stolpern, wo sie mehr auf das Sofa fiel, als sich dorthin zu setzen. Sie kickte ihre Pumps von den Füßen und rollte sich, eine Hand auf ein Knie gelegt, so gut es auf diesem Sofa ging, zusammen.

Ihre Gedanken wirbelten noch immer wild durcheinander. Sie konnte es einfach nicht fassen, dass ihr von zwei Kollegen dermaßen eines übergebraten worden war. Die Vorstellung alleine, dass die beiden sie in eine Situation manipuliert hatten, in der man pornographische Aufnahmen von ihr anfertigen konnte ... und das alles offenbar mit dem Ziel, mit ihrer unfreiwilligen Hilfe irgendwelche krummen Transaktionen durchführen zu können! Kein Wunder, dass sie sich hundeelend fühlte.

Das Telefon klingelte.

Stöhnend griff Karen nach dem Hörer.

„Weißgerber", quälte sie hervor.

„Hallo, meine Süße" hörte sie Thomas gutgelaunte Stimme.

„Thomas, hi!" Karen zwang sich dazu, ein Lächeln in ihren Tonfall zu legen und richtete sich wieder halb auf, um dynamischer zu klingen. In einem der Seminare, die sie zur Vorbereitung auf ihre Führungsrolle besucht hatte, hatte sie einiges darüber gelernt, wie sehr die körperliche Haltung automatisch in den stimmlichen Eindruck wanderte, den der Gesprächspartner am anderen Ende der Leitung mitbekam. Thomas war der letzte, der irgendetwas von ihren Eskapaden mitbekommen durfte. „Wie geht es dir? Schon ein paar nette Elche kennen gelernt?"

Thomas lachte. „Ach, man kommt hier ja kaum raus. Hotelzimmer, Konferenzen, inoffizielle Nachbesprechungen in einer Bar oder einem Lokal, wieder rauf aufs Zimmer ... du kennst das ja."

„Das ist aber schade", erwiderte sie. „Da kurvst du ständig durch die halbe Weltgeschichte und bekommst kaum etwas von den Ländern mit."

„Vermisst du mich?"

Sie schmunzelte. „Das weißt du doch." Es tat ihr gut, seine warme Stimme zu hören, und es gab ihr für ein paar Augenblicke wieder neue Kraft. So plauderten sie weiter, und selbst, als sie merkte, dass er das Gespräch jetzt bald beenden musste, weil schon der nächste Termin nahte, hielt sie den Hörer fest umklammert und setzte all ihr Geschick ein, um ihren Freund so lange wie irgend möglich noch an der Leitung zu halten.

Aber irgendwann war der Moment gekommen, in dem sie sich die Abschiedsküsse zuhauchen mussten, und wenige Sekunden später war die Leitung tot.

Traurig sah Karen auf den Hörer in ihrer Hand, dann stellte sie ihn langsam auf seine Station zurück.

Sie fühlte sich ungewöhnlich erschöpft. Vielleicht sollte sie an diesem Tag einmal etwas früher zu Bett gehen.

Als sie es dann aber endlich dorthin geschafft hatte, fand sie lange keinen Schlaf.

Immer wieder erschien vor ihrem inneren Auge die Situation, als die Birkenau ihr diese furchtbaren Bilder gezeigt hatte, und dann wieder ihr anderes, späteres Gespräch am Nachmittag. Wieder und wieder überlegte sie sich, was sie hätte sagen, wie sie sich hätte verhalten sollen, um ihrer Rivalin die Stirn zu bieten, aber selbst wenn ihr etwas eingefallen wäre, dann war es jetzt natürlich zu spät. Irgendwann hob sie den Kopf vom Kissen und starrte auf die rot funkelnden Ziffern ihres Radioweckers: 2:00 Uhr. Und sie war immer noch so aufgewühlt, dass an Schlaf nicht zu denken war.

Also stemmte sie sich schließlich hoch und schleppte sich mal wieder zu ihrem Medikamentenschränkchen hinüber. Aber diesmal waren es keine Kopfschmerztabletten, die sie brauchte. Vor ein paar Jahren, als sie neu in ihrer Rolle als Führungskraft war, hatte sie über längere Zeit hinweg unter Schlafstörungen gelitten, und eigentlich musste sie aus dieser Zeit noch ein paar Tabletten übrig haben, die ihr helfen würden einzuschlafen. Nach etwas Sucherei gelang es ihr tatsächlich, sie hervorzukramen – nur um sie dann unschlüssig in der Hand zu halten. Schon wieder befand sie sich in einer Zwickmühle. Sicher, wenn sie die Tabletten jetzt einwarf, würde sie in einer halben Stunde oder so selig einschlummern, aber dann würden sie auch noch wirken, wenn sie am nächsten Morgen wieder hellwach auf den Beinen sein musste. Wenn sie sie andererseits nicht einnahm und den Rest der Nacht über wach liegen würde, dann wäre am folgenden Tag ebenso wenig mit ihr anzufangen.

Endlich legte sie die Tabletten seufzend zurück und tappte wieder ins Bett.

Eine Zeit lang drehte sie sich immer noch wach von einer Seite zur anderen, aber gegen drei schlief sie endlich ein.

Punkt sieben piepte ihr Wecker.

Zum ersten Mal seit vielleicht fünfzehn Jahren fühlte sie sich wie damals, als sie noch zur Schule gegangen war, wenn ihr eine schwierige Klausur bevorstand. Am liebsten hätte sie sich die Decke über die Ohren gezogen und wäre einfach im Bett geblieben. Ihr Magen fühlte sich an wie ein schmerzender Knoten. Aber leider gab es niemanden, der ihr eine Entschuldigung schreiben würde, also kämpfte sie sich auf die Beine, verkatert wie sie war, und sprang unter die Dusche.

Eine Schüssel Müsli als Frühstück, ein schneller Weg zur Arbeit, den sie hauptsächlich auf der linken Spur der Autobahn zurücklegte, und schon stand sie wieder vor dem Gebäude von Ekineba International. Es war ein wuchtiger anthrazitfarbener Klotz, der über ihr in den Himmel ragte. Nur wenige Meter entfernt, wurde ihr plötzlich bewusst, befand sich die Stelle, wo vor einigen Jahren ein Mitarbeiter aus dem oberen Management aufgeschlagen war, nachdem er sich bei einigen heiklen Geschäften gewaltig vertan hatte und sich immer mehr herausgestellt hatte, dass man ihn dafür vollständig zur Rechenschaft ziehen konnte. So ganz hatte man das Pflaster nie sauberbekommen. Von manchen Mitarbeitern wurde die Stelle inzwischen mit viel schwarzem Humor als „Motivationsfleck“ bezeichnet.

Karen zog fröstelnd die Schultern hoch.

„Stimmt irgendwas nicht, Frau Weißgerber?“ hörte sie plötzlich hinter sich eine helle Stimme. Sie zuckte zusammen und fuhr im selben Moment herum.

Sie sah in ein keckes Mädchengesicht, das von einer rotbraunen Wuschelfrisur umrahmt war. Es handelte sich um Nadja, eine junge Praktikantin, die in derselben Etage wie Karen für Jochen Bechtel arbeitete. Karen hatte keine Ahnung, wie es sich entwickelt hatte, dass alle Nadja nur mit ihrem Vornamen ansprachen, aber es hatte vermutlich damit zu tun, dass das Mädchen so unkompliziert und ein bisschen verspielt wirkte, so als ob sie ihren Kinderschuhen noch nicht ganz entwachsen war. Der Vergleich zu vielen anderen Kollegen, die besonders erwachsen, ernst und beeindruckend zu wirken versuchten, war mitunter frappant.

„Huch. Hab ich sie erschreckt?“ fragte Nadja verdutzt.

Karen rang sich ein Lächeln ab. „Nein ... das heißt, ja ... ein bisschen. Ich hatte nicht viel Schlaf in der letzten Nacht.“

„Ach so“, erwiderte Nadja beruhigt. „Na dann hoffe ich mal, dass es mehr mit Party als mit Konten zu tun hatte“

Von jedem anderen hätte Karen die angedeutete Frage in dieser Bemerkung als etwas unangemessen empfunden, aber Nadja lächelte sie so verschmitzt an, dass sie ihr nicht böse sein konnte. „Um ehrlich zu sein, mit keinem von beiden", sagte sie. „Ich hab mich an einem besonders spannenden Roman festgelesen."

Natürlich fragte Nadja nach und ebenso selbstverständlich berichtete Karen von dem letzten spannenden Buch, das sie gelesen hatte, auch wenn es in Wahrheit schon einige Zeit her war. Miteinander schwatzend betraten sie gemeinsam das Gebäude und stiegen dann in den Aufzug. Karen fühlte sich in Nadjas Begleitung fast so, als ob das Mädchen böse Einflüsse von ihr fernhalten würde. So gelangte sie sicher in ihr Büro.

Tatsächlich verlief der Tag dann nicht viel anders als etliche Tage vor dem letzten unseligen Wochenende. Es war mitunter hektisch, manchmal unübersichtlich, ab und zu gab es niedrigschwellige Konflikte, die aber in höflichem Tonfall geklärt werden konnten. Die meiste Zeit verbrachte sie mit der Analyse einiger wichtiger Cost-Cutting-Maßnahmen für ihre und die angrenzenden Abteilungen. Als es einmal für zehn Minuten etwas ruhiger war, nahm sie sich die Zeit, durch verschiedene Programme ihres Computers zu gehen, aber sie konnte nicht erkennen, dass hier jemand anderes als sie die Finger im Spiel hatte.

Diana Birkenau und Martin Hagen liefen ihr heute nicht über den Weg. Nur in der Kantine sah sie sie einmal kurz in einiger Entfernung. Es war ihr auch sehr recht, den Abstand zu den beiden so groß wie möglich zu halten.

Vielleicht, dachte sie bei sich, würden die beiden ihre Mauscheleien – welche auch immer das sein mochten – dermaßen geschickt durchführen, dass niemand etwas davon mitbekam.

Aber eigentlich glaubte sie nicht so recht daran. Stattdessen hatte sie den ganzen Tag über das Gefühl, als würde über ihr ein zentnerschweres Gewicht baumeln, das nur mit einem hauchfeinen Stück Haar an der Zimmerdecke befestigt war.

Mit demselben Grundgefühl gingen auch die nächsten Tage dieser Woche vorüber. Von Martin Hagen und Diana Birkenau war in all dieser Zeit nichts zu hören und nichts zu sehen.

Am folgenden Wochenende kehrte Thomas aus Skandinavien zurück.

„Leider wirklich nur für dieses Wochenende“, sagte er mit dem Ausdruck des Bedauerns in seinem Gesicht, als sie ihn in ihrer Wohnung empfing. „In den nächsten Wochen werde ich den Schweden erst mal zeigen müssen, wie man mit all diesen Programmen überhaupt richtig umgeht, die ich ihnen jetzt installiert habe. Aber dafür ist das, was finanziell bei der Geschichte rumkommt, wirklich nicht zu verachten. Er zwinkerte ihr zu. „Noch ein oder zwei solcher Aufträge und unser Grundstock für unsere gemeinsame finanzielle Zukunft steht.“

Karen war klar, wie wichtig es für Thomas war, ein finanzielles Polster anzulegen, das ihnen eine gemeinsame Zukunft, wie er sie sich vorstellte, auch wirklich ermöglichte. Und nicht zuletzt wusste sie, dass es auch in seiner Branche wichtig geworden war, am Ball zu bleiben, solange die Geschäfte noch liefen. Nicht wenige Fachleute aus dem IT-Bereich verdienten mittlerweile nur noch ein Zehntel dessen, was noch Ende der neunziger Jahre für sie möglich gewesen war. Der Markt war mittlerweile einfach übersättigt in dieser Branche, die damals noch wie ein El Dorado ausgesehen hatte.

So sehr sie seine emotionale Unterstützung gerade gebraucht hätte, so wenig war sie an diesem Abend in der Lage, mit ihm darüber zu sprechen. Er würde nicht bei ihr bleiben können, und sie würde auch nicht mal eben zwischendurch erwähnen können, in welche Bedrängnis sie geraten war, um ihn kurz danach wieder nach Schweden ziehen zu lassen. Nein, es sah so aus, als würde sie mit ihren Problemen alleine klarkommen müssen.

In dieser Nacht aber liebten sie sich heftiger als jemals zuvor. All die Angst und innere Unruhe, die sich in den letzten Tagen in ihr aufgestaut hatten, setzte Karen in diesen Stunden um in heiße Leidenschaft. Amüsiert stellte sie fest, dass Thomas sogar ein klein wenig sprachlos deswegen war.

Als er sich am Sonntagabend schweren Herzens wieder von ihr verabschiedete, hätte sie ihn am liebsten an sich gekettet. Stattdessen presste sie ihm lediglich einen flammenden Kuss auf die Lippen und drückte ihn fest an sich.

Alleine blieb sie in ihrem Appartement zurück.

So gingen die Tage ins Land. Karen gewöhnte sich allmählich an ihre Situation, die sich ja bislang auch in keiner Weise konkret auf sie auswirkte. Ihr Magen entspannte sich allmählich, und sie konnte in der Kantine auch wieder zugreifen – und sogar wieder über Finkes albernen Witze lachen.

Bis zu jenem Nachmittag, als plötzlich die Birkenau in ihrem Büro erschien. Karen war gerade in die Monatsabschlussberichte aus dem Controlling vertieft gewesen, und als sie aufblickte, sah sie die Eishexe plötzlich vor ihrem Schreibtisch stehen.

Karen erstarrte mitten in der Bewegung.

Die Birkenau lächelte süffisant. „Hallo Frau Weißgerber", sagte sie leise.

Karen konnte ihr Herz bis zum Halse klopfen spüren. Und als sie antwortete, merkte sie auch, wie trocken ihr Mund auf einmal geworden war. „Frau Birkenau?" fragte sie, bemüht, sich ihre innere Anspannung nicht anmerken zu lassen. Es konnte ja sein, dass ihre Mitarbeiterin einfach nur eine Frage zu irgendwelchen betrieblichen Abläufen hatte.

„Wir haben einiges miteinander zu bereden."

Das klang nicht nach einem harmlosen Gespräch, das auf den rein beruflichen Bereich begrenzt war.

„Was wollen sie?" fragte Karen und bemühte sich, trotz aller Nervosität eine gewisse Schärfe in ihre Stimme zu legen.

„Sie haben sich da in eine wirklich unschöne Situation hineingeschafft." Die Birkenau flüsterte fast. „Wir sollten uns vielleicht einmal in Ruhe darüber unterhalten. Aber vermutlich nicht hier, wo man vor keiner Störung sicher sein kann und die Wände Ohren haben."

„Bis jetzt weiß ich nicht mal, was es zwischen uns zu besprechen gäbe."

„Ich habe uns für heute Abend um 19:00 Uhr einen Tisch im ‚Chez Louis' reservieren lassen. Dort können wir das in aller Ruhe durchgehen." Sie warf Karen noch ein Lächeln zu und wandte sich zum Gehen. „Und seien sie besser pünktlich", sagte sie zum Abschied noch halb über die Schulter hinweg, bevor sie aus Karens Büro stolzierte.

Karen fühlte sich so überfahren, dass ihr einfach keine passende Erwiderung in den Sinn kam. Sie starrte auf die offengelassene Tür und fragte sich, ob sie das Katz-und-Maus-Spiel ihrer Mitarbeiterin mitspielen sollte. Und ob ihr überhaupt eine andere Wahl blieb.

Punkt 19:00 Uhr betrat sie das ‚Chez Louis'. Sie war sogar ein wenig zu früh auf dem Parkplatz hinter dem Restaurant angekommen, war dann aber, da sie nicht übereifrig erscheinen wollte, im Wagen sitzen geblieben und hatte gewartet. In dieser Zeit waren ihr die verrücktesten Gedanken durch den Kopf geschossen und sie war von Minute zu Minute nervöser geworden.

Ein freundlicher Kellner schritt ihr eilfertig entgegen. „Guten Abend, Madame. Wie schön, Sie wieder hier zu sehen. Ich nehme an, sie möchten wieder einen Tisch am Fenster haben?" Das „Chez Louis" gehörte zu den Restaurants, die von Karen und ihren Kollegen bevorzugt wurden, weil es in der Nähe des Firmengebäudes lag.

„Hier ist für heute Abend wohl schon ein Tisch reserviert worden", sagte sie. „Auf den Namen Birkenau?"

Der Kellner deutete mit einem Neigen des Kopfes eine leichte Verbeugung an. „Die Damen speisen zusammen", stellte er fest. „Darf ich sie dann zu Ihrem Tisch führen?"

„Gerne."

Er geleitete sie zu einem Tisch, der ein gutes Stück zentraler lag, als sie es normalerweise gewohnt war. An ihm saß bereits Diana Birkenau in dem schneefarbenen Business-Kostüm, in dem Karen sie bereits ein paar Stunden zuvor gesehen hatte, und hielt ein Glas Weißwein in der Hand. Sie strahlte Karen freundlich an, blieb aber sitzen und reichte ihr auch nicht die Hand. „Wie schön, dass sie es so pünktlich geschafft haben."

Karen nahm ihr gegenüber Platz. Der Kellner rückte ihr dabei den Stuhl zurecht, bevor er sich mit einem letzten Neigen seines Kopfes für den Moment verabschiedete.

„Wenn sie mir jetzt sagen könnten", begann Karen, „was für einen Zweck diese ominöse Verabredung hat? Haben sie irgendeine neue kleine Teufelei ausgeheckt? Wofür brauchen sie meine Unterschrift denn diesmal?"

„Ihre Unterschrift?“ Die Birkenau tat erstaunt. „Ich habe keine Ahnung, wovon sie sprechen. Ich habe sie um dieses Treffen gebeten, weil mir einige Unregelmäßigkeiten aufgefallen sind, und ich lieber unter vier Augen mit ihnen sprechen wollte, als sie in der Firma öffentlich bloßzustellen.“

„Unregelmäßigkeiten?“ Karen starrte ihre Mitarbeiterin wütend an. Was führte dieses Miststück jetzt schon wieder im Schilde?

„Sehen sie“, erwiderte die Birkenau und griff nach einer grauen Heftmappe, die sie vor sich auf dem Tisch liegen hatte und die Karen jetzt erst bemerkte. „Ich habe ... Danke schön!“ Der Kellner war noch einmal kurz an den Tisch getreten, um den beiden Frauen je eine Speisekarte zu reichen. Er verbeugte sich und verschwand.

„Vielleicht sollten wir erst mal auswählen, womit wir uns gleich verwöhnen lassen“, erklärte die Birkenau und studierte interessiert die Karte. „Sonst werden wir ja doch nur wieder gestört.“

Karen atmete tief durch und zwang sich zu aller Selbstbeherrschung, die sie in diesem Moment aufbringen konnte. Das machte dieses Miststück absichtlich! Sie wollte sie erst ein wenig neugierig machen, aber sobald das geklappt hatte, ließ sie sie zappeln und nahm sich zum Studieren der Karte alle Zeit der Welt. Karen blieb nichts anderes übrig, als ebenfalls die reiche Auswahl der unterschiedlichsten Gerichte zu überfliegen. Schließlich entschied sie sich für das irische Lamm, während die Birkenau den Seeteufel wählte. Der Kellner nahm ihre Bestellungen mit seiner üblichen Freundlichkeit entgegen.

„Also?“ fragte Karen jetzt noch einmal und gab sich keine Mühe, den mittlerweile schon sehr unwirschen Tonfall in ihrer Stimme zu unterdrücken. „Was haben sie da?“

Die Birkenau klimperte unschuldig mit ihren Wimpern. „Ich bin mit Armin ... mit Herrn Hagen ... gestern ein paar Bilanzen durchgegangen. Dabei sind uns Unregelmäßigkeiten bei den Kontoabbuchungen aufgefallen. Wir konnten uns das zuerst überhaupt nicht erklären. Als wir uns das näher anschauten, haben wir festgestellt, dass sich da jemand offenbar große Mühe gemacht hat, diese Abbuchungen zu verschleiern. Gottseidank kennt Armin ein paar Tricks, was das Ermitteln von Online-

Transaktionen angeht. Dabei haben wir herausgefunden, dass diese Transaktionen von ihrem Computer ausgehen und dass dabei immense Beträge auf ein firmenfremdes Konto im Ausland abgezweigt werden."

Karens Augen verengten sich zu Schlitzen. „Sie miese kleine ..."

Die Birkenau hob abwehrend die Hand. „Bitte! Nehmen sie sich ein bisschen zurück! Ich versuche alles, um hier eine deeskalierende Art und Weise zu finden, mit diesen Vorgängen umzugehen, und das sollten sie besser nicht torpedieren." Sie klappte die Heftmappe auf und wies auf einige darin enthaltene Papiere. „Wir haben uns sicherheitshalber alles ausgedruckt, Armin und ich. Damit hinterher keiner auf den Gedanken kommt, irgendetwas zu vertuschen. Sie können sich das alles gerne näher anschauen. Es geht da um wirklich immense Beträge."

„Das haben sie doch alles so eingefädelt" zischte Karen ihr zu. „Sie haben sich über meinen Computer an Firmengeldern bedient. Und das offenbar nicht zu knapp. Darf ich sie mal fragen, was diese ganze schäbige Aktion soll? Wollen sie mich aus dem Weg haben?"

„Darf ich sie fragen", gab die Birkenau immer noch mit Unschuldsmiene zurück „wie um alles in der Welt ich an Ihr Passwort gekommen sein soll? Und für die Eröffnung des Bankkontos dürfte wohl auch eine Unterschrift von ihnen notwendig gewesen sein. Zumal nicht ich das alleine aufgedeckt habe, sondern gemeinsam mit Armin. Er wird jedes meiner Worte bestätigen. Können sie mir bitte sagen, was für einen Grund wir haben sollten, Ihnen so etwas in die Schuhe zu schieben?"

„Ich habe keine Ahnung", presste Karen angestrengt hervor. „Ich weiß nicht, was sie beide da miteinander ausbaldowert haben. Fakt ist aber, dass wir alle drei ganz genau wissen, wie sich das alles abgespielt hat."

„Richtig", erklärte die Eishexe. „Aber wir alle drei wissen auch, dass wenn wir mit dieser Sache an die Firmenleitung gehen, Armins und meine Darstellung der Dinge extrem glaubhaft sein wird und Ihre nicht im Geringsten. Was wollen sie Degenhardt und Co. denn erzählen? Diese Räuberpistole mit erpresserischen Lesbenpornos doch nicht etwa?" Sie lachte leise vor sich hin.

Karen zwang sich, weiterhin die Beherrschung zu behalten. „Ich weiß nicht, was sie mit so einer Aktion glauben gewinnen zu können. Wenn sie beiden mir Probleme machen, werde auch ich Ihnen Probleme machen. Soviel dürfte doch wohl feststehen."

„Ich glaube nicht, dass sie noch in der Lage sein werden, irgend jemandem Probleme zu bereiten, sobald wir erst einmal loslegen", erwiderte die Eishexe schmunzelnd. „Vielleicht sollten sie sich einmal anschauen, worum es überhaupt geht." Sie nahm einen der Papierbögen aus ihrer Heftmappe und reichte ihn Karen herüber.

Karen hielt für einen Moment den Atem an, als ihr Blick auf die Zahlen fiel. Eine frostige Hand schien nach ihrem Herz zu greifen und es zu umklammern. Großer Gott, sie hätte niemals geahnt, dass es um derartige Beträge ging, die hier verschoben worden waren!

„Die Firmenleitung dürfte zusätzlich zu den vorhersehbarenden strafrechtlichen Schritten gegen sie die von Ihnen veruntreuten Gelder vermutlich zurückfordern. Sämtliche Unterlagen, die wir vorlegen werden, belasten sie so eindeutig, dass sie jedes Gericht der Welt zu diesen Rückzahlungen verurteilen wird. Wie sie diesen Forderungen nachkommen wollen, wissen natürlich die Götter. Mal ganz abgesehen davon, was diese Geschichte für Ihren Ruf in der Branche haben wird – und dem Bild, das Ihr Freund und Ihre Bekannten danach von Ihnen haben."

Karens toughe Fassade bröckelte. „Warum tun sie das alles?" flüsterte sie fassungslos. „Was wollen sie überhaupt von mir?"

Die Birkenau schien kurz davor zu stehen, befriedigt zu schnurren. „Sie erinnern sich vielleicht daran, dass ich schon ein paar Jahre länger bei Ekineba International bin als sie. Die Art, wie sie mir damals den Weg zu einer Führungsposition abgeschnitten haben, die eigentlich mir zugestanden hätte ..."

„Das ist es also?" platzte es aus Karen heraus und starrte Diana Birkenau mit ungläubig geweiteten Augen an. „Sie tun das alles aus Rache? Sie wollen mich fertigmachen, weil ..."

„O nein, wir wollen sie nicht fertig machen, Mäuschen", unterbrach ihre Mitarbeiterin im begütigenden Tonfall. „Was ich Ihnen gerade geschildert habe, ist nur das, was mit Ihnen passiert, wenn sie nicht genau das tun, was wir von Ihnen wollen."

„Und ... und das wäre?" Karens Stimme versagte fast.

„Quid pro quo. Sie haben mich mit unfairen Tricks zu Ihrer Untergebenen gemacht, jetzt haben Armin und ich den Spieß umgedreht." Sie hob abwehrend die Hand, um Karen zu signalisieren, dass sie sich ihre Proteste gegen diese Auslegung der Dinge sparen konnte. „Und ich schlage vor, wir fangen gleich morgen Abend damit an. Armin und ich möchten in seinem Appartement gerne einen netten Abend bei einem tollen Dinner verbringen. Das bedeutet, dass wir noch jemanden brauchen, der uns dabei bedient. Keine Sorge, sie brauchen nichts zu kochen und so weiter. Da traue ich Ihnen keine großen Fertigkeiten zu. Wir werden uns sämtliche Speisen von einem Buffet-Service anliefern lassen. Ihre Aufgabe ist es, uns den ganzen Abend über zu verwöhnen."

Karen starrte ihre Kollegin fassungslos an. „Sie wollen mich demütigen", hauchte sie.

„Wir wollen mit dir ein bisschen unseren Spaß haben", erwiderte die Birkenau sanft und griff nach ihrem Weinglas. „Wenn deine Demütigung dazu gehört, dann stört uns das nicht besonders, da hast du Recht." Sie nahm einen Schluck, setzte dann das Glas ab und deutete auf die Unterlagen, die sie mitgebracht hatte. „Aber wir können es machen, wie du es am liebsten willst. Du hast die freie Wahl."

Auf dem Heimweg war Karen regelrecht übel. Sie hatte kaum etwas von ihrem Lamm herunterzwingen können, während die Birkenau ihren Seeteufel mit sichtlichem Genuss verzehrt hatte. Schließlich war Karen mittendrin aufgestanden, hatte beim Ober die Rechnung erbeten, hatte versucht, seine ebenso verdatternden wie beschwörenden Fragen zu beschwichtigen, ob etwas an dem Essen nicht stimmen würde, und war aus dem Restaurant gestürmt.

Das Gefühl, als ob sich jeden Moment ihr Magen umstülpen würde, hatte natürlich nichts mit dem Essen zu tun gehabt. Jetzt umklammerten ihre Fäuste ihr Lenkrad, schon um ihre Finger vom Zittern abzuhalten. Sie schaffte es nicht wirklich, sich auf den Straßenverkehr zu konzentrieren, und so kam sie nur mit einigem Glück unfallfrei zu Hause an.

Sobald ihre Wohnungstür hinter ihr ins Schloss gefallen war, wich die letzte Kraft aus ihrem Körper. Sie sank sie auf dem Teppich in die Knie, als wäre sie eine Marionette, der jemand die Schnüre abgeschnitten hätte.

Es gab keinen Zweifel, worum es der Birkenau ging: Gemeinsam mit Armin Hagen wollte sie Karen zu ihrem sexuellen Spielzeug machen. Und falls Karen sich dieser bizarren Forderung nicht fügte, würde man sie beruflich vernichten.

Karen schlang die Arme um ihren Körper und ließ sich gegen eine Wand sinken. Der Gedanke, was für ein riesiges Maß an Aufwand und aggressiver Energie es die Birkenau gekostet haben musste, diesen unfassbar komplizierten und aufwendigen Plan auszutüfteln, mit dem sie Karen in die Ecke getrieben hatte, wühlte sich wie schneidendes Eis in ihr Innerstes hinein. Die Stripperin, die Kamera, die mehrfachen Erpressungen, das Transferieren immenser Summen, womit Karen belastet werden sollte ... Die Birkenau musste sie schon seit einiger Zeit abgrundtief gehasst haben.

Und jetzt? Was sollte sie jetzt tun?

Sie konnte sich doch unmöglich zur willfährigen Sexsklavin dieses perversen Pärchens machen lassen!

Aber genauso undenkbar war es, vor ihren Vorgesetzten und Kollegen und überhaupt all ihren Bekannten als Betrügerin dazustehen und ihren Job ebenso zu verlieren wie sämtliche Rücklagen, die sie sich in den letzten Jahren angespart hatte. Ihr teures Appartement würde sie dann auf keinen Fall mehr halten können. Sie würde von einem Moment zum anderen ins Bodenlose hinabstürzen. Gebrandmarkt, verfemt und ohne jede Hoffnung, beruflich je wieder dorthin aufsteigen zu können, wo sie jetzt war. Als vorbestrafte Wirtschaftskriminelle konnte sie dann froh sein, wenn sie überhaupt noch einen Job als Putzfrau bekam. Daran, was das alles für ihre Beziehung mit Thomas bedeutete, wollte sie noch nicht einmal denken.

„Stop!“ sagte sie plötzlich zu sich selbst. „Stop, verdammt noch mal!“ Sie wusste, dass sie gerade in etwas hineingeriet, was sie in ihren Managementseminaren als „Katastrophisieren“ kennengelernt hatte. Sobald es überraschend und gehäuft schlechte Nachrichten gab, malte man sich auf einmal aus, dass alles immer nur schlimmer und schlimmer werden würde, statt die Dinge realistisch zu sehen. Manchmal half da nur ein bewusster Gedankenstopp, um den Kopf wieder klar zu bekommen und sich dem Entwerfen einer vernünftigen Lösungsstrategie zuzuwenden.

Normalerweise funktionierte dieser Gedankenstopp in ihrem Berufsleben ganz gut, wenn die Dinge einmal nicht so toll liefen. Diesmal allerdings versagte er komplett.

Auch in dieser Nacht fand sie kaum in den Schlaf – und der folgende Tag in ihrem Büro erschien ihr wie eine einzige endlose Tortur. Es fiel ihr immer schwerer, überhaupt noch einen klaren Gedanken zu fassen.

Am frühen Nachmittag begann sie zum ersten Mal daran zu denken, ob alles nicht wesentlich einfacher für sie sein würde, wenn sie sich einfach auf diesen Abend, den die Birkenau von ihr verlangt hatte, einlassen und sämtliche Demütigungen stoisch über sich ergehen lassen würde.

Einige Tage später war es dann so weit.

Mit bis zum Hals schlagendem Herzen stand Karen vor der Tür zu dem Appartement der Eishexe. Es war punkt zwanzig Uhr, so wie diese es mit ihr vereinbart hatte.

Natürlich war das nicht ohne einen heftigen inneren Kampf vonstatten gegangen. Schließlich hatte die Birkenau demjenigen Teil von Karen, der sich immer noch mit Händen und Füßen dagegen sträubte, einen Todesstoß versetzt, indem sie in Karens Büro aufgekreuzt und ihr ein Ultimatum gestellt hatte. Wenn Karen sich nicht an eben jenem Abend zu eben jener Uhrzeit bei ihr einfinden würde, dann gingen sämtliche belastenden Dokumente an alle, die sich vermutlich sehr dafür interessieren würden.

Vielleicht, dachte sich Karen noch immer verzweifelt, pokerte die Birkenau nur besonders hoch. Wenn sie, Karen, sich standhaft weigern würde, bei diesen perversen Spielchen mitzumachen ... würde die Birkenau dann tatsächlich all die Umstände auf sich nehmen und sie anschwärzen? Um im Gegenzug von Karen selbst belastet zu werden?

Aber eigentlich zweifelte sie nicht wirklich daran, dass ihre Rivalin genau das tun würde. Die Aggressionen, die die Birkenau in sich trug, waren eben wegen all dem Aufwand, den sie betrieben hatte, offensichtlich. Sie wollte Karen fertig machen – auf die eine Weise oder die andere. Und eben weil die Winkelzüge der Birkenau so phantastisch waren, würde wohl kaum jemand Karens Beteuerungen Glauben schenken. Die Geschichte mit der Erpressung mit Aufnahmen von verbotenem Lesbensex mussten auf jeden wie eine absolut abenteuerliche Räuberpistole wirken. Vermutlich gehörte auch genau das zu Diana Birkenaus Plan.

Und jetzt stand sie da, vor der Tür ihrer Rivalin, und noch immer tobten zwei Seelen in Karens Brust. Einerseits: Ein einziger Abend war irgendwann überstanden, eine öffentliche Demütigung, das Ende ihrer Karriere und eine gerichtliche Verurteilung beileibe nicht. Andererseits würden auch nach diesem Abend ihr Leben, ihre Selbstachtung, ihre Beziehung zu ihren beiden Mitarbeitern und alles, was damit zusammenhing, für immer verändert sein. Ob sie sich danach überhaupt noch im Spiegel anschauen konnte? Oder die Birkenau, wenn sie ihr in den Fluren des Firmengebäudes begegnete?

Außerdem war Karen nicht dumm. Deshalb stellte sie sich immer wieder dieselbe Frage: Wer sagte denn, dass es bei diesem einen Abend der Demütigung bleiben würde?

Wenn sie jetzt trotzdem hier stand, dann nur, weil sie hoffte, dass das diejenige zweier schlechter Entscheidungen war, die noch am ehesten dazu dienen konnte, die Katastrophe zu verhindern. Die Birkenau hatte keinerlei Zweifel daran gelassen, dass sie, wenn Karen nicht erscheinen würde, am nächsten Morgen bereits die Hebel in Bewegung setzten würde. Und sobald die Mühlen einmal zu laufen begannen, die Karen beruflich hätten vernichten können, konnte niemand diesen Prozess noch aufhalten, auch die Birkenau nicht. Also beschloss Karen, erst einmal mitzuspielen. Vielleicht würde sie ja irgendwann eine Chance sehen, das Blatt zu ihren Gunsten zu wenden. Vielleicht würden die Birkenau und Armin Hagen irgendwann ein wenig sorglos und übermütig. Und wenn sie dann belegen konnte, wozu sie von diesen beiden erpresst und gezwungen worden war ...

Mit diesem letzten Hoffnung verleihenden Gedanken hob sie ihre Hand hoch zur Klingel, zögerte noch einen kurzen Moment, dann drückte sie den kleinen runden Knopf.

Stille. Noch kannst du weglaufen, sagte sich Karen. Einfach schnell die Treppe runter ...

Dann hörte sie auf der anderen Seite der Tür näherkommende Schritte. Stöckelschuhe über Parkettfußboden, kein Zweifel.

Und im nächsten Moment öffnete die Birkenau die Tür.

„Guten Abend“ sagte sie und lächelte Karen an wie die Schlange, die sie war. Sie trug einen schneeweißen Blazer über einer rostroten Bluse und einer ebenfalls weißen, schmal geschnittenen Leinenhose, die ihre langen schlanken Beine betonte. Ebenso abschätzig wie unverhohlen musterte sie Karens Garderobe. „Ich sehe, du hast mal wieder versucht, dich richtig schick anzuziehen“, sagte sie mit unverhohlenem Spott in der Stimme. „Schade nur, dass du diese Klamotten nicht lange anbehalten wirst.“

„Was!?“ begehrte Karen auf. Unwillkürlich machte sie einen halben Schritt zurück, als stehe sie kurz davor, die Flucht zu ergreifen. Vor ihrem inneren Auge tauchten völlig verrückte Bilder auf. Stellte sich die Birkenau vor, dass Karen sie und Hagen splitternackt bedienen sollte? Das konnte doch unmöglich ihr Ernst sein?

„Nun mach dir nicht gleich ins Hemd“, sagte die Birkenau kühl. Augenscheinlich war ihr völlig klar, was Karen durch den Kopf geschossen war. „Ich habe dir nur ein paar Kleidungsstücke zurechtgelegt, die ein bisschen angemessener für dich sind. Komm mit.“ Damit drehte sie sich um und stolzierte davon.

Karen folgte ihrer Rivalin durch den kleinen Flur, der in einen größeren Wohnbereich führte. Aber bevor sie diesen erreicht hatten, hielt die Birkenau an und deutete auf eine Tür zu ihrer Rechten.

„Da ist das Bad, dort kannst du dich umziehen“, sagte sie wie selbstverständlich. „Ich hab dir schon alles zurechtgelegt, was du brauchst.“ Sie drückte die Klinke, ließ die Tür aufschwingen und schaltete das Licht an.

Auf dem Toilettensitz neben einer kleinen Badewanne lag ein zusammengefaltetes Bündel Kleidung, von der Karen, nicht zuletzt wegen des weißen Häubchens daneben, sofort erkannte, dass es sich um die typische Arbeitsgarderobe eines Dienstmädchens handelte.

Einen Moment lang stockte ihr der Atem. Jetzt ging es also los mit den Demütigungen, die sie erwartet hatte.

„Das ... soll ich anziehen?“ erkundigte sie sich überflüssigerweise.

„Erraten. Du wirst keines der Kleidungsstücke anbehalten, die du jetzt trägst, sondern nur diese dort. Das gilt auch für die Unterwäsche. Wenn du daran schon scheiterst, können wir den Abend auch gleich ganz canceln, und für morgen solltest du dich auf einiges gefasst machen. Vergiss das Halsband nicht. Ich könnte mir denken, dass es dir besser steht, als du jetzt vielleicht denkst.“

Erst als die Birkenau das gesagt hatte, erkannte Karen überhaupt das Halsband aus schwarzem Leder, das auf der zusammengelegten, ebenfalls schwarzen Bluse ruhte.

„Wenn du dich umgezogen hast, was hoffentlich nicht allzu lange dauert, kommst du zu uns in den Wohnbereich und wirst uns für den Rest des Abends bedienen, wie wir es miteinander ausgemacht haben.“

Karen war jetzt ins Bad getreten und hob mit spitzen Fingern die Bluse in die Höhe. „Das geht zu weit“, flüsterte sie ein wenig atemlos. „Du kannst doch unmöglich verlangen ...“

„Vorsicht!“ schnitt die scharfe Stimme der Birkenau in ihr Ohr. „Ich habe dir nicht erlaubt, mich zu duzen. Dieses Vorrecht steht alleine uns dir gegenüber zu. Wir sind für dich immer noch Frau Birkenau und Herr Hagen.“

Karen starrte ihre Mitarbeiterin verdattert an. Einen Moment lang fiel ihr nichts ein, was sie darauf hätte sagen sollen.

„Und jetzt zieh dich endlich um, wir haben Hunger. Wenn du dich nicht allmählich mal beeilst, kommen Armin und ich nachsehen, wo du bleibst.“ Mit diesen Worten ließ sie Karen im Bad zurück und schloss die Tür hinter sich. Karen sah, dass auf ihrer Seite kein Schlüssel steckte.

Bei dem Gedanken, dass ihr ihre beiden Kollegen beim Umziehen zusehen würden, wurde ihr ganz anders. Ohne lange nachzudenken, begann sie mit zitternden Fingern die Knöpfe ihrer Bluse zu lösen. Einfach gar nicht lange nachdenken, ins kalte Wasser springen und den Abend hinter sich bringen, sagte sie sich. genau so, wie sie es sich auf dem Weg hierher vorgenommen hatte.

Als sie den Rock entfaltete, geriet sie dann allerdings doch noch einmal ins Stocken. Er war dermaßen obszön kurz, dass er nur wenige Fingerbreit ihrer Oberschenkel bedecken würde.

Und was sogar noch irritierender war ... In dem Bündel von Kleidungsstücken, die ihre Mitarbeiterin für sie zurechtgelegt hatte, befand sich keine Unterwäsche.

Ein paar Sekunden lang starrte Karen fassungslos vor sich hin. Ihr war mittlerweile ein wenig schwindelig.

Hagen und die Birkenau konnten doch wohl kaum erwarten ...? Nein, das ging zu weit. Sie sollte einfach darauf verzichten, ihren eigenen Slip abzustreifen, sondern ihn weiter tragen. Es würde wohl keiner der beiden nachschauen – oder doch?

„Du wirst keines der Kleidungsstücke anbehalten, die du jetzt trägst", klangen ihr noch die Worte der Birkenau im Ohr. „Sonst kannst du dich für morgen schon auf einiges gefasst machen."

Langsam wurde Karen klar, dass sie dem, was sie insgeheim schon die ganze Zeit über geahnt, aber immer wieder erfolgreich verdrängt hatte, nicht mehr länger ausweichen konnte: Ihre Demütigung würde auch aus einer deutlich sexuellen Komponente bestehen.

Diese Erkenntnis löste grundverschiedene Dinge in ihr aus: Ihr Herz krampfte sich vor Angst noch ein wenig mehr zusammen. In ihre Wangen stieg die Röte des Schams. Ihre Finger zitterten nur noch mehr. Und gleichzeitig wurde sie, unfassbarerweise, erneut ein klein wenig erregt. Letzeres machte sie endgültig konfus. Es war doch unmöglich, dass sie es auch nur das geringste bisschen anmachte, wenn sie hier auf diese abscheuliche Weise erpresst und vorgeführt werden sollte...

„Bist du bald soweit?" hörte sie von draußen die helle Stimme der Birkenau. „Dann komm endlich raus und zeig dich. Wir haben beide Hunger."

Du lieber Gott, sie hatte noch nicht einmal richtig angefangen, sich umzuziehen! Minutenlang war sie nur mit ihrem eigenen Entsetzen beschäftigt gewesen und mit dem inneren Kampf, den sie mit sich ausfocht. Mit fliegenden Fingern löste sie die letzten Knöpfe ihrer Bluse, streifte sie ab und ließ sie zu Boden flattern. Es folgte der Rock. Hektisch streifte sie ihre Stöckelschuhe ab. Zuletzt gab sie sich einen entschiedenen Ruck, löste den BH und entledigte sich ihres Slips.

Jetzt hieß es, möglichst schnell die für sie zurechtgelegten Sachen anzuziehen. Bevor wirklich noch einer der beiden die Tür aufriss, um zu sehen, wo sie blieb.

„Karen?“ hörte sie dann auch wirklich von draußen die Stimme der Birkenau.

„Kleinen Moment bitte, ich komme gleich!“ Sie stieg in den Rock, zerrte ihn über ihre langen Beine nach oben. Er war sehr knapp geschnitten, stellte sie fest, und betonte die Rundungen ihres Hinterns extrem. Dann die Bluse. Das Dienstmädchenhäubchen. Und zuletzt – das Lederhalsband.

Karen starrte ihr neues Ich im Spiegel an und verging fast vor Scham. Sie sah in gewisser Weise aus wie ein Dienstmädchen, aber wegen dem kurzen Rock und dem Halsband und ihren schreckgeweiteten Augen weniger wie ein normales Dienstmädchen, sondern mehr einer Frau, die in einem Pornofilm diese Rolle verkörpern würde ... in einem Film, in dem es um Dinge wie Dominanz und Unterwerfung ging. Es war eine Rolle, die sich extrem von ihrer sonstigen Alltagsrolle unterschied. Und sich selbst in dieser ebenso erotischen wie entwürdigenden Aufmachung zu sehen, ließ ihr Herz dreimal so schnell schlagen wie ohnehin schon den ganzen bisherigen Abend über.

Hinter ihr öffnete die Birkenau ohne anzuklopfen die Badezimmertür. „Wieweit bist du?“ fragte sie mit extrem ungeduldiger Stimme, so wie Karen sie sonst nur mit Praktikanten hatte sprechen hören, von denen die Birkenau wenig hielt. Dann erst erblickte ihre Mitarbeiterin sie in der Dienstmädchengarderobe, und ein halb amüsierter, halb triumphierender Ausdruck breitete sich über ihr Gesicht.

„Na, das steht dir doch wirklich nicht schlecht“, kommentierte sie spitz. „Eigentlich solltest du sowas den ganzen Tag über tragen.“

Normalerweise hätte Karen ihr eine entsprechend bissige Erwiderung gegeben, aber durch all die heftigen und teils widersprüchlichen Gefühle, die in ihr tobten, war ihre Kehle wie zugeschnürt. Sie schaffte es noch nicht einmal, dem unerbittlichen Mustern ihrer Kollegin standzuhalten, sondern senkte ihren Blick und sah schamvoll zu Boden. Dies verstärkte den Eindruck ihrer Unterwürfigkeit nur noch mehr, und die Birkenau lachte leise auf.

„Dann komm mal mit".

Sie wandte sich um und stolzierte auf ihren Stöckelschuhen davon. Karen holte noch einmal tief Luft, dann folgte sie ihrer Mitarbeiterin auf bloßen Sohlen.

Sie betrat den Wohnbereich des Appartements. Dort erblickte sie eine Sitzecke bestehend aus zwei Sofas in rostrotem Leder, davor einen kleinen Glastisch, an der gegenüberliegenden Wand einen Flachbildfernseher mit diversen anderen elektronischen Geräten als Unterbau und schließlich, in der Mitte des Raumes, einen großen Esstisch, an dem Armin Hagen bereits saß und wartete.

Er pfiff anerkennend und nicht weniger anzüglich durch die Zähne, als Karen hinter Diana Birkenau in den Raum tappte. Ihr Herz raste, und einen Moment lang konnte sie dem Drang kaum widerstehen, zurück ins Bad zu rennen, ihre Sachen zu schnappen und dann aus diesem Appartement zu flüchten, das Treppenhaus hinunter, raus zu ihrem Auto und dann einfach nur Gas zu geben. Es war unglaublich, dass sie sich vor zwei Menschen, die in der Rangordnung ihrer Firma eigentlich unter ihr standen, derart präsentierte. In diesen Sekunden wurde ihr klar, dass es um weit mehr als einen einzigen Abend ging, den sie einfach nur hinter sich bringen musste.

Aber statt zu fliehen stand sie einfach nur da wie zur Salzsäule erstarrt und ließ Armin Hagens Blicke über sich gleiten, der sie damit geradezu auszuziehen schien. Wobei nicht mehr allzu viel auszuziehen war.

„Sehr ansprechend, wirklich", sagte er dann. „Ich muss sagen, dass dir das wesentlich mehr gerecht wird als das, was du normalerweise so trägst."

Mit flammenden Wangen ließ Karen diese Bemerkung über sich ergehen. Schließlich hielt sie es nicht mehr aus, derart beglotzt zu werden, nahm all ihre Kraft zusammen und fragte die Birkenau mit zitternder Stimme: „W-wo sind jetzt die ganzen Speisen, die ich servieren soll?"

Hinter dem Esstisch führte ein weiterer Durchgang in den Küchenbereich. Die Birkenau geleitete Karen hindurch und wies auf eine Anrichte, auf der ein Buffet verschiedener offenbar von einem Partyservice angelieferter Snacks bereits ausgebreitet waren: Darunter ein Korb mit

Brötchen und Weißbrot, diverse Kanapees und Pasteten, eine Aufschnittplatte mit Lachs, eine weitere mit Garnelenschwänzen, dazu mehrere Cremes. Daneben stand eine bereits geöffnete Flasche roten Weines.

„Dann mach dich mal nützlich“, befahl ihr die Birkenau.

Die folgende Dreiviertelstunde verging für Karen wie ein bizarrer Fiebertraum. Immer wieder eilte sie von der Küchenecke in den Wohnraum, servierte, legte auf, schenkte Wein nach in die von Diana Birkenau und Armin Hagen demonstrativ hochgehaltenen Gläser. Immer wieder konnte sie die zudringlich starrenden Blicke der beiden einfach nicht aus ihrer Wahrnehmung ausblenden, genauso wenig wie das gelegentliche Schmunzeln und die spöttischen Bemerkungen, die den geradezu sadistischen Genuss zeigten, den die beiden an Karens fortwährender Demütigung empfanden.

Sie ahnte nicht, dass all das eigentlich nur der Anfang war.

Irgendwann hatten die beiden alles verzehrt, was Karen aufgetischt hatte. Klirrend ließ die Birkenau ihren Löffel in das jetzt leere Schälchen fallen, in der eben noch die Crème brûlée gewesen war. Karen stand auf der gegenüberliegenden Seite des Tisches und schenkte Hagen noch einmal Rotwein nach.

Plötzlich spürte sie, wie sich seine Hand um einen ihrer Schenkel legte und langsam nach oben glitt.

Karen erstarrte in der Bewegung und verschüttete dabei etwas von dem Wein, den sie gerade in Hagens Glas goss.

„Ich glaube“, hörte sie ihn sagen, „es wird allmählich Zeit für den Nachtisch.“

„Bitte ...“ setzte sie an und wollte sich seinem Griff entziehen.

In der nächsten Sekunde hatte sich Hagen erhoben und ihr die freie Hand auf den Rücken gedreht. Karen knallte die Weinflasche, die sie in der anderen Hand hielt, auf den halb abgeräumten Tisch, damit sie sich dann darauf abstützen konnte, als Hagen ihren Oberkörper nach vorne drückte.

Seine freie Hand wühlte sich zwischen Karens Schenkeln hinauf unter ihren Rock.

„Nein!“ schrie Karen auf und versuchte vergeblich, sich in die Höhe zu stemmen. Dabei blickte sie auf die Birkenau, die noch immer anscheinend völlig entspannt dasaß. Ein leichtes Lächeln umspielte ihre Lippen. Dann streckte sie ihre Finger aus und strich Karen eine Haarsträhne aus der Stirn.

„Komm schon", sagte sie begütigend. „Du wusstest doch die ganze Zeit, dass es schließlich darauf hinauslaufen würde. Schon als du hierhergefahren bist und dich zu unserem Arrangement bereiterklärt hast."

Karen kam nicht umhin innerlich zuzugeben, dass da etwas dran war.

„Diana", hörte sie jetzt hinter sich Hagens Stimme. „Du glaubst nicht, wie klatschnass dieses Luder unter ihrem Röckchen ist."

„Du Mistkerl!" schrie Karen auf, versuchte sich noch einmal in die Höhe zu stemmen und trat hilflos nach hinten aus, wobei sie Hagens Beine allerdings verfehlte.

Im nächsten Moment sah sie vor sich die Hand der Eishexe durch die Luft sausen. Die Finger trafen schmerzhaft ihre Wange. Karen schrie auf.

Die Birkenau packte Karen am Schopf. „Habe ich dir nicht gesagt, dass du uns weiterhin zu siezen hast? Und respektvoll zu behandeln?"

Karen wimmerte. Trotzig starrte sie ihre Peinigerin an.

„Wir haben hier nicht die geringste Absicht, dich mit reiner Brutalität zu etwas zu zwingen", erklärte die Birkenau, wobei sie langsam und gedehnt sprach, als würde sie sich mit einer Begriffsstutzigen unterhalten. „Es ist immer noch deine Entscheidung. Entweder du stehst uns den gesamten Abend so zur Verfügung, wie wir das möchten, oder du hast ab morgen die Konsequenzen für dein Verhalten zu tragen."

Karen antwortete nicht darauf, schnaufte nur.

„Ich glaube", sagte die Birkenau, „der Zeitpunkt ist gekommen, um zu sehen, wie ernst dir deine Einwilligung ist." Sie erhob sich und schritt mit grazilen Bewegungen um den Tisch. Hagen zerrte Karen in die Höhe und drehte sie herum, so dass sie jetzt ihrer Rivalin gegenüberstand. Dann zwang er sie mit seinem Griff in die Knie.

Sobald er das erreicht hatte, ließ er überraschend los. Schwer atmend stützte sich Karen mit der einen Hand auf und versuchte, wieder Gefühl in den anderen Arm zu bekommen.

Viel Zeit ließ man ihr dazu nicht. Im nächsten Moment schob die Birkenau einen ihrer in edelste Prada-Pumps gekleideten Füße vor.

„Küss ihn“, sagte sie.

Karen keuchte. Sie zitterte am ganzen Körper und konnte keinen klaren Gedanken fassen. Wie war sie nur in diese absurde Situation gekommen? Eine Situation, in der sie im Dienstmädchenoutfit vor ihrer Mitarbeiterin kniete und aufgefordert wurde, deren Füße zu küssen? Das konnte sie doch unmöglich alles mit sich machen lassen!

„Worauf wartest du?“ Die Frage klang wie ein Peitschenschlag in Karens Ohren.

Endlich erlahmte ihre Widerstandskraft. Die ganze Zeit über hatte sie sich gezwungen, auch innerlich auf den Beinen zu bleiben und sich nicht unterkriegen zu lassen. Sie fühlte sich völlig zermürbt. Vielleicht war es wirklich das Einfachste, nachzugeben und sich ihren Peinigern zu unterwerfen.

Also beugte sie sich ein wenig weiter vor, streckte ihren Hals und spitzte ihre Lippen zum Kuss. In der nächsten Sekunde berührte sie damit die Kappe von Diana Birkenaus Schuh.

Ein Schauer von in ihrer Situation völlig überraschender Lust fegte durch ihren Körper. Karen war so erschreckt davon, dass ihr der Atem stockte.

Das konnte, das durfte doch nicht wahr sein! Sie ließ sich hier von zwei Menschen, für die sie eigentlich eine Art Führungsrolle einnehmen sollte, dermaßen erniedrigen, und empfand dabei noch sexuelle Lust? Die entsetzliche Scham, die sie den ganzen Abend über verspürt hatte, wuchs noch einmal an, und zu Karens Entsetzen verstärkte selbst das nur noch das Kribbeln und Jucken zwischen ihren Beinen.

„Na siehst du“, hörte sie über sich die Birkenau zwitschern. „Bist du endlich da gelandet, wo du hingehörst.“

Karen war fast froh, dass sie kniete. Ihre Beine fühlten sich so weich an, dass sie kaum länger auf ihnen hätte stehen können.

Sie bekam mit, wie die Birkenau hinter sich griff, einen Stuhl heranzog und auf diesem Platz nahm. In dieser für sie deutlich bequemeren Haltung streckte sie Karen noch einmal ihren Fuß entgegen. „Weiterlecken“, befahl sie und ergänzte, während sie ihre Zehenspitzen in Richtung Zimmerdecke richtete. „Auch die Sohle."

Und dann, sie konnte es selbst kaum glauben, machte sich Karen gefügig an die Arbeit.

Dabei entging es ihr nicht, dass Hagen hinter ihr ebenfalls auf die Knie ging. Sie hörte, wie er den Reißverschluss seiner Hose öffnete, und spürte wenig später, wie seine Hände ihr ohnehin viel zu kurzes Röckchen weiter nach oben schoben. Das nächste, was sie spürte, war, wie sein eisenharter Schwanz in sie eindrang wie ein heißes Messer in weiche Butter.

„Die ist ja wirklich klatschnass", hörte sie ihn zu seiner Komplizin sagen.

Und dann fickte er Karen, während Karen wiederum sich alle Mühe gab, die Schuhe der Birkenau so sauber wie möglich zu lecken. Und jeder der beiden, wurde durch diese spezielle Art der Zuwendung, die sie ihnen zukommen ließ, immer weiter seinem Höhepunkt entgegengejagt.

Aus dem Augenwinkel bekam Karen mit, wie die Birkenau auch ihre weiße Hose öffnete und ihre Finger in den Bund schob, um sich selbst lustvoll zu streicheln.

„Schau mich an", hörte sie die Birkenau sagen.

Gehorsam blickte sie hinauf zu ihr, ohne mit dem Lecken aufzuhören. Auf dem Gesicht der Eishexe spiegelte sich ein Ausdruck von heftigster Erregung wider, den Karen zuvor für undenkbar gehalten hätte. Der Anblick von ihrer Rivalin, wie sie da vor ihr kauerte und ihre Pumps leckte, während sie von einem anderen Kollegen von hinten genommen wurde, schien die Birkenau geradezu in Ekstase zu versetzen.

Dann spürte Karen, wie sich Hagen aus ihr zurückzog, noch ehe er gekommen war.

„Komm her", sagte er, packte Karen grob im Nacken und zog ihren Kopf zu sich hoch, drückte ihn in die Richtung seines Schoßes, wo ihr sein Schwanz steil und geradezu berstend von praller Geilheit entgegenragte. Diesmal wartete Karen keinen weiteren Befehl ab. In vorauseilendem Gehorsam schlossen sich ihre Lippen um Armin Hagens Zepter der Männlichkeit.

„Sehr gut machst du das", hörte sie ihn sagen. Er legte eine Hand auf ihren Hinterkopf und steuerte so ihre Bewegungen. Aus der Richtung, in der die Birkenau saß, war ein leises Stöhnen zu vernehmen.

Plötzlich ergoss er sich in sie.

Und in derselben Sekunde gab er ihr einen heftigen Schlag auf den Hinterkopf.

Karen verschluckte sich, prustete, Sperma schoss aus ihrer Nase. Unwillkürlich öffnete sie den Mund, aus dem Hagen sein immer noch ejakulierendes Glied herauszog. Karen konnte das herausschießende Sperma unmöglich vollständig auffangen. Ein Teil davon schwappte über ihre Lippen, rann ihr Kinn herunter, tropfte auf ihre Bluse und auf den Fußboden.

„Schau mal her zu mir“, hörte sie die Birkenau befehlen.

Karen drehte den Kopf und blickte direkt in ein ihr entgegengehaltenes Handy, das, so wie die Birkenau es hielt, offenbar gerade eine zusätzliche Funktion als Kamera erfüllte.

Karen war klar: In dieser Sekunde zementierte sich ihr Schicksal.

Als sie eine knappe Stunde später wieder in ihrer Wohnung ankam, war eine Nachricht von Thomas auf dem Anrufbeantworter. Im scherzhaften Tonfall fragte er sie, wo sie denn jetzt schon wieder stecke, und bot ihr an, ihn gerne zurückzurufen, falls sie vor Mitternacht wieder zu Hause wäre. Es war vor Mitternacht, aber ein Gespräch mit ihrem Freund war das letzte, worauf Karen in diesem Moment Lust hatte.

Stattdessen ließ sie sich noch in ihren Klamotten, die man sie vor ihrer Verabschiedung gnädigerweise hatte wieder anziehen lassen, auf ihr Bett.

Sie fühlte sich wie ausgekotzt.

Die Birkenau hatte ihr die Aufnahmen auf ihrem Handy gezeigt. Karen mit Lederhalsband und Dienstmädchenhaube, wie sie sich auf Hagens Schwanz gestürzt hatte, und dann, nur Augenblicke später, wie sein Sperma ihr Kinn herunterrann. Wobei Hagen selbst allerdings nicht zu erkennen war. Die Birkenau hatte den Fokus ihres Geräts alleine auf Karens Gesicht gerichtet.

Und mit diesen Bildern, daran war nichts zu rütteln, hatte dieses Pärchen sie noch fester im Griff als zuvor. Wenn die in ihrer Firma die Runde machten ... und unter ihren Bekannten ... zusammen mit all dem anderen belastenden Material, das bereits existierte ... es würde sie in den Augen der Leute zerstören. Auf jeden mussten diese Bilder so wirken, als hätten sie bisher nur die Fassade von Karen wahrgenommen, die Rolle der ehrgeizigen, zielstrebigen und hochanständigen Karrierefrau, die sie jeden Tag einnahm, während die Karen darunter eine perverse, zu allem bereite, unterwürfige Schlampe war.

Und das vielleicht Schlimmste war, dass Karen sich fragte, ob es sich bei dieser neuen Version nicht um die Wahrheit handelte.

Wie anders war es zu erklären, dass sie bei dieser grauenvollen Demütigung derart starke Lust empfunden hatte, dass es auch ihren Peinigern unmöglich hatte entgehen können? Die beiden hatten sie zu ihrem Spielzeug gemacht, und sie hatte auf irgendeine unergründliche Weise Gefallen daran gefunden. Hatte die Birkenau also Recht mit ihrem ständigen Geätze? War das Image der selbstbewussten Führungspersönlichkeit, das Karen fast schon 24 Stunden am Tag zu verkörpern versuchte, nicht mehr als ein Trugbild, mit dem sie nicht nur allen anderen, sondern auch sich selbst etwas vorgemacht hatte? Und war nicht mehr als ein Griff zwischen ihre Schenkel zum richtigen Zeitpunkt nötig gewesen, um diese so sorgsam errichtete Konstruktion zum Einsturz zu bringen?

Karen seufzte tief auf. Wie dem auch sei, sagte sie sich: Ihre Wahlmöglichkeiten waren mittlerweile ohnehin massiv eingeschränkt. Sie war diesen beiden schrecklichen Menschen ausgeliefert und musste bei dem mitmachen, was von ihr verlangten. Andernfalls würde alle Welt erfahren, was für ein unterwürfiges Stück sich in Wirklichkeit unter ihrem Businesskostüm verbarg. Und wenn man sie ohnehin zu den verschiedensten weiteren Perversitäten zwingen konnte: War es dann nicht besser, dabei wenigstens so viel Genuss zuzulassen, wie es nur irgend ging? So wie es einem Hund, der an einem fahrenden Wagen angebunden war, besser ging, wenn er fröhlich japsend mitlief, als wenn er sich mit zugezogener Leine über den Boden mitschleifen ließ?

Leider fürchtete sie, dass sie mit diesen Gedanken nichts anderes tat, als eine eigentlich unerträgliche Situation im Nachhinein zu rationalisieren, um damit besser umgehen zu können. Wenn sie daran dachte, was die Birkenau und Hagen noch alles mit ihr anstellen konnten, befürchtete sie das Schlimmste.

Am nächsten Morgen war Karen an ihrem Schreibtisch alles andere als konzentriert bei der Arbeit. Ständig ertappte sie sich bei Flüchtigkeitsfehlern, und immer wieder wanderten ihre Gedanken von den tabellarischen Erfassungen bestimmter Gewinnspannen, die sie auswerten sollte, zurück zu dem gestrigen Abend und der Art, wie bereitwillig sie sich letzten Endes für alles hergegeben hatte.

Was ihre Kollegen, denen sie jeden Tag über den Weg lief, wohl denken würden, wenn sie über diese verborgene Seite von ihr Bescheid wüssten?

Zu allem Überfluss begegnete ihr auf dem Weg zur Mittagspause auch noch die Birkenau im Flur. Sie lächelte sie anzüglich an, und Karen fühlte sich sofort wieder zurückversetzt zu jenem Moment, in dem sie vor ihrer Mitarbeiterin auf Knien gekrochen war. Auch jetzt war das Machtgefälle zwischen ihnen geradezu spürbar. Karen rang sich ein Lächeln ab, und machte, dass sie Abstand zu dieser Frau gewann. Dabei war ihr allerdings nicht entgangen, dass die Birkenau dieselben Pumps trug, die Karen am Abend zuvor noch geküsst hatte.

Eine weitere Mittagspause verging, an der Karen das Gescherze von Finke und Bechtel an sich vorüberziehen ließ. Ihre Kopfhaut begann unangenehm zu kribbeln und hörte so schnell nicht damit auf. Die Überreiztheit hinterließ ihre Spuren.

Bei der Rückkehr in ihr Büro checkte sie wie jedesmal in der Mittagspause ihre Mails. Plötzlich hielt sie den Atem an. Eines davon stammte von Armin Hagen.

Mit unruhiger Hand öffnete sie es. Das Mail selbst war leer, stellte sie fest. Aber es besaß eine mpeg-Datei als Attachement.

Karen stellte sicher, dass der Lautsprecher ihres PCs abgeschaltet war und schloss zusätzlich die Tür ihres Büros. Dann öffnete sie das mpeg.

Sie bekam zu sehen, was sie erwartet hatte. Erst ihre lesbischen Spiele mit der angeblich einschlägig bekannten Stripperin, dann wie sie vor einem fremden Mann kauerte und ihm einen blies, bis ihr Sperma aus der Nase schoss.

Die Botschaft war klar: Es kostete nur ein paar Mausklicks, um diese Filmclips weiterzuverbreiten. Und vermutlich nicht wenige Empfänger würden selbst für ein weiteres Ausstreuen dieser Aufnahmen sorgen. Wie ein Schneeball, der zur Lawine wurde. Vor lauter Anspannung zerdrückte Karen fast die Maus in ihrer Hand.

Urplötzlich schrillte ihr Telefon. Karen war so erschreckt, dass sie geradezu in die Höhe schoss.

Ein Blick auf das Display zeigte ihr die Nummer Armin Hagens.

Mit zitternder Hand nahm sie ab.

„Ja?"

„Und?" erklang seine gutgelaunte Stimme. „Was sagst du zu dem, was ich dir eben raufgeschickt habe?"

Karen fiel beim besten Willen nicht ein, was sie darauf antworten sollte. Die verschiedensten Gedanken und Gefühle purzelten in ihr wild durcheinander.

„Komm zu mir runter", hörte sie ihren Kollegen jetzt sagen. „Ich habe Lust auf dich." Dann ertönte ein Klicken. Hagen hatte aufgelegt.

Fassungslos starrte Karen den Hörer an. Sie konnte sich doch unmöglich einfach von diesem Typ ordern lassen wie ein Callgirl ... was noch ein recht schmeichelhafter Vergleich war. Selbst die allermeisten Callgirls würden sich diesen Tonfall kaum bieten lassen.

Ihr Blick wanderte zurück zu ihrem PC, auf dem das mpeg gerade zum Stillstand gekommen war und jetzt ein wenig verschwommen aussah. Aber Karens Gesicht, ihr Häubchen, ihr Lederhalsband und das Sperma, das aus ihrer Nase rann, waren noch gut zu erkennen.

Sie wusste, dass sie eigentlich keine andere Wahl hatte.

Und schon wieder begann es zwischen ihren Beinen zu kribbeln.

Sie stand auf. Es war, als ob der Boden unter ihr schwankte. Mit einiger Mühe stakste sie aus dem Büro.

Würde Hagen sie wirklich jetzt benutzen wollen? Am hellichten Tag? Während der Arbeitszeit? Mitten in ihrer Firma? Karens Atem ging schnell und hektisch. Sie war sich selbst nicht einmal sicher, ob sie in erster Linie von Angst oder von Geilheit beherrscht wurde.

Im Flur begegnete ihr Nadja, die Praktikantin. Sie warf Karen ihr übliches immer ein wenig verschmitzt wirkendes Lächeln zu. Karen zwang sich zurückzulächeln, brachte aber nur ein schiefes Grinsen zustande, dass schnell wieder in sich zusammenfiel.

Auf dem Weg durch das Treppenhaus nach unten musste sie mit der einen Hand an der Wand entlangstreifen, wie um sich zur Not abstützen zu können, falls sie fiel. Ein Geländer gab es hier nicht. „Bin ich denn wahnsinnig?“ fragte sie sich. „Lasse ich mich wirklich zu diesem Kerl beordern, als ob ich auch hier seine Dienstmagd wäre?“

Am ganzen Körper bebend betrat sie schließlich sein Büro.

Hagen schien in irgendwelche Unterlagen vertieft zu sein, nickte ihr kurz zu, aber beachtete sie nicht weiter. Karen räusperte sich verlegen. Ihr wild klopfendes Herz schien ihren ganzen Körper auszufüllen.

„Mach die Tür zu“, sagte Hagen kurz und hakte mit seinem Kuli eine Zahlenkolonne ab.

„Hören sie“, begann Karen, während sie seinen Befehl ausführte. „Es wäre mir wirklich lieber, wenn wir irgendeinen Weg fänden, der ...“

„Komm her“, unterbrach sie Hagen und winkte sie zu sich heran. Sie gehorchte und trat um seinen Schreibtisch herum auf ihn zu.

„Könnten wir ... das alles nicht wenigstens auf private Treffen begrenzen?“ fragte Karen. „Ich möchte wirklich nicht, dass ...“

„Wer hat dich denn gefragt?“ fragte sie Hagen mit einer Spur von Verärgerung in der Stimme. „Knie dich hin.“

„Was ... ich ... hören sie mir doch bitte zu ...“

„Du sollst dich hinknien, habe ich gesagt.“

Endlich sah Karen ein, dass Diskutieren keinen Sinn mehr hatte. Gehorsam sank sie auf die Knie.

„Kriech unter den Schreibtisch.“

Du lieber Gott, was hatte der Kerl jetzt vor? Karen brach der Schweiß aus vor lauter nervöser Erregung. Sie rutschte an Hagens Beinen vorbei unter seinen Schreibtisch. Dabei warf sie einen Blick in Richtung Tür, die sie hinter sich zugemacht hatte, und stellte fest, dass diese Seite des Schreibtisches durch einen Rollwagen mit Aktenordnern sowie einem Gewirr von Computer-, Telefon- und Druckerkabeln recht gut verdeckt war. Selbst wenn jemand überraschend in Hagens Büro stürmte, hatte sie also gute Chancen, unentdeckt zu bleiben.

„Jetzt mach meine Hose auf und hol meinen Schwanz raus."

Diesen Befehl hatte sie schon geahnt, noch bevor Hagen überhaupt begonnen hatte zu sprechen. Natürlich, wozu sonst hätte er sie runterkommen lassen sollen? Ein wenig ungeschickt nestelte sie seinen Gürtel auf, zog dann den Reißverschluss nach unten. Hagens praller Schwanz schnellte ihr entgegen wie ein Springmesser.

Würde sie wirklich ... hier in der Firma ...?

Natürlich würde sie. Sie hatte ja keine andere Wahl.

Außerdem war es ja nicht das erste Mal für sie, sagte sie sich sarkastisch, den Schwanz dieses Widerlings in den Mund zu nehmen. Und vielleicht auch nicht das letzte. Eigentlich, fuhr es ihr durch den Kopf, konnte er sie jetzt über Jahre hinweg immer dann zu sich herunterrufen, wenn er gerade Gelüste hatte.

Sie wollte gar nicht länger darüber nachdenken.

Also lutschte und leckte sie lieber. Ließ sich Hagens harten Schwanz tief hineinrammen, fast bis zum Anschlag. Liebkoste ihn mit ihrer Zunge, wie man es von einer guten Sklavin erwarten durfte. Atmete den Geruch ein, der aus Hagens Designerhose direkt in ihr Gesicht stieg, und wurde ganz schwindelig davon.

Im nächsten Moment hörte sie, wie jemand die Zimmertür öffnete.

Karen erstarrte. Das konnte doch nur die Birkenau sein? Wollte sie den Anblick ihrer Rivalin genießen, wie sie da unter dem Schreibtisch eines Mitarbeiters kauerte und ihn verwöhnte, bis er ihr ins Gesicht spritzte?

Stattdessen erklang die Stimme eines Mannes: „Entschuldigung", hörte sie ihn sagen. „Aber wissen sie zufällig, wo ...?"

„Vom Anklopfen halten sie auch nicht sehr viel?" unterbrach ihn Armin Hagen.

Karen liefen eiskalte Schauer über den Rücken. Sie kannte diese Stimme. Es war Peter Spinella, der Kollege, der sich vor einiger Zeit in sie verknallt, von ihr aber einen Korb erhalten hatte.

Die Nebelschwaden in ihrem Kopf zerstoben. Erst jetzt wurde ihr wieder so richtig klar, was sie da eigentlich gerade machte. Sie war eine Führungskraft in dieser Firma und kauerte während des nachmittäglichen

Bürobetriebs unter dem Schreibtisch eines Kollegen, um ihm einen zu blasen. Was würde Spinella von ihr denken, wenn er sie so unter diesem Schreibtisch entdeckte? Konnte er sie erkennen, trotz all der Kabel und dem Rollwagen, die seinen Blick versperren mussten? Allzu gerne hätte sie den Kopf gedreht, um zu schauen, wo Spinella stand und welche Gefahr ihr drohte, aber sie hatte immer noch Hagens Organ in ihrem Mund.

„Verzeihung", sagte Spinella noch einmal. „Ich suche nur die ..."

„Jetzt passt es nicht", hörte sie Hagen barsch antworten. Gleichzeitig fühlte sie wie sich seine Hand auf ihren Hinterkopf legte und er sie mit ein wenig Druck dazu brachte, ihren Kopf weiter vor und zurück zu bewegen. Der Bursche musste wirklich Nerven aus Stahl haben. „Ich hab die Tür extra zugemacht, weil ich mich auf ein paar Abrechnungen konzentrieren möchte."

Ein kurzer Moment des Schweigens folgte. „Ich ruf sie in einer Viertelstunde zurück", hörte sie Hagen dann sagen und endlich verabschiedete sich Spinella mit einer weiteren Entschuldigung. Keine Sekunde zu früh. Karen schwitzte schon Blut und Wasser.

Jetzt hörte sie Hagen leise lachen. „Das war ganz schön kitzlig, was?"

Sie hatte es schon immer geahnt, dass in ihrem Kollegen ein kleiner Psychopath steckte.

Plötzlich schrillte das Telefon auf seinem Schreibtisch.

Karen fuhr zusammen und hätte beinahe die Zähne zusammengebissen, was Hagen gespürt haben musste, denn er verpasste ihr einen kurzen Schlag gegen die Stirn. Sie hörte, wie er den Hörer abhob und sich meldete. Das darf alles nicht wahr sein, dachte sie sich, ich blase ihm hier einen und währenddessen widmet der Kerl sich seinen Telefongesprächen. Während das, was sie da gerade tat, sie an den Rand der Verzweiflung trieb, schien er sie nicht mehr zu beachten als ein neues Sexspielzeug.

„Ja, das kleine Flittchen ist gerade bei mir", hörte sie ihn jetzt sagen. Das konnte also nur die Birkenau sein, mit der er jetzt sprach. „Soll ich sie dir einmal kurz geben?"

Im nächsten Moment reichte er den Hörer zu ihr herunter. „Sag hallo", sagte er. Gleichzeitig drückte er aber so auf ihren Kopf, dass sie seinen Schwanz nicht aus ihrem Mund lösen konnte.

„Cholloh?“ würgte sie hervor. Jetzt fühlte sie sich gedemütigter als je zuvor. Schlimmer konnte es nicht werden. Aber auch diese Überzeugung zerfiel, als sie das über die Maßen erheiterte Lachen der Birkenau in ihrem Ohr hörte. Es ging offenbar immer noch eine Stufe schlimmer.

„Na“, hörte sie ihre Mitarbeiterin jetzt sagen. „Bist du tüchtig an deiner Arbeit?“

Karen zerging fast vor Scham. „Cho“ stieß sie hervor, weil sie irgendetwas antworten musste und ihr beim besten Willen nichts Passendes einfiel.

Wieder brandete schallendes Lachen durch den Telefonhörer. Fast wäre Karen am liebsten auf der Stelle tot zu Boden gesunken. Ihre Wangen glühten. Und Hagen schien diese Situation immer mehr zu erregen.

Er zog den Hörer wieder zu sich hoch. „Sie kann nicht so gut sprechen, hat gerade den Mund voll“, scherzte er. „Vielleicht sollten wir sie ein bisschen mit einem Sektkorken trainieren lassen, bis sie sogar Telefonanrufe beantworten kann, während sie mir einen bläst. Dann können wir das Ganze das nächste Mal in ihrem Büro stattfinden lassen, statt in meinem.“

Es wurde schlimmer und schlimmer, stellte Karen fest. In ihrem ganzen Leben hatte sie sich nicht einmal vorgestellt, dass sie sich jemals dermaßen erniedrigt fühlen würde.

„Okay“, hörte sie Hagen jetzt sagen. „Den Rest machen wir wie abgesprochen. Das kleine Luder hat mich fast soweit. Ihre wahren Qualitäten liegen wirklich auf ganz anderen Gebieten, als die meisten bisher denken.“

Endlich legte er den Hörer auf.

Er beugte sich ein wenig zu ihr herunter. „Hör zu“, raunte er ihr in eindringlichem Tonfall zu. „Ich komme gleich in deinen Mund. Du wirst mein Sperma aber nicht herunterschlucken. Auf keinen Fall. Du wirst es in deinem Mund behalten, damit zu Diana gehen – für dich natürlich Frau Birkenau – und ihr zeigen, dass du es immer noch auf deiner Zunge hast. Dann wird sie dir sagen, was du als nächstes zu tun hast. Wenn du dabei versagst, dann werden heute Abend noch die ersten erotischen Aufnahmen von dir an ein paar deiner Bekannten gehen. Nur als ersten Warnschuss. Praktischerweise habe ich hier schon eine kleine Liste von Mailadressen vorbereitet ..."

Er hielt ihr einen Papierbogen vor die Nase. Karens Augen weiteten sich. Es waren Büroadressen von Kollegen und Vorgesetzten, aber auch Adressen von guten Freunden und anderen Bekannten. Thomas Adresse war natürlich ebenfalls darunter. Nachdem Hagen und Birkenau ihr Passwort erhalten hatten, mussten sie auch ihre Mailbox gründlich durchkämmt haben.

„Hast du alles verstanden?" fragte er mit sadistischer Herablassung.

„Cho", keuchte Karen hervor, und ihrem Gesichtsausdruck war es vermutlich anzusehen, dass sie es ernst meinte. Auf Hagens Liste befanden sich einige Namen, bei denen sie um keinen Preis wollte, dass diese derartige Aufnahmen von ihr zu sehen bekamen. Dann würde sie lieber eine weitere Runde in diesem perversen Spiel mitspielen. Auch wenn, wie ihr insgeheim völlig klar war, immer wieder und wieder eine neue Runde auf sie warten würde.

„Wunderbar", sagte er, krallte sich in ihr Haar und kam in heftigen Stößen.

Karen musste einen Reflex unterdrücken, Hagens Sperma automatisch herunterzuschlucken – oder gar auszuspucken. Immer mehr von diesem, wie sie fand, widerlich schmeckenden, klebrigen, zähflüssigen Zeug sammelte sich auf ihrer Zunge, bis sie das Gefühl hatte, dass es ihren gesamten Mundraum ausfüllte.

Endlich zog Hagen mit einem leicht schmatzenden Geräusch seinen Schwanz zwischen ihren Lippen hervor. Ein wenig von dem Sperma war noch darauf verschmiert. Wie selbstverständlich nahm Hagen eine Strähne von Karens Haarschopf zwischen seine Finger und wischte sich damit ab.

Karen hätte am liebsten sofort losprotestiert. Wie konnte er von ihr erwarten, dass sie gleich hinaus auf den Büroflur treten würde, während in ihren Haaren noch sein Sperma klebte? Aber wie Hagen eben schon am Telefon gesagt hatte: Sie hatte den Mund voll. Und so wagte sie nicht einmal mit einem empörten Brummen zu protestieren, weil sie Angst hatte, sich sonst zu verschlucken. Und schließlich hätte es ohnehin nichts genützt.

So blieb ihr kaum etwas anderes übrig, als Hagen mit großen hilflosen Augen anzustarren, während der seine Garderobe wieder in Ordnung brachte. Als er damit fertig war, bedeutete er ihr mit einer Geste, unter dem Schreibtisch hervorzukriechen.

Er hatte sich in seinem Drehstuhl zurückgelehnt und musterte sie mit einem mehr als dreisten Grinsen, wie sie da vor ihm stand. Und ihr war klar, was er da sah, wie sie leicht zitternd vor ihm stand. Äußerlich wirkte sie kaum anders als an all den Tagen zuvor, wenn man davon absah, dass ihr Haar jetzt ein wenig verklebt war. Und doch hatte sie sich vollkommen verändert. Bis jetzt wussten das nur sie selbst, Hagen und die Birkenau, aber das reichte vollkommen.

„Dann mal auf", sagte er schließlich. „Worauf wartest du?"

Und so machte sie sich auf den Weg. Ein wenig zögernd öffnete sie die Tür von Hagens Büro und lugte hinaus in den Flur. Wenigstens war er so gut wie leer. Nur am Kopierer stand die Schulze. An den perforierten Bögen aus Endlospapier erkannte Karen, dass sie gerade dabei war, die Quartalsberichte für die anderen Mitarbeiter ihrer Abteilung zu vervielfältigen.

Leider konnte Karen nicht einfach hier stehen bleiben und abwarten, bis der Flur endgültig menschenleer war. Mit etwas Pech konnte das ewig dauern. Da musste sie wohl einfach durch.

Also nahm sie all ihren Mut zusammen, schloss Hagens Tür hinter sich und ging mit, so hoffte sie, so forschem Schritt wie gewohnt, durch den Flur. Nur ja nichts anmerken lassen, sagte sie sich.

Die Schulze schenkte ihr ein flüchtiges Lächeln. Karen lächelte stumm zurück, was aber vermutlich eher misslungen wirkte. Ihr Mund war viel zu angespannt bei dem angestrengten Bemühen, nur ja nichts von Hagens Sperma versehentlich über ihre Lippen treten zu lassen.

Mein Gott, sagte sie sich. Was hatten diese beiden nur in derart kurzer Zeit aus ihr gemacht?

Verrückterweise fühlte sie sich trotz all ihrer Furcht auf bizarre Art erregt.

Plötzlich kam aus einem der Büroräume vor ihr Spinella getreten. „Karen“, sagte er ein wenig hektisch. „Weißt du zufällig, wo ...?“

Karen hob nur abwehrend die Hand und schritt mit grimmigem Blick immer schneller werdend an ihm vorbei. Schon wieder war sie ins Schwitzen geraten. Wenn er jetzt versuchte, sie in ein Gespräch zu entwickeln – wie um alles in der Welt sollte sie dann klarmachen, dass sie ihm nicht antworten konnte?

Aber er sah ihr nur verblüfft nach.

Gottseidank, seufzte sie innerlich. Wenn er sie das nächste Mal ansprach, und sie wieder reden konnte, würde sie ihm erzählen müssen, dass sie irgendeine wichtige Zahlenreihe in ihrem Gedächtnis behalten musste und auf keinen Fall abgelenkt werden wollte, bis sie eine Gelegenheit hatte, die Zahlen aufzuschreiben. Irgendsoetwas eben.

Endlich erreichte sie das Büro der Birkenau. Die Tür war geschlossen.

Was jetzt noch gefehlt hätte, wäre, dass die Birkenau einen ungeplanten Besucher hatte!

Zaghaft klopfte Karen gegen die Tür.

„Wer ist da?“ hörte sie von innen die Stimme ihrer Rivalin.

Karen stand hilflos da und wartete stumm.

Endlich öffnete die Birkenau. Sie war allein. „Ach du bist es“, sagte sie unschuldig. „Warum sagst du denn nichts? Hast du deine Zunge verschluckt?“ Sie kicherte. Dann trat sie beiseite, um Karen hereinzulassen.

Karen atmete ein klein wenig auf. Diesen Weg der Schande hatte sie also zumindest hinter sich gebracht.

Die Birkenau schloss die Tür und trat um Karen herum wieder an ihren Schreibtisch. „Prima“, sagte sie. „Ich sehe, inzwischen hast du wenigstens kapiert, dass es am besten für dich ist, das zu tun, was wir von dir verlangen.“ Sie musterte Karen mit noch längeren und noch peinigenderen Blicken als Hagen zuvor.

„Was für ein Flittchen du doch bist. Nicht wahr?“

Karen starrte sie nur stumm an.

„Nicht wahr?“ fragte die Birkenau noch einmal, schärfer diesmal.

Endlich nickte Karen. Scham und Lust verschmolzen sich in ihr.

„Dann wollen wir doch mal sehen, ob du es immer noch in dir hast.“

Die Birkenau nahm eine noch halbvolle Kaffetasse von ihrem Schreibtisch und reichte sie Karen. „Dann spuck Hagens Zeug, das du die ganze Zeit so sorgsam behütet hast, mal da rein.“

Karen gehorchte. Vor den Augen ihrer Rivalin ließ sie das Sperma über ihre Lippen in die Kaffeetasse fließen. Einmal mehr wäre sie stattdessen am liebsten im Boden versunken.

Ohne ihr ins Gesicht sehen zu können, reichte sie der Birkenau die Tasse zurück.

Ihre Mitarbeiterin lachte auf. „Aber was soll ich denn damit, Herzchen?“ fragte sie amüsiert. „Glaubst du, ich habe Verwendung für Hagens Sperma, das du die ganze Zeit in deinem Mund gehabt hast?“

Verdattert schaute Karen jetzt doch zu ihr auf.

Freundlich reichte ihr die Birkenau die Tasse zurück. „Ich möchte, dass du sie austrinkst“, flüsterte sie sanft. „Auf ex.“

Karen starrte auf die Flüssigkeit hinab. Kaffee mit Sahne, schoss es ihr absurderweise in den Kopf. Mit zitternder Hand hob sie die Tasse an ihre Lippen. Dann trank sie. Schluckte das Zeug herunter und zwang sich, nicht allzu sehr darüber nachzudenken. Sondern nur zu schlucken.

Endlich war die Tasse leer.

„Fein“, sagte die Birkenau zu ihr. „Bring sie bitte in die Küche zum Abwasch. Und danach kannst du sie mit hoch in dein Büro nehmen. Ich trinke bestimmt nicht mehr aus ihr.“

„Ja“, sagte Karen gehorsam und wandte sich zum Gehen. Das alles wurde allmählich zu viel für sie. Sie fühlte sich, als könnte sie jede Sekunde zusammenbrechen.

„Und geh auf dem Rückweg vielleicht noch mal kurz ins Bad“, rief ihr die Birkenau nach. „Du hast da irgendwas im Haar.“

Als Karen endlich in ihrem Büro angekommen war, schloss sie die Tür hinter sich, fiel mehr, als dass sie sich setzte auf ihren Stuhl, riss den Telefonhörer von der Gabel und ließ ihren Kopf auf den Schreibtisch sinken.

Ihr war genauso zum Kotzen wie am Abend zuvor. Irgendetwas, dachte sie sich sarkastisch, musste an diesem Kaffee schlecht gewesen sein. Würde so in Zukunft ihr Arbeitstag aussehen? Immer wieder sexuelle

Dienste und Demütigungen? Davor die Angst, was als nächstes kommen würde, und danach der verzweifelte Versuch, damit mental fertig zu werden?

Dass sie unter diesen Umständen noch ihrer Rolle als Führungskraft gerecht werden konnte, war kaum zu hoffen. Schon heute Abend würde sie ein paar Stunden länger im Büro bleiben müssen als sonst. Wenn sie überhaupt noch in der Lage sein würde, sich zu konzentrieren.

Die Birkenau schien ihre Rache wirklich zu bekommen. Und das Schlimmste dabei war, dass Karen den Eindruck hatte, ihre Rivalin lief sich gerade erst warm.

Am nächsten Nachmittag erwischte die Birkenau Karen, als sie alleine vor dem Aufzug wartete. Sehr zu Karens Missvergnügen stieg sie mit ihr in die Kabine ein.

„Du hast unsere Gastfreundschaft genossen“, zwitscherte die Birkenau, als sie gemeinsam nach unten fuhren, „wäre es da nicht an der Zeit, dass du uns einmal zu dir einlädst?“

Karen unterdrückte ein Aufstöhnen. Der Gedanke allein, diese beiden Menschen in ihr eigenes Appartement einzulassen, ihren Zufluchtsort, löste in ihr eine Woge heftigen Widerwillens aus.

„Wann?“ fragte sie mit matter Stimme.

„Morgen Abend gegen acht würde es uns passen.“

„Okay“, sagte Karen und ergab sich in ihr Schicksal.

„Also?“ fragte die Birkenau.

„Also ... was?“ Karen war irritiert.

„Ich warte auf die Einladung.“

Karen musste an sich halten, um nicht spontan die Augen zu verdrehen. Dass die Birkenau ihre Psychospielchen bis ins Detail hinein ausreizen musste, verstärkte die hilflose Wut, die sie in sich fühlte, noch einmal sehr deutlich. Sie holte Luft, um die Einladung auszusprechen, stellte dabei aber fest, dass sie große Mühe hatte, die Worte tatsächlich auszusprechen. Ihr gesamter innerer Widerwille stellte eine machtvolle Barriere dar.

Die Birkenau schaute sie mit ihrem üblichen Ausdruck unterschwelligen Amüsements auf dem Gesicht erwartungsvoll an.

„Möchtet ihr...?"
„Möchten sie!" fuhr ihr die Birkenau mit sanfter Stimme über den Mund.
„Möchten sie beide ... mich morgen Abend nicht einmal besuchen kommen?" würgte Karen hervor. „So gegen acht? Ich würde mich freuen." Ihre letzten Worte hatten ironisch klingen sollen, aber ihre Stimme hatte jede Schärfe verloren, weshalb sie nur noch unterwürfig klang.
„Sehr gerne", antwortete die Birkenau. Der Fahrstuhl kam unten an und seine Türen öffneten sich. „Ich bin sicher, dass wird ein wirklich netter Abend werden."

Tatsächlich war das Vergnügen ausgesprochen einseitig.
„Beweg dich in langgestreckten, sexy Bewegungen", forderte sie die Birkenau auf, während sie mit ihrem Kamerahandy auf Karen hielt, wie diese bis auf das Lederhalsband splitternackt auf allen vieren über ihren Teppich kroch. Sie musste aussehen wie ein unterwürfiges Sexkätzchen. Karen Weißgerber: Vor einer Stunde noch eine Führungskraft, jetzt eine Sklavenschlampe, die jedem Befehl gehorchte.
„Leck deine Finger", sagte die Birkenau leise. „Und steck sie dir zwischen die Beine."
Jetzt hielt Karen ein gedemütigtes Aufstöhnen nicht mehr zurück. Es war unfassbar, was sie alles mit sich machen ließ. Weil sie auf keinen Fall wollte, dass bestimmte schlimme Aufnahmen von ihr veröffentlicht wurden, ließ sie von dieser Hexe immer üblere, immer vernichtendere Aufnahmen von sich anfertigen, die Karen nur immer mehr und mehr in ihre Gewalt brachten. Es wäre unmöglich, noch irgendwie ihren Kopf aus der Schlinge zu ziehen, wenn solche Bilder über die angebliche Nachtseite der erfolgreichen, karrierebewussten leitenden Angestellten Karen Weißgerber erst mal die Runde machten.
Wie als wenn sie von Diana Birkenau an unsichtbaren Schnüren geführt würde, griff sich Karen, immer noch auf allen Vieren, mit einer Hand zwischen die Schenkel und begann sich dort ein wenig zu liebkosen.
„Du siehst noch nicht sehr begeistert dabei aus", merkte die Birkenau an. „Ich sehe, wir werden das noch einige Zeit lang üben müssen. Wir

hören auf keinen Fall auf, bevor nicht klar rüber kommt, wie sehr dich das alles erregt. Du weißt, was für eine Perfektionistin ich sein kann, wenn mir etwas wichtig ist."

Karen schnaufte. Gab es gar keine Grenzen für dieses Biest? Ein weiteres Mal griff sie sich mit der Hand zwischen die Beine, rang sich aber diesmal zusätzlich ein Lächeln ab, das hoffentlich halbwegs lustvoll wirkte.

Von ihrer Couch her hörte sie ein Stöhnen.

Hagen natürlich. Ihn hatte sie die ganze Zeit über versucht zu verdrängen, wie er mit heruntergelassenen Hosen dort saß, wo sie früher oft mit Thomas herumgeknutscht hatte, und es sich bei dem Schauspiel ihrer Demütigung selbst besorgte. Der Anblick, wie seine Vorgesetzte hier bloßgestellt wurde, versetzte ihn sichtlich in ungeheure Erregung.

Eine Erregung, die gerade ihren Höhepunkt erreichte, wie Karen mit Entsetzen feststellte. Hagen hielt offensichtlich nicht das Geringste davon, sich etwas unterzulegen oder anderweitig ihre Einrichtung zu schätzen, als er kam. Stattdessen ergoss er sich in heftigen Stößen quer über ihren Glastisch. Karen starrte mit großen Augen auf die immer größer werdende Menge von herausgeschossenem Sperma, das dort landete. Nahm der Kerl irgendetwas zu sich, das zu derartigen Mengen an Ejakulat führte?

Endlich war er fertig und sank mit einem neuerlichen, jetzt zufriedenen Stöhnen in Karens Polster zurück.

„Also dann", sagte die Birkenau und hielt ihr Kamerahandy wieder vor ihr Auge. „Leck es auf."

Eine Stunde später waren die beiden endlich verschwunden.

Karen blieb splitternackt und völlig am Ende in ihrer Wohnung zurück. Ihr war hundeelend. Noch immer stand die Tischoberfläche vor ihrem inneren Auge, in der sie sich die ganze Zeit über gespiegelt hatte, während sie wieder und wieder mit ihrer Zunge darüber gestrichen war, um Hagens Sperma aufzulecken.

Widerlich! Sie schüttelte sich bei der Erinnerung. Absolut widerlich!

Und wieder einmal kam ihr der Gedanke in den Kopf, dass es von Tag zu Tag schlimmer wurde.

Sie wankte ins leere Wohnzimmer zurück und ließ ihren Blick über den Teppich fliegen, über den sie gerade noch gekrochen war, über den Tisch, der wie geleckt aussah, der Sessel, in dem die Birkenau gesessen hatte, die Couch ... am liebsten hätte sie sämtliche Möbel genommen und in Brand gesetzt oder in Stücke zerhackt. Um sich dann mit einer völlig neuen Einrichtung auszustatten. Leider musste sie fest damit rechnen, dass das nicht der letzte Besuch der beiden war. Und sie konnte sich unmöglich immer wieder eine komplett neue Einrichtung kaufen.

Sie war so kaputt, dass sie sich am liebsten auf die Couch hätte fallen lassen, um eine Stunde lang gar nichts anderes zu tun als das gerade Erlebte zu verarbeiten. Das Einzige, was sie davon abhielt, war die Befürchtung, dass ein paar Spritzer von Hagens Ejakulation woanders gelandet waren als auf dem Tisch. Eigentlich hätte sie nachschauen müssen, aber sie konnte es nicht über sich bringen. Wobei eine solche Kontrolle am nächsten Morgen vermutlich nicht einfacher werden würde.

Also doch ab ins Bett. Morgen wartete ein neuer Tag auf sie.

Auf ihrem Weg durch den Flur kam sie am Telefon vorbei. Sie hatte den Hörer neben die Gabel gelegt. Es hätte ihr nicht gepasst, wenn Thomas oder irgendjemand anderes sie in den letzten Stunden angerufen hätte - und diese beiden Bestien mit ihrer perversen Phantasie vielleicht auf den Einfall gekommen wären, den Anrufenden in ihre Spielchen mit einzubeziehen, um Karen so noch weiter zu erniedrigen.

Vermutlich würde Thomas sich wundern, dass sie in letzter Zeit immer schwerer zu erreichen war. Aber er wusste, dass sie sehr viel Energie in ihre Karriere hineinsteckte, und würde wohl einfach annehmen, dass sie mal wieder besonders lange arbeitete.

Der brave, verständnisvolle Thomas. Sogar ihn musste sie über das Doppelleben im Unklaren lassen, das ihr aufgezwungen worden war.

Sie war wirklich vollkommen auf sich allein gestellt.

Immer noch nackt taumelte sie in ihr Schlafzimmer, ließ sich in die Laken fallen und zog sich die Decke bis zum Kinn. Vielleicht hatte sie ja Glück, und sie würde sehr schnell in die weniger grausame Welt der Träume fliehen können, um am nächsten Morgen bereit zu sein für die Anforderungen eines neuen Tages.

Nur leider funktionierte das nicht. Stattdessen drehte sie sich von einer Seite auf die andere und fand keinen Schlaf. Dazu war sie noch viel zu aufgewühlt. Die Ereignisse der letzten Stunden galoppierten durch ihren Kopf wie eine Stampede wilder Rinder, die sie unmöglich aufhalten oder unter ihre Kontrolle zwingen konnte.

Nicht anders, stellte Karen fest, stand es mit ihren Gefühlen. Tatsächlich war sie ausgesprochen erregt.

Das ist nur Sublimation, versuchte sie, sich klarzumachen. Ich versuche unbewusst, all meine in mir tobenden negativen Gefühle in den Bereich sexueller Erregung zu schieben, weil sie dort weniger bedrohlich für mich sind und ich da besser damit umgehen kann. Verstandesmäßig war ihr klar, dass sie zu ihrem entwürdigenden Auftritt als Sexkätzchen soeben gezwungen worden war, aber ihr Körper hatte seine eigene Regie, die nichts mit ihrem Verstand zu tun hatte. Aber sie musste irgendwie da runter kommen, wenn sie jemals Schlaf finden wollte.

Also legte sie ein weiteres Mal ihre Hand zwischen ihre Beine, diesmal aus eigenem Antrieb, und begann sich zu streicheln, während in ihrem Kopf noch einmal die Eindrücke davon abliefen, wie sie auf die Befehle der Birkenau hin über den Teppich gekrochen war und dann Hagens Sperma aufgeleckt hatte.

Wenige Minuten später kam sie so heftig wie selten zuvor.

Ein paar Tage später war die Birkenau auf den glorreichen Gedanken gekommen, mit ihr zum Shoppen zu gehen.

„Ich sehe, du brauchst dringend ein paar neue Klamotten“, hatte sie zu ihr gesagt, als sie sie gerade am Kopierer abgepasst hatte und sich sonst niemand in der Nähe befand. Wenn Kollegen in der Nähe waren, bewahrte die Birkenau immer noch das Sie, damit sich niemand darüber wunderte, dass sie ihre Vorgesetzte duzte, von ihr selbst aber gesiezt wurde.

„Wie bitte?“ Karen sah irritiert auf. „Die Sachen hier sind gerade mal ein paar Wochen alt ...“ rechtfertigte sie sich ungeschickt für etwas, das ihre Mitarbeiterin eigentlich nicht das Geringste angegangen wäre.

„Und sie stehen dir ausgesprochen schlecht. Ich glaube, es ist am besten, wenn ich mitkomme und dich ein bisschen berate.“

Karen hatte das Schlimmste befürchtet, aber ebensosehr eingesehen, dass jeder Widerstand in ihrer momentanen Situation zwecklos war. Also hatte sie mit Diana Birkenau einen Termin zum gemeinsamen Einkaufsbummel ausgemacht, wie zwei Kolleginnen das eben manchmal miteinander machten.

Und jetzt stand sie nackt in der Umkleidekabine eines Modegeschäftes in der Innenstadt und fühlte sich mehr als unwohl. Der große Spiegel an einer Wand der Kabine präsentierte ihr ihren eigenen nackten Körper, der ihr noch nie zuvor dermaßen schutzlos vorgekommen war.

Die Birkenau nämlich hatte darauf bestanden, dass Karen sich nach dem Betreten der Kabine erst einmal komplett entkleidete. Alles, was sie am Körper getragen hatte, einschließlich der Unterwäsche, landete in einem Tragebeutel, den ihre Mitarbeiterin mit sich führte. „Dann schaue ich mal, ob ich etwas Hübsches für dich finde", hatte sie gezwitschert, den Vorhang zugezogen und war von dannen gestiefelt.

Seitdem wartete Karen in ihrer Kabine. Und wartete.

Natürlich war ihr längst der Gedanke gekommen: Was wäre, wenn ihre fiese Kollegin einfach mit ihren Sachen das Geschäft verlassen hatte und sich in einem in der Nähe gelegenen Eiscafé einen schönen Tag machte, während sie, Karen, hier immer verzweifelter wurde? Die verschiedensten Angstphantasien jagten ihr durch den Kopf: Würde sie bis zum Ladenschluss warten und dann versuchen müssen, eine der Verkäuferinnen um Hilfe zu rufen, um dieser zu erklären, man habe ihr einen blöden Streich gespielt? Würde ein geistesabwesender Kunde versehentlich den Vorhang zu ihrer Kabine aufreißen, sie nackt dort stehen sehen und den halben Laden darauf aufmerksam machen? Wie sie, Karen Weißgerber, eine junge leitende Angestellte einer nahgelegenen Firma, sich splitterfasernackt in einem Modegeschäft herumtrieb? Würde man sie für pervers oder geistesgestört halten? Sie hatte das mehr als unangenehme Gefühl, dass ihre Bloßstellung auch ohne die Veröffentlichung belastender Filmaufnahmen irgendwann ihren Lauf nehmen würde.

Urplötzlich riss jemand den Vorhang zu ihrer Kabine auf.

Karen fuhr herum, schlug eine Hand vor ihre Möse und versuchte mit der anderen etwas hilflos, ihre Brüste zu bedecken.

Aber vor ihr stand nur feixend die Birkenau. „Nun stell dich mal nicht so an“, sagte sie lachend. „Ich schau dir schon nichts weg.“

Karen war rot geworden und setzte zu einer Antwort an, wusste aber nicht so ganz, was sie erwidern sollte.

„Hier, ich hab dir ein paar Sachen rausgesucht“, sagte die Birkenau. „Probier die doch schon mal an.“ Sie reichte ihr die Kleidungsstücke entgegen, und Karen blieb kaum etwas anderes übrig, als sie zumindest mit der Hand, die sie vor die Brüste geschlagen hatte, entgegenzunehmen.

„Ich schaue mal, was ich sonst noch so finde.“ Damit zog die Birkenau wieder davon, ließ aber scheinbar versehentlich den Vorhang der Kabine halb offen. Panikartig griff Karen mit ihrer leeren Hand danach und riss ihn zu. Wenn jetzt jemand von außen einen Blick in die Kabine geworfen hätte, hätte er sie für eine Sekunde lang völlig entblößt gesehen. Karen hasste es, dass die Birkenau solche Spielchen mit ihr spielen musste.

Jetzt erst warf sie einen Blick auf die Kleidungsstücke, die ihr ihre Kollegin gebracht hatte: Ein schwarzer Rock und eine helle, leicht durchscheinende Bluse. Beide sahen ausgesprochen knapp aus.

Sie zwängte sich in die Klamotten hinein und stellte fest, dass dieser Eindruck sie nicht getäuscht hatte. Die Bluse war einige Nummern zu klein, wodurch ihre Brüste überbetont wurden, und der Rock war noch kürzer als der, der vor ein paar Tagen zu ihrer Dienstmädchenaufmachung gehört hatte. Alles in allem fand sie, dass sie nur mit diesen beiden Kleidungsstücken am Leibe geradezu obszön aussah.

Wieder hörte sie den Vorhang aufratschen und fuhr erschreckt herum. „Mir ist eingefallen“, sagte die Birkenau, „dass ich mich vielleicht besser nach keinen weiteren Klamotten umschauen sollte, solange ich nicht weiß, wie dir diese hier stehen.“ Sie musterte Karen mit anzüglichen Blicken. „Nicht schlecht, aber hier drinnen sieht man ja nichts. Komm am besten mal raus und schau dich vor dem großen Spiegel da draußen an.“

„Hier hängt schon einer“, sagte Karen. „Und ich finde ...“

„Oh, der hilft dir kaum. Du musst dich mal aus ein paar Metern Abstand betrachten.“

„Hören sie, ich möchte das lieber nicht ...“

„Karen“, schnitt ihr die Birkenau mit tadelnder Stimme das Wort ab.

„Jetzt nehme ich mir schon die Zeit, mit dir zusammen shoppen zu gehen, dann möchte ich auch, dass du das Ganze ernst nimmst. Wenn nicht, kann ich dich auch hier stehen lassen und alleine einen schöneren Abend verbringen.“

Karen holte tief Luft. Das hatte gerade noch gefehlt. Sie alleine in der Kabine mit nichts am Körper als zwei frivol knappen Kleidungsstücken die dem Geschäft gehörten ... Vermutlich war es zehnmal einfacher, ihrer Mitarbeiterin den Gefallen zu tun.

Also folgte sie ihr nach draußen, um sich vor einem der riesigen Wandspiegel des Geschäftes zu betrachten. Natürlich entging ihr nicht, dass sich einige der Köpfe anderer Kunden nach ihr umdrehten. Kein Wunder: Sie sah aus wie eine sexgeile Schlampe.

„Schon nicht schlecht“, sagte die Birkenau. „Aber ich bin sicher, wir finden noch etwas besseres für dich.“

Damit führte sie Karen wieder zurück zu ihrer Kabine. Karen spürte die Blicke der anderen Kunden bereits in ihrem Rücken brennen.

Jede weitere Kombination, die die Birkenau anbrachte, wurde nur immer gewagter und gewagter. Auf ein winziges rosafarbenes Nutten-T-Shirt, das sie mit ihrer Oberweite fast zu sprengen drohte, folgte eine weitere Bluse und der Befehl, die oberen Knöpfe gefälligst offen zu lassen. Ein ums andere Mal wurde Karen aus der Kabine geführt, und sie wand sich innerlich immer mehr. Es entging ihr nicht, dass einige der Kunden offenbar nur noch in der Nähe herumlungerten, um mit anzusehen, was sie als nächstes präsentieren würde. Auch die irritierte Aufmerksamkeit mehrerer Verkäuferinnen hatte sie längst gewonnen.

Schließlich war sie in einem kurzen Rock gelandet, der seitlich bis zur Hüfte geschlitzt war, so dass sich jedem Betrachter, die Erkenntnis, dass sie entweder einen sehr knappen String-Tanga oder gar keine Unterwäsche trug, geradezu aufdrängte. Karen fand, dass dieser Rock aus kaum mehr als einem Lappen vor ihrem Schoß und einen vor ihrem Hintern bestand – bei jeder plötzlichen Drehung, jedem Einsteigen in ein Auto und jeder Treppe musste sie befürchten, ungewollt ihre intimste Stelle zu offenbaren. Die Bluse, die sie jetzt trug, war schwarz und fast völlig durchsichtig. Allein die Tatsache, dass ihr Stoff mit zahlreichen Ornamenten durchsetzt war, verhinderte, dass jeder ungehinderten Blick auf ihre nackten Brüste hatte.

„Wunderbar", sagte die Birkenau schließlich. „Das nehmen wir."

Karen hatte den Eindruck, dass sie jetzt eigentlich unbedingt protestieren müsste. Doch ihr war klar, dass diesem Protest kein Erfolg gegönnt sein würde. Und außerdem war damit wenigstens diese endlose erniedrigende Zurschaustellung vorüber.

Sie wollte schon wieder zur Kabine zurücktapsen, als die Birkenau ergänzte: „Und ich würde sagen, du lässt es gleich an."

Karen zwinkerte. „Was?"

„Na, wir waren uns doch eigentlich schon einig, dass du deine bisherigen Klamotten unmöglich anbehalten kannst, oder? Diese Aufmachung hier passt sehr viel besser zu deinem neuen Typ. Ich würde sagen, die anderen Sachen, die du anprobiert hast, behältst du gleich auch, so als Grundstock für deine neue Garderobe. Komm, gehen wir zur Kasse."

Und damit stiefelte sie schon los.

Karen folgte ihr ebenso verdattert wie befangen. Noch immer spürte sie die Blicke der anderen Kunden auf sich gerichtet, wie sie ihr förmlich Löcher durch die Bluse brannten. Erst ganz allmählich und gegen heftige innere Widerstände sickerte der Gedanke in sie ein, dass sie den Rest des Nachmittages in dieser mehr enthüllenden als verbergenden Kleidung verbringen würde. Das konnte dieses Miststück doch nicht mit ihr machen! Aber inzwischen hatte ihre Mitarbeiterin die Kasse bereits erreicht, und die Verkäuferin begann, die Preise der einzelnen Kleidungsstücke einzutippen.

„Das ... das geht w-wirklich ein bisschen weit ..." flüsterte Karen der Birkenau heiser zu, obwohl sie schon ahnte, dass das keinen Zweck haben würde.

Lächelnd wandte die Eishexe ein wenig den Kopf in ihre Richtung. „Ich mache es dir noch leicht", flüsterte sie zurück. „Stell dir vor, ich würde von dir verlangen, dein hübsches Halsband zu tragen. Oder ein noch breiteres aus schwarzem Leder. Oder ein Hundehalsband. Was würden die Leute wohl dann erst von dir denken, hm? Es ist komisch, immer wenn du dich so sträubst, bringst du mich auf lauter komische Gedanken."

Karen sog scharf die Luft ein, aber sie wagte kein Aufbegehren mehr. Die blonde Verkäuferin wandte sich jetzt Karen zu und griff nach den Preisschildchen, die noch an ihr hefteten, um sie zu entfernen und auch diesen Betrag in die Kasse zu tippen. Karen vermied es, dem Mädchen in die Augen zu sehen, weil sie zu große Angst hatte, „Billige Schlampe" darin lesen zu müssen.

Endlich nannte sie den Gesamtbetrag: Eine stolze Summe, bei der Karen auch erst mal schlucken musste.

„Deine Kreditkarte." Die Birkenau hielt ihr wie selbstverständlich die offene Handfläche entgegen.

Großartig. Jetzt durfte sie ihre Demütigung auch noch selbst teuer bezahlen. Sie fühlte sich wie in einem Strudel, der sie immer schneller immer tiefer nach unten zog.

Zuletzt drückte ihr die Birkenau die Tüten in die Hand und stolzierte aus dem Geschäft. Karen folgte ihr, reduziert auf eine kuriose Mischung aus Flittchen und Packesel. Fast ein wenig weggetreten wegen des Gefühlssturmes, den die Birkenau in ihr ausgelöst hatte, steuerte sie unwillkürlich den Rückweg zum Auto an.

„Wo willst du denn hin?" riss sie die Stimme ihrer Mitarbeiterin zurück.

„Was?" fragte sie konfus, wie aus tiefen Gedanken gerissen.

„Komm, unsere Shoppingtour hat doch gerade erst angefangen. Jetzt bekommst du als erstes mal ein anständiges Paar Schuhe."

Karen starrte sie an. Wieder einmal musste sie erkennen, dass sich der Albtraum, in dem sie steckte, noch um einiges steigern ließ.

Und wieder einmal blieb ihr nichts anderes übrig als zu gehorchen. So suchten sie zusammen ein Schuhgeschäft auf, in dem Karen ein Paar Pumps nach dem anderen anprobieren musste, wobei die Absätze immer höher und höher wurden. Schließlich konnte sie nur noch schwankend und in kleinen Trippelschritten gehen, und der durch die neuen Schuhe verlagerte Schwerpunkt ihres Körpers ließ ihren Po weiter nach hinten und ihre Brüste weiter nach vorne treten. Ihre ganze Körpersprache veränderte sich hin zu der Schlampe, als die sich Karen durch ihre Kleidung bereits fühlte. Die Birkenau indessen amüsierte sich königlich.

Wieder gelangte Karens Kreditkarte zum Einsatz und zu dem Gepäck, das sie mit sich herumschleppte, kamen zwei Tüten mit je einem Schuhkarton dazu. Karen schwankte inzwischen beim Gehen wie ein Schilfrohr im Wind. Immer noch zog sie die Blicke so einiger Männer – und Frauen – auf sich. Allerdings nicht auf eine Weise, die ihr gefallen hätte. In den Augen der Männer stand unverhohlene Lüsternheit. In denen der Frauen Verachtung.

Mit Entsetzen erkannte Karen jetzt, dass die Birkenau geradewegs ein Dessousgeschäft ansteuerte.

Und natürlich blieb ihr auch dort das Anprobieren nicht erspart. Diesmal nahm sich die Birkenau sogar besonders lange Zeit. An Karens Körper landete ein bloßstellendes Kleidungsstück nach dem anderen: Push-Up-BHs, Strapse, Korsetts, Netzstrümpfe, Büstenheber, Torseletts, Bustiere und Bodys mit offenen Cups. Und ein ums andere Mal zerrte die Birkenau sie aus den Winkeln des Geschäftes hervor auf die offene Fläche, „weil hier doch das Licht viel besser ist". Karen kam sich vor, als hätte sie die Sachen genauso gut gleich im Schaufenster anprobieren können. In einigen dieser Sachen, sagte sie sich, hätte sie besser in ein Bordell gepasst. Und immer wieder trafen sie abschätzige Kommentare, wie sie in dieser Wäsche wirkte.

Während Karen vor Scham tausend Tode starb glühten die Wangen ihrer Mitarbeiterin förmlich vor Erregung. Die Birkenau dirigierte sie in die unterschiedlichsten aufreizenden Positionen: „Linke Hand in die Hüfte" sagte sie beispielsweise oder „Hände hinter den Kopf". Karen so zur Schau zu stellen, bereitete ihr offensichtlich größte Lust.

„Das hat Spaß gemacht", verkündete ihr die Birkenau, als sie endlich auf dem Rückweg zum Auto waren. „Ich finde, so etwas sollten wir öfter machen." Sie schmunzelte. „Und wart erst mal ab, was Armin sagen wird, wenn du ihm das alles zeigst."

Der nächste Abend. Karen kniete nackt vor Hagen und der Birkenau, die sich beide auf ihrem Sofa breit gemacht hatten und an den Cocktails nippten, die Karen ihnen zubereitet hatte. Aus der CD-Anlage erklang die Melodie eines eher düsteren Songs von Alanis Morisettes „Flavors of Entanglement“ und breitete sich wie eine schwere Decke über den Dreien aus.

„Na?“ fragte die Birkenau spitz. „Verstehst du alles, was da geschrieben steht?“

Karen schluckte. Der „Sklavenvertrag“, der vor ihr auf dem Fußboden lag, stellte eine einzige Zumutung dar. Sie hatte an allen Arbeitstagen genau die Kleidung zu tragen, die dieses sadistische Pärchen für sie auswählte. Entsprechende Anweisungen würde sie jeden Morgen per Telefon erhalten. Die obersten drei Knöpfe aller Blusen und ähnlicher Kleidungsstücke sowie die seitlichen Verschlüsse sämtlicher Röcke hatten immer offen zu sein. Das galt auch für heikle Situationen wie das Ein- und Aussteigen aus Autos. Sie durfte keine Unterwäsche mehr tragen. Und wenn sie sich nach irgendetwas bücken musste, das auf dem Boden lag, war ihr verboten, in die Hocke zu gehen; nur Nach-Vorne-Beugen war ihr erlaubt. Wenn jemand direkt vor oder direkt hinter ihr stand, gestattete ihm das womöglich ausgesprochen freizügige Einblicke.

Karens Herz klopfte bis zum Hals, als sie das alles las. Was die Birkenau bei ihrem gestrigen Einkaufsbummel vorbereitet hatte, würde sie nun in die Tat umsetzen. Karen war klar, dass sie binnen kürzester Zeit als die absolute Firmenschlampe gelten würde, wenn sie das alles mitmachte. Von der Autorität, die sie als Führungspersönlichkeit innehatte, würde nichts mehr übrig bleiben. Und ohne jeden Zweifel war genau das der Plan, der hinter all diesen Schikanen steckte.

Aber nicht zu unterschreiben ... das würde eine noch wesentlich größere Katastrophe für sie bedeuten. Dann wäre ihr Ruf endgültig ruiniert. Die belastenden Dokumente ... und all diese Aufnahmen, die mittlerweile von ihr existierten ...

Unglaublich, sagte sie sich. Kein Wunder, dass sie keinen klaren Gedanken fassen konnte. Diese beiden Übeltäter machten eine Hure aus ihr, und ihr blieb nichts anderes übrig, als dabei immer wieder mitzuspielen.

„Also gut“, krächzte sie schließlich, obwohl sie es selbst kaum fassen konnte. „Ich unterschreibe.“ Sie streckte ihre Hand nach dem Kugelschreiber aus, den die Birkenau zwischen ihren schlanken Fingern hielt.

„Einen Augenblick", sagte die Birkenau mit zuckersüßer Freundlichkeit in der Stimme. „Wir wissen natürlich alle drei, dass dieser Vertrag im Zweifelsfall alles andere als rechtsverbindlich wäre. Deshalb sollte seine Unterzeichnung in der Form eines besonderen Rituals erfolgen."

Karen sah sie verständnislos an. Ihre ausgestreckte Hand schwebte noch immer in der Luft.

„Wir möchten, dass du diesen Vertrag nicht mit der Hand unterschreibst", erklärte ihr die Birkenau. „Sondern mit deinem Hintern."

„Was?"

„Du wirst dir diesen Stift zwischen die Pobacken schieben und ihn dort gut festhalten. Dann unterschreibst du damit diesen Vertrag. Du wirst die genaue Stelle vermutlich nicht treffen, und deine Unterschrift wird wohl eher wie ein wüstes Gekrakel aussehen. Aber das macht nichts. Hagen hier wird diesen Vorgang mit seinem Kamerahandy genau dokumentieren."

Karens Blick wurde leicht glasig. Sie konnte es kaum fassen, mit welcher Leichtigkeit diese beiden eine Demütigung nach der anderen aus dem Ärmel zogen.

Aber ihre Situation ließ ihr keine andere Wahl. Also tat sie das, was die Birkenau ihr befohlen hatte. Und Hagen filmte mit, wie Karen Weißgerber, leitende Angestellte von Ekineba International, einen Vertrag mit dem Hintern unterschrieb, nackt und in der Hocke, als ob sie irgendein perverser Sex-Freak wäre.

Wenn man diese Aufnahmen je veröffentlichen würde ... Karen durfte gar nicht daran denken.

Das Damoklesschwert, das auf sie herabzusausen drohte, falls sie nicht jeder neuen perfiden Anweisung gehorchte, wurde von Tag zu Tag größer und schwerer.

Am nächsten Tag zeigte sie sich zum ersten Mal als ihr neues Ich in ihrer Firma.

Die Birkenau hatte sie an diesem Morgen angerufen, kurz bevor sie zur Arbeit aufgebrochen war. Knapp, aber mit hörbarem Vergnügen in der Stimme hatte sie Karen aufgefordert, heute nicht mehr am Körper zu tragen als eine knappe weiße Bluse, durch die man bei günstigem Lichteinfall Karens volle Brüste hindurchscheinen sehen konnte, sowie einen ebenso knappen schwarzen Rock, der eigentlich ein einziges unsittliches Angebot darstellte. Dazu kamen ein paar Netzstrümpfe, mit denen Karen sich wie eine billige Straßenhure fühlte und die sicherlich nichts mit der beruflichen Seriosität zu tun hatten, die Karen normalerweise zu verkörpern suchte, und schließlich ein Paar knallroter, hochhackiger Pumps. Zuletzt forderte die Birkenau sie auf, mit dem Auflegen von Lidschatten, Kajal und ebenfalls knallrotem Lippenstift nicht zu sparen. „Wenn ich mit deiner Aufmachung nicht zufrieden bin, ziehe ich deinen Lippenstift in der Mittagspause höchstpersönlich nach."

„Du lieber Gott", sagte Karen zu sich selbst, als sie sich in vollendeter Aufmachung im Spiegel betrachtete. Sie sah aus, als stünde sie im Begriff, in den zweifelhaftesten Etablissements dieser Stadt auf die Rolle zu gehen und darauf aus zu sein, sich irgendeinen Kerl an Land zu ziehen, um für ihn so schnell die Beine breit zu machen, wie es nur irgend ging. Der Gedanke, dass sie gleich langjährige Kollegen solcherart zurechtgemacht sehen würden, machte sie schwindelig. Sie musste sich einen Moment lang am Waschbecken abstützen und atmete ein paarmal kräftig durch.

Es half nichts. Trotz allem inneren Aufbegehren machte sie sich auf den Weg, ihre einstmals sichere Wohnung zu verlassen. Die hohen Absätze ihrer Pumps ließen sie bei jedem Schritt die Hüften schwingen.

Mit eben jenem hüftenschwingenden Gang zog sie eine halbe Stunde später durch den Flur zu ihrem Büro. Sie presste die Zähne aufeinander und nahm sich vor, so kühl und beherrscht zu bleiben wie immer. Komme, was da wolle.

Das erste, was da kam, war ihre Praktikantin Nadja, die ihr durch den Flur entgegenstapfte. Und wie immer hielt sich das Mädchen mit einem sehr direkten Feedback kaum zurück. Sie riss die Augen auf, öffnete auch kurz den Mund, als ob sie spontan etwas sagen wollte, biss sich dann aber im letzten Moment scheinbar doch noch auf die Zunge und rang sich ein höfliches Lächeln sowie ein freundliches „Guten Morgen, Frau Weißgerber!" ab.

Und dann, kurz bevor sie ihr Büro erreichte, trat Spinella aus einem der Nachbarzimmer. Ihm fielen fast die Augen aus dem Kopf. Natürlich. Er war schon hinter ihr hergehechelt, als sie noch strenge Business-Kostüme getragen hatte. Sie wollte gar nicht wissen, was ihm durch den Kopf sauste, als er sie in dieser extrem erotisierenden Aufmachung sah.

Karen nahm all ihre Kraft zusammen, grüßte ihn, als ob nichts wäre, und verschwand in ihrem Büro.

Als sie sich auf ihren Schreibtischstuhl fallen ließ, stellte sie fest, dass sie nassgeschwitzt war und ihr die Bluse am Körper klebte.

„Hervorragend", murmelte sie bitter. Dieser Umstand half ihrem Erscheinungsbild nicht wirklich. Ganz im Gegenteil.

Ihr Blick fiel auf den aufgeschlagenen Terminkalender und sie erstarrte. Für elf Uhr war eine interne Besprechung im Kollegenkreis angesetzt, an die sie gar nicht mehr gedacht hatte.

Die Birkenau und Armin Hagen vermutlich sehr wohl. So konnte das neue und rundumüberholte Modell Karen Weißgerber gleich der versammelten Belegschaft vorgeführt werden.

Karen schloss für ein paar Sekunden die Augen. Das alles ging gerade ein gutes Stück weiter, als sie noch glaubte verkraften zu können.

Aber ihr blieb keine Wahl.

Tatsächlich brachte sie die Besprechung, wie sie fand, mit bemerkenswert aufrechter Haltung hinter sich. Natürlich konnte sie die verblüfften und taxierenden Blicke von mehreren Mitarbeitern und Mitarbeiterinnen nicht übersehen, auch wenn sie sich nichts anmerken ließ. Einen noch größeren Spießrutenlauf gab es in der Kantine. Die Leute, mit denen sie eng zusammenarbeitete, versuchten ja wenigstens noch, sich zu beherrschen, aber manche praktisch wildfremden Angestellten aus ganz anderen Abteilungen starrten sie geradezu an, als ob sie sie mit ihren Blicken ausziehen wollten. Viel zu tun war da ja ohnehin nicht mehr.

Allmählich stellte Karen bei sich eine überraschende Reaktion fest. Mit der intensiven Scham und dem sprunghaft wachsenden Bedürfnis, sich zusammenzurollen und irgendeinem Winkel zu verkriechen, hatte sie gerechnet. Womit sie nicht gerechnet hatte, das war, dass sie dieses lustvolle Angestarrt-Werden immer mehr erregte.

Natürlich, versuchte sie sich das zu erklären. War das nicht immer schon eine geheime Lieblingsphantasie von ihr gewesen: Auf zahlreiche Kerle dermaßen unwiderstehlich zu wirken, dass die sich kaum zurückhalten konnten? In der Realität, das erlebte sie gerade, hatte ein solcher Auftritt durchaus seine Schattenseiten. Und trotzdem wurde sie von Minute zu Minute feuchter zwischen ihren Beinen.

Wenn diese Leute wüssten, dass sie nicht einmal einen Slip trug...

Bei dem Rückweg in ihr Büro steigerte sich ihre Geilheit nur noch einmal weiter. Und zwar mit jedem hüftschwingenden Schritt.

Und als sie sich wieder an den Schreibtisch setzte, stellte sie fest, dass sie viel zu aufgewühlt, viel zu aufgeladen war, um sich jetzt einfach wieder auf ihre Arbeit konzentrieren zu können.

Noch war ihre Mittagspause ja auch nicht vorbei...

Sie focht einen kurzen, aber heftigen inneren Kampf aus, dann stemmte sie sich wieder in die Höhe und stakste Richtung Damentoilette. Sie kam sich vor, als ob sie jeden Moment, vielleicht noch mitten auf dem Flur, auslaufen könnte.

Endlich schloss sich die Tür der Toilettenkabine hinter ihr. Karen nahm auf der Schüssel Platz, raffte ihren Rock die letzten fehlenden Zentimeter in die Höhe und stemmte ihre Füße, die immer noch in den knallroten Pumps steckten, gegen die Wand. Ihre Hand fand mit Leichtigkeit ihren Weg hinein in ihre triefende Grotte. So nass war sie wirklich seit langem nicht mehr gewesen. Und während der Arbeitszeit schon gar nicht.

So machte sie sich daran, sich zu befingern. Der Weg in Richtung Orgasmus war ein Steilflug. Zu ihrer eigenen Verblüffung dauerte es kaum eine halbe Minute, und sie stand kurz davor zu kommen.

In einer anderen Kabine ließ jemand das Wasser rauschen. Eine Tür öffnete sich, und das Geräusch von Stöckelschuhen war zu hören. Jemand drehte einen der Wasserhähne auf.

Karen beschloss, ihren Orgasmus noch um einige Sekunden zu verzögern. So überdreht wie sie war, hätte sie es nicht für ausgeschlossen gehalten, vor Lust unwillkürlich aufzuschreien, wenn sie kam. Und zusätzlich zu allem anderen als die Frau Firmengespräch zu werden, die so rappelgeil war, dass sie es sich in der Mittagspause selber besorgen musste, in einer nach den verschiedensten Chemikalien riechenden Toilettenkabine noch dazu – das musste nun wirklich nicht sein.

Die Tür zu den Toilettenräumen öffnete sich. Aber die unbekannte Frau war nicht etwa gegangen, wie Karen zuerst für einige Sekunden erleichtert glaubte, nein, eine weitere Kollegin war dazugekommen.

Die beiden begannen sich zu unterhalten. Schnell erkannte Karen auch ihre Stimmen: Das eine war Frau Schulze, die im Zimmer neben Karens Büro arbeitete, das andere Frau Kirsch, eine der Chefsekretärinnen.

Und zu Karens Entsetzen unterhielten sich die beiden über sie.

„Was um alles in der Welt ist denn mit der Weißgerber los?“ hörte sie Frau Kirsch fragen. „Das ist doch sonst überhaupt nicht ihre Art ... so herumzulaufen.“

Frau Schulze lachte. „Ja, das ist schon extrem provokant.“

„Hören sie mal – wenn das einer aus der Chefetage mitbekommt. Wir sind doch kein Bordell hier!“

„Ja, das scheint sie ein bisschen zu verwechseln heute.“

„Wissen sie, was dahintersteckt? Ist ihr ihr Kerl davongelaufen, und sie braucht dringend einen neuen?“

Wieder lachte die Schulze. „Na, das wäre ja ein bisschen sehr die Holzhammermethode. Wüsste auch nicht, wer in ihrer Abteilung auf den Schlampentyp steht. Na gut, der Spinella vielleicht. Ich tippe eher auf Hormonschübe.“

„Du lieber Himmel, ich hoffe, mich erschießt man eher, als zuzulassen, dass ich mich dermaßen zum Gespött mache. Man kann sich natürlich auch auf die Stirn tätowieren lassen, wie furchtbar nötig man es gerade hat ...“

Am Rande der Verzweiflung stellte Karen fest, dass sie es nicht länger schaffte, sich am Rande ihres Höhepunktes aufzuhalten. Sie war aufgeladen bis zum Anschlag und brauchte ihren Orgasmus, jetzt und sofort. Dass zum selben Zeitpunkt ihre Kolleginnen in einer Weise über sie herzogen, die sie derart beschämte, war schier unerträglich, aber sie musste es endlich hinter sich bringen.

Während sie also eine Hand schützend vor ihren Mund hielt, begann sie mit der anderen, sich immer heftiger zu reiben. Von draußen klangen immer noch die boshaften Bemerkungen an ihr Ohr, von denen sie sich grauenvoll erniedrigt fühlte.

Und dann endlich kam sie. Es war so heftig, als hätte ein Blitzschlag sie durchfahren. Es kostete sie das letzte bisschen Beherrschung nicht mit einem Fuß von der Wand abzurutschen und mit dem Schuh auf den Boden zu knallen. Ihren Lustschrei erstickte sie gerade noch in der Kehle.

Nur langsam kam sie wieder zu Atem. Ihre Kolleginnen konnte sie jetzt die Toilettenräume verlassen hören.

Karen sank in ihrer Kabine wie ein Häufchen Elend zusammen.

Sie konnte die Wahrheit nicht ganz verarbeiten, die ihr ins Bewusstsein gestoßen war: Gerade eben hatte sie sich zum Höhepunkt gebracht, während sie ihren Kolleginnen bei dem Geläster darüber zuhörte, zu was für einer Schlampe sie sich entwickelt hätte. Es war, als ob sie deren Worte damit insgeheim bestätigt hatte. Was war nur aus ihr geworden?

Nach der Arbeit, wieder in ihrer Wohnung angekommen, riss sich Karen die Klamotten vom Leibe, entfernte einen Großteil der Schminke und sprang unter die Dusche.

Das ging alles zu weit, sagte sie sich, viel zu weit.

Sie brachten sie dazu, sich derartig zu präsentieren ... vor ihren Kollegen ... in ihrer eigenen Firma.

Und morgen würde es genauso weitergehen. Morgens ein Anruf von der Birkenau, in welcher Aufmachung sie an ihrem Arbeitsplatz zu erscheinen hatte, vielleicht noch bloßstellender, noch obszöner – und sie würde gehorchen müssen. Es grauste ihr jetzt schon davor.

Aber immerhin, einen Lichtblick gab es: Die Birkenau und Hagen hatten sich den ganzen Tag über noch nicht gemeldet, um einen neuen Termin für diesen Abend mit ihr auszumachen. Heute zumindest würde es ihr erspart bleiben, splitternackt vor ihnen auf dem Fußboden herumzukriechen. Vielleicht fanden die beiden ihren Auftritt im Büro schon erfüllend genug für einen Tag, vielleicht wollten sie ihr eine Gelegenheit geben, zwischen all den Demütigungen wenigstens mal kurz Luft zu schnappen. Vermutlich hatten sie auch selbst mal etwas anderes vor, als jeden Abend immer nur mit ihrem neuen Sexspielzeug zu verbringen.

Auf jeden Fall würde sie diese Gelegenheit nutzen und versuchen, ein wenig mehr auf die Beine zu kommen.

Nachdem sie sich abgetrocknet hatte, streifte sie sich erst ihre Unterwäsche, dann ihre Jogginghosen und ihren grauen Sweater über. Kurz musterte sie sich im Spiegel: Ja, das sah doch schon wesentlich besser aus. Das war sie wirklich, die echte Karen Weißgerber und nicht diese dauergeile Schlampe von vor ein paar Stunden.

Sie schnappte sich ihre Sporttasche und machte sich auf den Weg zu ihrem Fitnesstudio. Sie hatte es früher wesentlich häufiger besucht. Irgendwann war sie aus beruflichen Gründen nicht mehr dazu gekommen und hatte ihr Training dort schleifen und schließlich ganz auslaufen lassen. Aber jetzt erschien ihr das wie die beste Krisenintervention, die sie sich denken konnte. Ein Ort weg vom Job und weg von zu Hause, ein Ort, an dem sie die ganze in ihr aufgestaute Energie endlich einmal wieder rauslassen konnte.

Schon auf dem Weg dorthin ging sie erst immer schneller, verfiel dann in einen leichten Trab und begann schließlich zu rennen, als ob der Teufel hinter ihr her wäre.

Wie sie es erwartet hatte, verliefen die nächsten Tage kaum anders als dieser. Lediglich die Klamotten, die ihr die Eishexe jeden Morgen anzuziehen befahl, wechselten, wurden dabei aber nur mehr statt weniger kühn. Karen wollte, sie könnte sich an die mal irritierten, mal verächtlichen, mal geilen Blicke ihrer Kolleginnen und Kollegen gewöhnen, aber tatsächlich trafen sie sie jedes einzelne Mal wie spitze Pfeile.

Immerhin verlor sie nie wieder dermaßen die Beherrschung, dass sie auf der Damentoilette selbst Hand an sich legen musste.

An einem Abend, als sie gerade nach Hause gekommen war und sich die obszönen Kleidungsstücke vom Körper gerissen hatte, klingelte es überraschend an ihrer Tür.

Sie tappte auf bloßen Füßen durch den Flur und lugte durch den Spion. Armin Hagen und die Birkenau! Hagen hatte einen großen Pappkarton dabei. Die beiden waren natürlich unangemeldet. Aber wieso hätten sie sich auch anmelden sollen, fragte sich Karen sarkastisch. Stand sie ihnen nicht jederzeit zur Verfügung? War es überhaupt notwendig, dass sie sich irgendetwas überstreifte, was sie vermutlich sowieso gleich wieder ausziehen sollte, oder öffnete sie besser gleich splitternackt die Tür?

Schließlich griff sie sich aber doch ihren Bademantel aus weißem Frottee, und zog ihn hastig an, bevor sie aufmachte.

„Hallo“, grüßte sie mit unwirscher Miene.

„Hallo Karen“, zwitscherte die Birkenau und schwebte an ihr vorbei. „Wir hatten mal wieder Lust auf einen neuen Besuch. Armin hat dir auch ein paar Kleinigkeiten mitgebracht.“

Hagen folgte ihr. Karen konnte einen Blick in den Karton werfen, als ihr Mitarbeiter an ihr vorbeistrich: Es schienen sich verschiedene elektronische Gerätschaften darin zu befinden. Automatisch kam ihr der Gedanke nach besonders ausgeklügelten Vibratoren und anderem Sexspielzeug. Sie brauchte sich wohl kaum zu fragen, wie sie gerade auf diesen Gedanken kam.

Karen folgte den beiden in ihr Wohnzimmer. Die aufmüpfige Stimmung, in der sie sich fühlte, wich schnell einer starken Nervosität. Schließlich hatte sie keine Ahnung, was diese beiden Fieslinge als nächstes mit ihr vorhatten, aber sie kannte deren diabolisches Denken inzwischen gut genug, um das Schlimmste zu befürchten.

Hagen stellte den Pappkarton mit dem bislang unidentifizierten elektronischen Krimskrams auf ihren Glastisch. „Was ist da drin?“ wollte Karen wissen.

„Schau es dir an“, forderte die Birkenau sie auf.

Karen trat näher heran und spähte in den Karton. Darin lagen ziemlich viele kleine, annähernd kugelförmige Gerätschaften aufeinander, dazwischen befand sich eine Unmenge von Kabeln. Für einen Moment lang sprangen ihr Phantasien durch den Kopf, die mit Elektrofolter zu tun hatten, aber dann glaubte sie zu erkennen, worum es sich in Wahrheit handelte. Überrascht riss sie die Augen auf.

„Das sind ...“

„Webcams, genau“, erwiderte die Birkenau. „Und zwar genau zwei Dutzend. Es wird ein bisschen dauern, bis wir deine Wohnung komplett damit ausgestattet und verkabelt haben, aber es wird schon gehen. Wir haben uns bei unseren früheren Besuchen schon umgesehen, wo hier die günstigsten Plätze dafür wären."

Karen starrte ihre Peinigerin an. „Ihr wollt ... Sie wollen meine komplette Wohnung mit diesen Kameras vollstellen?"

„Oh, wir machen das so geschickt, dass man sie gar nicht sehen wird", versicherte ihr die Birkenau.

„Aber ... aber ... was soll das denn alles?"

„Wir möchten dich eben auch ganz gerne im Auge behalten, wenn du alleine zu Hause bist, Schnuckel."

„Damit du keine Dummheiten machst", fügte Hagen feixend hinzu.

„Sie wollen in jedem Zimmer hier zig Kameras anbringen, die ins Internet übertragen, was ich hier zu Hause mache?" fragte Karen ebenso ungläubig wie aufgebracht.

„Ja. Aber mach dir nicht zu viele Gedanken. Das Ganze wird zu einer Website in Neuseeland übertragen, die wir extra dafür eingerichtet haben. Wenn wir es ihnen nicht sagen, erfährt keiner von unseren Kollegen, dass es diese Website überhaupt gibt."

Karen schüttelte völlig fassungslos den Kopf. „Und was soll das alles? Was ... was soll so eine Aktion?" Ihre Stimme überschlug sich ein wenig.

„Wir wollen ein bisschen Spaß haben", erklärte ihr die Birkenau maliziös. Sie sah so zufrieden aus wie eine Katze, die sich gerade über eine Milchschüssel hermachte. „Warum sollen wir den auf deine Auftritte in der Firma begrenzen? Schließlich möchten wir unsere Lust an deinem Anblick gerne auch nach Feierabend genießen."

„Ich verstehe nicht ganz ..."

„Natürlich wirst du in deiner Wohnung in Zukunft genausowenig selber aussuchen, welche Kleidungsstücke du trägst, wie an deinem Arbeitsplatz. Nur kommt hier die Unterwäsche ins Spiel, die wir zusammen eingekauft haben. Du erinnerst dich? Wenn immer du diese Wohnung betrittst, wirst du sofort hinter der Tür deine Sachen ausziehen und in eines der Dessous schlüpfen, die ich für dich ausgesucht habe. Den durchsichtigen Teddy, die Strümpfe mit den Strapsen, das Korsett mit den ausgesparten Cups für deine Titten. Du kannst natürlich gerne auch ganz nackt hier herumflitzen, wenn du das lieber magst ..."

Während die Birkenau sprach, war Karen unwillkürlich vor ihr zurückgewichen. „Nein“, sagte sie. „Das könnt ihr nicht machen. Ich bin doch nicht eure Nutte.“

„‘Ich bin nicht ihre Nutte’ “ verbesserte sie die Birkenau lächelnd. „Und, doch – das bist du. Schon seit einiger Zeit.“

„Aber das geht jetzt wirklich zu weit!“ Allein durch die Vorstellung war sie den Tränen nahe.

Die Birkenau blieb kühl. „Ach, ich bitte dich. Denkst du das nicht die ganze Zeit schon? Du hast wohl kaum wirklich eine Wahl, oder?“

Karen starrte ihr trotzig und mit grimmigem Schweigen entgegen.

Die Birkenau seufzte künstlich auf, griff in ihre Jacke und zog ein zusammengefaltetes Papierstück hervor. Sie reichte es Karen herüber.

Die faltete es mit zitternden Fingern auf. „Was ist das?“ fragte sie, betrachtete es dabei aber schon selbst.

„Das siehst du ja“, erklärte ihr die Eishexe mit herablassender Geduld. „Die Neueingänge auf dein Konto. Also: dem Konto, auf das Armin und ich Zugriff haben, aber von dem bei einer Überprüfung jeder annehmen wird, dass es deines ist. Wie du siehst, sind sie in den letzten Wochen, in denen wir schon viel Spaß mit dir hatten, noch einmal ordentlich gestiegen.“

Karen keuchte unwillkürlich auf, als ihr Blick über die Eingänge und Abbuchungen flog, die auf diesem Dokument verzeichnet waren. „Sie ... Sie bedienen sich immer noch an dem Konto unserer Firma.“ Aus irgendeinem Grund hatte sie angenommen, diese Transaktionen hätten aufgehört, nachdem sie den Zweck, sie damit zu erpressen, erfüllt hatten. Aber warum sollten Hagen und die Birkenau nicht beides erhaschen wollen: Den fortwährenden Zugriff auf stolze Summen fremden Kapitals und ihre Demütigung als Lustsklavin?

„Wir tun gar nichts“, belehrte die Birkenau sie hohnlächelnd. „Wenn immer jemand diese Transkationen überprüft, wird er zu dem Urteil gelangen, dass du das tust. Und man wird feststellen, dass das in einer Phase geschieht, in der du ganz offenkundig schon lange nicht mehr die seriöse, zuverlässige Führungskraft warst, sondern zum Beispiel in der provokantesten Aufmachung durch die Firmenflure gestöckelt bist. Und kein Mensch wird dir diese haarsträubende Geschichte glauben von dem Kollegenpärchen, das dich derart erpresst und missbraucht haben soll, dass es für dein gesamtes Verhalten verantwortlich ist."

Karen ließ das Papier sinken und starrte die Birkenau an wie ein Kaninchen eine Schlange.

„Du siehst also, dass dein ganzes Herumgezicke nur noch lächerlich ist. Du wirst gefälligst tun, was wir von dir verlangen, so wie die ganze Zeit schon, weil du nicht öffentlich zerstückelt werden willst." Sie nahm eine der Webcams aus dem Karton und drückte sie Karen in die Hand. „Und jetzt mach dich endlich an die Arbeit. Armin wird dir zeigen, was du zu tun hast."

Und Karen gab sich geschlagen. Sie konnte es selbst kaum glauben, aber die nächsten anderthalb Stunden war sie damit beschäftigt, genau nach Hagens Anweisungen die unzähligen Webkameras in ihrer Wohnung anzubringen, gut versteckt für zufällige Besucher, aber dermaßen geschickt verteilt, dass sie praktisch jeden Winkel ihres Appartements, einschließlich der Duschkabine, erfassten. Währenddessen lud Hagen die benötigten Programme in ihren Computer und kümmerte sich um das Einstecken der passenden Verbindungsstücke.

„Du brauchst dir keine Gedanken zu machen", beruhigte sie die Birkenau. „Niemand hier in Deutschland dürfte die Website mit deinen Aufnahmen entdecken, und wenn durch Zufall doch, dann hat er keine Ahnung, wer du bist und wie du heißt. Niemand von uns möchte die dumme Gans schlachten, die uns goldene Eier legt. Was Ozeanien und Australien angeht, wollen wir für deine Seite allerdings ein bisschen Reklame im Internet machen. Wenn wir zum Beispiel ein Archiv einrichten, für dessen Zugang man bezahlen muss, dann können wir mit dir noch ein bisschen mehr Kohle machen als ohnehin schon."

Karen sagte nichts und führte mit fest aufeinandergepressten Zähnen ein Kabel an einer Fußbodenleiste entlang. Die Birkenau hatte ihr gerade mitgeteilt, dass sie sie vor Leuten prostituieren würde, die sie selbst nicht einmal zu sehen bekam. In Karen tobte hilflose Wut darüber, dass sie nichts tun konnte, um das zu verhindern.

„Deine Bettdecke kommt auch weg", entschied die Birkenau. „Verstau sie in einem Schrank oder irgendwo. Ich möchte auf keinen Fall, dass du dich immer, wenn du zu Hause bist, nur unter deiner Decke verkriechst. Du solltest dich deinen Zuschauern jederzeit offen präsentieren."

Karen unterdrückte nur mit Mühe ein weiteres Aufstöhnen. Selbst ihre letzte Zuflucht wurde ihr genommen.

Endlich schien ihr Appartement genau so ausgestattet zu sein, wie die Birkenau es wollte. Auch Hagen an seinem Computer reckte den Daumen in die Höhe. Alles funktionierte. Karen sah sich selbst auf dem Bildschirm, wie sie in ihren weißen Bademantel gehüllt in der Mitte ihres Wohnzimmers stand. Sie erschauerte.

„So weit so gut", sagte die Birkenau und trat auf sie zu. „Die Aufnahmen, auf denen wir beiden zu sehen sind, werden natürlich gleich noch gelöscht, bevor das Ganze online geht. Aber ich bin noch nicht ganz fertig mit dir."

Karen sah sie mit banger Erwartung an. Was würde denn jetzt noch kommen?

„Ich habe es offen gesagt ein bisschen dicke, dass du immer wieder erst mal rumzicken musst, wenn man dir ganz bestimmte Anweisungen gibt. Letzten Ende fügst du dich zwar immer, aber die Streiterei vorher nervt. Vielleicht hört das endlich auf, wenn wir dich jedesmal bestrafen, wenn du so eine Nummer abziehst. Und ich schätze, wir fangen am besten gleich damit an."

Karen musste zugeben, dass die Birkenau auch beim Austüfteln von Bestrafungen sehr einfallsreich war.

Es war ein Albtraum.

Zuerst hatte ihr die Birkenau befohlen, den Bademantel abzulegen und stattdessen ihren kürzesten Rock und ein hautenges weißes T-Shirt anzuziehen. Hagen und die Birkenau sahen ihr dabei zu. Keine Unterwäsche, natürlich, und hochhackige Pumps. Das Make-Up so dick aufgetragen, dass es wirklich nuttig wirkte.

Dann schickten sie Karen los, damit sie einige Besorgungen in der Nachbarschaft erledigte.

Zu allem Übel regnete es. Binnen weniger Minuten klebte ihr das

T-Shirt am Körper und zeichnete jede einzelne ihrer Rundungen deutlich ab.

Karen konnte nur beten, dass sie nicht allzu vielen Nachbarn begegnete.

Ihr erster Auftrag führte sie zu einem Sex-Shop, der sich ein paar Straßen weiter in Richtung Innenstadt befand. Dort versuchte sie all die anderen Kunden zu ignorieren, die sie anstarrten, als sei sie ein völlig neuer Teil des Angebots, und durchwühlte hektisch die Regale, bis sie endlich das Produkt entdeckte, das ihr die Birkenau einzukaufen aufgetragen hatte: Eine Tube Eroplay-Gleitgel. Auf der Schachtel, in der sie steckte, war ein riesiger ausgefahrener Männerpenis abgebildet.

Karen nahm all ihren Mut zusammen und ging damit zu Kasse. Sie schaffte es allerdings nicht, dem Verkäufer ins Gesicht zu sehen, als sie ihm das Gel hinüberreichte. Als er ihr die Gelschachtel in eine Tüte packen wollte, hinderte sie ihn daran. „Danke, ich nehme es so“, erklärte sie so, wie die Birkenau es ihr aufgetragen hatte.

Am liebsten wären sie aus dem Laden herausgestürmt. Aber ihre Stöckelschuhe erlaubten ihr nur winzige, trippelnde, hüftschwingende Schritte.

Draußen regnete es immer noch. Auch ihrem Make-Up tat das nicht besonders gut.

Jetzt hieß es wieder den ganzen Weg zurückstöckeln, bis sie den Supermarkt in ihrer unmittelbaren Nachbarschaft erreicht hatte, in dem sie abends oft noch ihre Einkäufe erledigte. Und hin und wieder Bekannte traf.

Das zweite, was auf dem kurzen Einkaufszettel der Birkenau stand, war leicht zu finden: Eine lange, grüne Salatgurke aus der Gemüseabteilung direkt hinter dem Drehkreuz am Eingang. Aber der letzte Artikel auf der Liste machte ihr ganz schön zu schaffen. Es handelte sich um eine spezielle Sorte Vanilleeis, die die Birkenau unbedingt haben wollte. Falls Karen sie nicht auftreiben konnte, war ihr eine weitere Strafe angedroht worden. Hektisch durchwühlte Karen die halbe Gefrierkühltruhe des Supermarktes, schien fast davor, selbst hineinzusteigen, hatte aber keinen Erfolg.

Dafür bemerkte sie schließlich, dass die Kälte ihre Brustknospen so hart gemacht hatte wie Radiergummis. Für jeden Vorbeikommenden gut sichtbar stachen sie unter dem durchnässten weißen T-Shirt nach vorne.

Und natürlich, wurde Karen klar, war genau das der Plan gewesen.

Halb besinnungslos vor Scham stöckelte sie Richtung Kasse. Ein verzweifeltes Aufseufzen entfuhr ihr, als sie die lange Schlange Wartender vor sich sah. Aber warum sollte es an diesem Abend auch anders sein als an allen anderen? Bis darauf natürlich, dass sich ein halbes Dutzend Augenpaare auf sie richteten und sich dann kaum noch von ihr lösen konnten.

Endlich legte Karen die Salatgurke auf das Kassenband, gefolgt von dem Gleitgel, wie die Birkenau es ihr empfohlen hatte. Nur damit nicht der Eindruck entstand, sie würde irgendetwas heimlich mitgehen lassen, was es hier im Supermarkt zu kaufen gab. Natürlich.

Die Kassiererin zog leicht amüsiert die Brauen in die Höhe, als die Gurke und das Gleitgel an ihr vorbeizogen, sagte aber nichts. Der Mann, der vor Karen an der Reihe gewesen war, packte seine Einkäufe auffallend langsam zusammen und richtete, wie er offenbar glaubte unauffällig, immer wieder verstohlene Blicke in Karens Richtung.

Ganz großartig, dachte sie sich bitter. Sie scheinen sich ja sehr für mich zu interessieren. Darf ich mich vorstellen? Karen Weißgerber, die geilste Schlampe der Stadt.

Als Karen in ihre Wohnung zurückkehrte, waren Hagen und die Birkenau nicht mehr da. Karen war nicht überrascht. Die Einkaufstour, auf die sie sie geschickt hatten, hatte ihrer Demütigung dienen sollen und nichts anderem.

Allenfalls konnte sie sich vorstellen, dass die beiden irgendwo in ihrem Auto gesessen und sie unbemerkt gefilmt hatten, wie sie da die Straße entlang gegangen war und dabei wirkte wie ein außerordentlich erregter Pornostar. Mit einer Gurke und einer Tube Gleitcreme in der Hand.

Sie ging in die Küche und stand schon kurz davor, die Gleitcreme in den Mülleimer zu werfen, aber der Birkenau war zuzutrauen, dass sie sich am nächsten Tag danach erkundigte. Und Karen ein weiteres Mal losschickte, falls sie die Creme nicht auf Wunsch übergeben konnte. Also verstaute sie die Creme in ihrem Medikamentenschränkchen, und die Gurke kam in das Gemüsefach ihres Kühlschranks.

Dann trat Karen in ihr Wohnzimmer.

Wie Dutzende verborgener Augen starrten sie die Webcams lüstern an. Nein, man entdeckte sie nicht auf den ersten oder auch nur den zweiten Blick, aber Karen wusste ja, wo sie sich befanden. Schon in der Küche war sie nicht unbeobachtet geblieben.

Ein Schauer lief ihr über den Rücken.

Auf einer Sessellehne lag ein durchsichtiger, mit Spitze besetzter Seidenteddy, den sie offenbar überstreifen sollte. Neben dem Sessel standen ein Paar rosa Pumps mit brutal hohen Absätzen.

Karen seufzte tief auf.

Aber ihr blieb nichts anderes übrig als zu strippen. Sie streifte die Pumps ab, die sie draußen getragen hatte, und schlüpfte aus ihrem Rock. Zuletzt wand sie sich aus ihrem nassen T-Shirt und zog sich dann, ohne sich vorher großartig abzutrocknen, ihren Teddy über. Zuletzt steckte sie ihre Füße in die pinkfarbenen Pumps und warf sich bäuchlings auf die Couch.

Es gab keinen Grund, den Spannern mehr Einblicke zu gewähren als unbedingt nötig. Schon was sie eben getan hatte, ließ ihr die Nackenhaare zu Berge stehen bei der Vorstellung, dass Aufnahmen davon von der ganzen Welt gesehen werden konnten.

Erschöpft ließ sie ihren Kopf in die Polster sinken. Aber ihr Verstand raste immer noch.

Ein Punkt, der in all den Demütigungen fast untergegangen wäre, den Karen aber im Hinterkopf behalten hatte, war, dass Hagen und die Birkenau immer noch heimlich Firmengelder abzweigten. Karens Eindruck nach war das schon sehr übermütig, wenn nicht geradezu dummdreist. Gut, die beiden waren offenkundig sehr geschickt darin, solche Transaktionen im virtuellen Raum durchzuführen, ohne dass irgendjemand etwas davon mitbekam. Eine aus steuerrechtlichen Gründen etwas verwinkelte Kontenführung der Firma begünstigten sie dabei ebenso wie dass Karen eigentlich die relevante Prüfinstanz gewesen wäre und sie bei ihren Vorgesetzten bislang als sehr zuverlässig galt. Aber wie lange konnte ein Absaugen größerer Beträge wirklich gutgehen, ohne dass einer der Geschäftsführer der deutschen Niederlassung von Ekineba International etwas davon mitbekam? Und sobald jemand etwas merkte, würde das nicht ein Riesenaufsehen geben? Zugegeben, die Spuren würden zuerst zu Karen führen; sie war es, die in der direkten Ziellinie stand. Bei diesem Gedanken knirschte sie wütend mit den Zähnen. Aber war es denn wirklich sicher, dass niemand ihren beiden Erpressern auf die Schliche kam und ihr ganzer Plan schließlich in sich zusammenstürzte? Dieses Risiko schienen sie entweder gar nicht erst zu bemerken, oder es schien ihnen völlig egal zu sein. Was für die narzisstische Persönlichkeit der beiden nicht untypisch war.

So oder so: Diese Unbekümmertheit machte ihr Gedanken. Denn sie konnte bedeuten, dass selbst wenn Karen sich auch noch so sehr bemühte, jeden einzelnen perversen Befehl auszuführen, ihr die ganze Angelegenheit irgendwann trotzdem um die Ohren flog. Es war ein Tanz auf dem Vulkan.

Ein Tanz, bei dem sie gelegentlich strippte.

Einen Moment lang kam ihr der Gedanke, ihre Karriere bei Ekineba einfach zu vergessen und sich bei einer ganz anderen Firma zu bewerben. Vermutlich würde die Birkenau in Karens Position aufrücken, und dann hatte sie endlich, was sie wollte. Vermutlich. Möglicherweise war eine gefügige Sexsklavin, die man erniedrigen konnte, wann immer man Lust dazu hatte, in Verbindung mit einem ohne jede Arbeit stetig wachsenden Geldkonto für ihre beiden Mitarbeiter aber inzwischen viel reizvoller geworden. In diesem Fall würden sie wohl kaum zulassen, dass sie sich einfach so woanders bewarb. Der Gedanke, dass sie bei einem potentiellen Vorstellungsgespräch plötzlich mit obszönen Bildern von sich konfrontiert wurde, die man aus dem Internet gefischt hatte, löste in ihr eine mittelstarke Übelkeit aus. Nein, sie glaubte nicht, dass die beiden Fieslinge sie so einfach davonkommen lassen würden.

Das Telefon klingelte.

Sie wollte danach greifen, fand es zunächst nicht und entdeckte den Hörer schließlich auf einem Schrank auf der anderen Seite des Raumes.

Vermutlich war es die Birkenau, sagte sie sich, die sie ein bisschen in ihrer erotischen Aufmachung durch ihr Zimmer stöckeln lassen wollte. Also gut, wenn es denn so sein sollte. Sie stakste durch den Raum und hob den Hörer ans Ohr.

„Ja?“

„Hi Süße, ich bin’s.“ Thomas. Aus Schweden. „Was machst du gerade?“

Ich pose zurechtgemacht wie eine Prostituierte vor etlichen Webcams, dachte sie, beschloss aber, dass das keine sehr sinnvolle Antwort war. Stattdessen begann sie zu lügen.

An einem der nächsten Nachmittage hatte sie ihre beiden Mitarbeiter wieder bei sich zu Gast.

In der ersten Stunde ihres Besuches ließen sie sich von ihr bedienen. Sie trug nichts anderes dabei am Körper als ein kleines schwarzes Korsett, bei dem die Cups für die Brüste herausgeschnitten waren, einen ebenfalls schwarzen Slip und Stöckelschuhe in derselben Farbe. Im Verlaufe des Abends musste sie auch diese Kleidungsstücke ablegen und war schließlich vollkommen nackt. Die Birkenau ließ sie ihre Zehen lecken, dann fesselte Hagen ihre Fußknöchel mit einem Paar Handschellen aneinander, führte die Kette eines zweiten Paares hindurch und ließ dieses um Karens Handgelenke zuschnappen, so dass sie in eine Stellung gezwungen wurde, bei der, so wie sie dakniete, ihr Oberkörper nach hinten gelehnt und der Zugang zu ihren Brüsten ebenso frei war wie zwischen ihre Beine.

Hagen ging um sie herum, trat zu einer Umhängetasche, die er mitgebracht hatte, und nahm einen länglichen Gegenstand heraus, der entfernt an ein erigiertes männliches Glied erinnerte, nur deutlich größer. Ein Vibrator.

Plötzlich legte sich von hinten ein Tuch über Karens Gesichtsfeld. Sie schreckte zusammen, dann erkannte sie, dass es sich um eine Augenbinde handelte. Die Birkenau knotete sie hinter Karens Kopf zusammen.

Jetzt konnte sie nur noch spüren und hören. Was sie spürte, war ihre eigene verkrampfte Haltung und das Metall der Handschellen, und was sie hörte, war ein leise brummendes Geräusch, das aus der Richtung kam, wo Hagen stehen musste. Offenbar hatte der soeben den Vibrator eingeschaltet.

„Das ist ein ganz besonderes Gerät“, flüsterte die Birkenau ihr ins Ohr. „Ich habe mich sehr lange danach umgesehen, bis ich es gefunden hatte. Es wird deine Klitoris dermaßen stimulieren, dass er dich unweigerlich zur Ekstase bringt – ob du willst oder nicht.“

Karen konnte nichts anderes tun, als mit angehaltenem Atem auf den Vibrator in Hagens Hand zu starren, der in aufreizender Langsamkeit immer dichter an ihre Muschi herankam. Und sie schließlich berührte. Karen zuckte heftig zusammen. Hagen schien ihren Körper an den vergangenen Abenden ausgesprochen gut kennengelernt zu haben, denn er traf sehr genau die richtige Stelle. Für Karen fühlte es sich an, als ob in ihrem Schoß elektrische Funken stoben.

Wenige Sekunden später konnte sie ein lustvolles Aufstöhnen nicht mehr unterdrücken. Die Birkenau lachte leise. Karen hatte leicht zu zittern begonnen, teils wegen der bizarren und für ihre Muskeln anstrengenden Haltung, in die sie gezwungen worden war, teils weil sich in ihrem Unterleib Wellen der Lust ausbreiteten wie die Kreise auf einer Wasseroberfläche, auf die man einen Stein geschleudert hatte.

Noch ein paar Augenblicke später, war Karen, die inzwischen keuchend atmete, klatschnass. Vor allem natürlich zwischen ihren Beinen, aber eigentlich rann ihr am ganzen Körper der Schweiß herab.

Die Stöhnlaute, die sie gelegentlich ausstieß, wurden länger und länger. Sie konnte es selbst kaum fassen, wie sehr sie sich da von ihren beiden Peinigern vorführen ließ. Aber ihr Körper schien die Kontrolle übernommen zu haben, und jegliche Selbstbeherrschung ging ihr verloren.

Dann hörte sie ein Geräusch, das sie erschreckte.

Es war die Türklingel.

Karen erstarrte.

„Das nenne ich pünktlich“, hörte sie die Birkenau hinter sich murmeln und dann, lauter, zu Hagen: „Machst du bitte auf?“

Karen schrie auf. „Was!? Das könnt ihr doch nicht machen!“ Jetzt raste ihr Herz erst recht.

Die Birkenau zog sie am Ohr wie eine unartige Schülerin. „Bleibst du wohl beim ‚Sie'?" fragte sie eher amüsiert als wirklich streng. Währenddessen spürte Karen, wie der Vibrator ihrer Grotte entglitt und hörte dann, wie sich Hagens Schritte entfernten.

Er ging in Richtung Tür.

„Was soll das?" fragte Karen hysterisch und rutschte hilflos auf dem Fußboden herum.

„Bleib ganz ruhig sitzen", befahl ihr die Birkenau, jetzt doch noch streng geworden, und Karen gehorchte augenblicklich.

Vom Flur her hörte sie zu ihrem Entsetzen, wie Hagen die Tür öffnete. Er begrüßte den Neuankömmling, dieser erwiderte irgendetwas, aber sehr leise. Obwohl Karen verzweifelt die Ohren spitzte, konnte sie nicht einmal erkennen, ob es sich um einen Mann oder eine Frau handelte.

Dann fiel die Tür ins Schloss und durch den Flur näherten sich die Schritte von zwei Personen.

Das darf alles nicht wahr sein, durchfuhr es Karen. Ich sitze hier, splitternackt, gefesselt, mit verbundenen Augen, laufe gerade aus und...

„Denken sie dran, sagen sie besser kein Wort", mahnte Hagen die fremde Person. Er war jetzt im Wohnzimmer angekommen.

Karen glaubte es fast zu spüren, wie sie ein weiteres Paar Blicke musterte, in dieser obszönen Haltung, in die sie gezwungen war, ihre Brüste und ihre Möse offen dargeboten. Wer immer da stand, konnte alles von ihr sehen, aber sie kein bisschen von ihm.

„Sie müssen zugeben", erklang hinter ihr die amüsierte Stimme der Birkenau, „privat macht sie einen völlig anderen Eindruck als in der Firma."

O Gott, durchfuhr es Karen. O großer Gott! Sie hatten jemanden aus der Firma hierhergebracht? Einen Arbeitskollegen? Der sie so sah? Und sie hatte keine Ahnung, um wen es sich dabei handelte?

Der Albtraum wurde schlimmer und schlimmer.

Wie um Himmels willen sollte sie am nächsten Tag nur zurück in ihr Büro gehen?

„Sie steht uns ganz zur Verfügung", hörte sie Hagen sagen. „Und man sollte kaum glauben, was für ein unterhaltsames Spielzeug sie ist."

Im nächsten Moment erklang wieder das Summen des Vibrators.

Karen schnappte nach Luft. In Sekundenschnelle fand das Gerät wieder in das Zentrum ihrer Lust. Fand sie und jagte sie in die Höhe, immer höher, ohne dass Karen etwas dagegen tun konnte.

Sie bog ihren Rücken durch wie ein Flitzebogen, keuchte, japste, rutschte zappelnd hin und her. Was für ein unglaubliches Schauspiel sie gerade bieten musste! Noch nie zuvor hatte sie sich dermaßen wehrlos gefühlt.

Ihr Orgasmus ließ sich nicht länger aufhalten, genausowenig wie eine anbrandende riesige Welle am Strand. Nur dass Karen den Eindruck hatte, dass es sich diesmal weniger um eine Welle als vielmehr um einen regelrechten Tsunami handelte, der in ihr tobte und sie gleich vollkommen hinwegfegen würde.

Dann bewegte Hagen den Vibrator ganz langsam wieder zurück.

Karen schrie auf und drängte mit ihrem Unterleib nach vorne, versuchte verzweifelt die Verbindung zu halten. Sie stand so dicht vor einem unfassbaren Höhepunkt, dass sie glaubte, verrückt zu werden, wenn dieser einfach mittendrin abgebrochen würde.

Über sich hörte sie die Leute lachen. „Sehen sie, was für ein geiles Stück das ist", erklang Hagens Stimme, und Karen schluchzte geradezu auf, als sie begriff, als was für eine jämmerliche, notgeile Gestalt sie da gerade vor jemandem vorgeführt wurde, dem sie bei Ekineba International möglicherweise jeden Tag in einer völlig anderen Rolle begegnete. Das Bild, das dieser jemand von ihr hatte, musste sich binnen weniger Minuten vollkommen verändert haben.

Aber offenbar ließ sich selbst das noch steigern.

„Bell, wenn du kommen willst", hörte sie Hagens Worte.

Sie saß nur da, fassungslos und stumm. Sie sollte was tun?

„Du kannst dir Zeit lassen", bemerkte Hagen kühl. Er senkte den Vibrator zwischen ihre Beine, kitzelte sie noch einmal hoch, so hoch, bis kurz vor die Klippe und zog das Gerät dann wieder zurück. „Wenn es sein muss, wir haben den ganzen Abend."

Und endlich hielt Karen es nicht mehr aus. Sie bellte. Wie eine Hündin. Mehrfach und lange. In diesem Moment zählte nur noch, dass sie endlich kommen konnte, alles andere war ihr fast schon egal. Fast. Denn wie sehr sie sich gerade vor ihrem ungesehenen Kollegen erniedrigte, das drang durchaus noch zu ihr durch. Scham und Lust schaukelten sich gleichzeitig in ihr hoch.

Gnädig tauchte Hagen den Vibrator wieder in sie ein.

Und dann kam sie. Heftig. Frühere Höhepunkte der Lust hatte sie mit „Ekstase“ bezeichnet, diesen nicht. Für diesen war „Ekstase“ ein viel zu schwaches Wort. Es fühlte sich an, als würde sich ihr Bewusstsein auflösen vor Lust.

Und Karen schrie wie die letzte Hure. Sie schrie so laut, dass man es vermutlich noch drei Etagen tiefer hörte.

Als sie am nächsten Morgen das Firmengebäude betrat, war ihre Unsicherheit noch einmal mehr gewachsen als ohnehin schon an all den vergangenen Tagen. Der Gedanke, dass sie einer ihrer Mitarbeiter bei ihrer entsetzlichen Bloßstellung gestern zugesehen hatte und dann lautlos wieder verschwunden war, machte sie ganz kirre.

Vor dem Aufzug wartete bereits Frau Kirsch – die Chefsekretärin, die vor kurzem noch mit der Schulze in der Damentoilette über Karens neues Outfit gelästert hatte. Karen grüßte sie höflich, die Kirsch grüßte knapp zurück. Gemeinsam fuhren sie in einer Kabine nach oben. Die Kirsch sah scheinbar in eine andere Richtung und sagte kein Wort. Vermutlich würde sie im Laufe des Tages mit äußerster Verachtung jedem, der es hören wollte, erzählen, auf welch schamlose Weise sich dieses Flittchen Weißgerber heute schon wieder zurechtgemacht hatte. Immerhin, dachte sich Karen, Frau Kirsch kann ich als den heimlichen Gast in meiner Wohnung wohl ausschließen.

Auf ihrer Etage angekommen stöckelte sie in Richtung ihres Büros. Im Flur kam ihr Finke entgegen. Er begrüßte sie mit einem freundlichen Lächeln und wirkte durchaus bemüht, sie nicht allzu offen anzustarren, was bei der vielen Haut, die sie heute wieder zeigte, sehr schwierig sein musste. Bei jeder einzelnen dieser Begegnungen fühlte Karen sich fürchterlich. Es war ihr klar, wie sie sich präsentierte, und ihr war auch klar, dass, egal wie sich ihre Kollegen äußerlich nichts anmerken ließen, sie soviel offensichtlich präsentierte Schamlosigkeit unmöglich ignorieren konnten. Vermutlich würden die einen sich bei der Erinnerung an diesen Anblick später einen runterholen, bei anderen war sie mittlerweile stark in deren Achtung gesunken und auf nicht wenige traf vermutlich beides zu.

Konnte Finke derjenige sein, den ihre beiden Erpresser in ihre Wohnung kommen ließen, um bei Karens Demütigung zuzusehen? Anzumerken war ihm bei ihrer kurzen Begegnung nichts gewesen, sein Lächeln war nicht anzüglich geworden, er hatte fast so gewirkt wie immer ... und wenn er etwas anders wirkte, dann doch wohl, weil sie sich von heute auf morgen innerlich weiter verändert hatte.

Karen seufzte tief, als sie hinter ihren Schreibtisch trat. Ihr war völlig klar, dass sie mindestens den Rest dieses Tages, wenn nicht noch an den folgenden, immer wieder zwanghaft jeden, mit dem sie es zu tun hatte, nach irgendeinem Indiz dafür mustern würde, ob er derjenige war, der mit angesehen hatte, wie die leitende Angestellte Karen Weißgerber sich gefesselt und mit verbundenen Augen hatte zu einem Irrsinns-Orgasmus bringen lassen, ja zuletzt förmlich mit ihrem ganzen Körper danach gefleht hatte. Und natürlich würde sie nicht erkennen, wer es tatsächlich war. Und dass es sich überhaupt um jemanden aus der Firma handelte, war ja auch nicht mehr als eine bloße Behauptung ihrer Peiniger gewesen. Eines ihrer verdammten Psycho-Spielchen!

Jemand klopfte an ihrer geöffneten Tür. Karen sah auf. Es war ihr ehemaliger Verehrer, Peter Spinella. Er grinste sie triumphierend an.

Von einem Moment zum anderen wurde ihr heiß und kalt.

„Morgen, Karen", begann er offenkundig gutgelaunt und tänzelte geradezu in ihr Büro.

„Morgen, Peter", erwiderte sie ein wenig misstrauisch. Er stand jetzt vor ihrem Schreibtisch und strahlte wortlos auf sie herab. Karen wurde immer flauer im Magen.

„Was gibt es?" fragte sie schließlich, ohne eine leichte Irritation in ihrem Tonfall zurückzuhalten.

„Rate, wer gestern Nachmittag zum Department Manager befördert worden ist!"

Du liebe Güte, darum ging es. Seit Wochen war die Rede davon, dass ihr gemeinsamer Vorsitzender, der alte Degenhardt, die Leiter eine Sprosse hinauffallen würde und dann seine Stelle als Abteilungsleiter (oder „Department Manager“, wie es hier hieß) frei werden würde. Natürlich hatte sich Karen auch selbst einige Hoffnung auf diesen Posten gemacht und dafür die vergangenen Jahre hart gearbeitet. Aber sie hatte den Eindruck, dass, wenn es eine knappe Entscheidung gewesen war, ihr Outfit an den letzten Tagen deutlich dabei im Wege gestanden hatte, den Zuschlag zu erhalten. Für eine Sekunde flammte heftige Wut gegen ihre beiden erpresserischen Mitarbeiter in ihr auf.

„Du bist der neue Chef in unserem Ring?“, sagte sie zu Spinella. „Das sind ja wirklich mal großartige Neuigkeiten. Herzlichen Glückwunsch! Ich freu mich so für dich!“

Normalerweise wäre sie aufgestanden, um ihn wenigstens kurz zu umarmen. Aber in ihrer dünnen, hautfreien Kleidung wollte sie lieber nichts riskieren. Immerhin, fiel ihr ein, reduzierte sich das Risiko doch recht deutlich, dass Spinella gestern Abend ihr unbekannter Gast gewesen war. Er hatte mit Sicherheit ganz andere Dinge im Kopf gehabt.

Spinella wippte gutgelaunt auf seinen Zehen. „Es ist immer schön, wenn sich alles, was man lange Zeit investiert hat, irgendwann schließlich auszahlt. Ich freue mich auch unheimlich, kannst du dir ja denken.“

Das konnte sie. Spinella war immer noch Single, vom Typ her alles andere als ein Familienmensch und lebte gern für seine Arbeit, ohne darunter in irgendeiner Weise zu leiden. Karen war sich sicher, dass er auch mit der gewachsenen Verantwortung und dem gestiegenen Arbeitspensum seiner neuen Position bestens zurechtkommen würde.

„Aber natürlich bin ich nicht nur hier, um zu prahlen“, sagte er augenzwinkernd. „Ich möchte meine Freude wenigstens ein bisschen mit euch teilen. Und deshalb würde ich euch alle ganz gerne für Freitag zu einer kleinen After-Work-Party in die Nova Lounge einladen. Ab sieben. Kannst du kommen?“

„Klar“, antwortete Karen, ohne lange nachzudenken. „Ich mach mich frei und komme dann gerne.“

„Siehst du“, sagte die Birkenau. „Wir hatten gute Gründe, dir zu befehlen, dich einige Tage lang da unten nicht zu waschen."

Karen lag nackt und mit weit gespreizten Beinen auf dem breiten Doppelbett und rührte sich nicht.

Es hatte zuerst wie eine der üblichen Schikanen der Birkenau geklungen, ihr zu verbieten, sich zwischen ihren Beinen zu reinigen. Und sie darauf hinzuweisen, dass sie jede Zuwiderhandlung über die Webcams mitbekommen und Karen dann bitter bestrafen würden. Karen hatte geglaubt, dass die Demütigung vor allem daraus bestehen würde, an jedem Abend wenn Hagen sie gefickt hatte, sich nicht einmal ihre Muschi saubermachen zu können, so dass sie das Gefühl hatte, sein Sperma immer noch in sich zu tragen.

Aber es steckte mehr dahinter, wie sie jetzt merkte. In all den Tagen hatte sich durch ihren Schweiß, ihre Scheidensäfte und Hagens regelmäßig zurückgelassenes Sperma ein pikantes Aroma in ihrer Grotte gebildet. Und jetzt kauerte er über ihr, schob ihr einen langen Löffel in ihre Muschi und rieb dann alles, was er an Flüssigkeiten sammeln konnte, über ihre Schenkel, Flanken und Brüste.

„Gut machst du das", hörte sie Birkenau sagen, die im Türrahmen lehnte. „Ich rieche sie bis hier."

Hagen lachte. „Ja. Sie riecht nach Sex."

„Sie riecht wie das triebige kleine Flittchen, das sie ist."

„Okay", sagte Hagen endlich. „Jetzt steh auf und komm hier rüber."

Er führte sie vor einen großen Wandspiegel an der Schlafzimmerwand. Karen konnte sich selbst kaum ansehen, wie sie da stand. Hagen griff hinter sich zu einem Whiskyglas, das auf einem Sideboard stand, und nahm einen Eiswürfel heraus. Damit rieb er über Karens Brustknospen, bis sie spitz nach vorne ragten. Dann griff er in seine Jackentasche und holte eine Rolle mit Zahnseide hervor, aus dem er ein Stück abspulte und damit beide Nippel so geschickt abband, dass sie so angeschwollen blieben, wie sie jetzt waren.

„Zieh dir das über", sagte die Birkenau, die dazugetreten war, und reichte Karen einen BH. Karen ergriff ihn und erkannte sofort, dass es eine Spezialanfertigung war: Es handelte sich um einen oben offenen Stütz-BH, bei dem die Brüste auf einem kleinen eingearbeiteten Wasserbett ruhten, so dass sie nach vorne und nach oben gestreckt wurden, als würde Karen sie ihrem jeweiligen Gegenüber auf einem Silbertablett anbieten.

Mit zitternden Fingern schloss sie den BH hinter ihrem Rücken.

Normalerweise konnte man so etwas nur als Sexspielzeug tragen, stellte Karen fest. Und nicht, wenn man sich in der Öffentlichkeit bewegen wollte, so wie sie an diesem Abend.

„Das Kleid", sagte die Birkenau und wies auf das schwarze Seidenkleid das über einem Bügel an einer Schranktür hing.

Karen merkte schon, was damit los war, als sie es sich überstreifte. Aber als sie sich darin im Spiegel erblickte, hielt sie doch noch einmal geschockt die Luft an.

Das Kleid besaß mehrere Besonderheiten. Zum einen war es rückenfrei. Und zwar von ziemlich weit unten bis ganz oben: Der dünne Stoffträger, der das Kleid oben hielt, führte hinter Karens Nacken vorbei. Dabei war das Kleid so geschnitten, dass man auch die Haut von Karens Flanke und den Ansatz ihrer Brüste sehen konnte. An ihren Beinen schließlich reichte das Kleid kaum weiter nach unten als der kürzeste Rock, den sie bislang für Hagen und die Birkenau tragen musste. Und auch dieser Rock war seitlich geschlitzt.

Kein Wunder also, dass sie mehrmals schlucken musste, als sie sich so im Spiegel sah. Einerseits war es ein schwarzes Abendkleid und damit dem Anlass vollkommen angemessen. Andererseits bedeckte es wirklich nur das allernötigste von ihr: Ihre Brüste, ihren Bauch, ihren Hintern und ihre Muschi. Es war, als wolle sie sich den begehrenden Blicken der Männer so weit entblößen, wie es nur irgend möglich war. So als ob sie am liebsten nackt herumgelaufen wäre, wenn man sie nur lassen würde.

Ihre nach vorne strebenden Brüste mit den steil aufgerichteten Knospen vervollständigten dieses Bild.

„Jetzt das Make-Up", sagte die Birkenau.

In der nächsten Dreiviertelstunde ließ man sie sich so perfekt schminken, als wäre sie zu einer Ballveranstaltung der höchsten Oberschicht eingeladen. Mascara hier, Lidschatten da, Lippenstift dick, die Fingernägel korallenrot, die Augenbrauen fein nachgezeichnet. Glänzende Ohrringe, ein silbernes Halsband. Und wieder betrachtete sie sich im Spiegel.

Jetzt sah sie aus wie das teuerste und zugleich billigste High-Class-Callgirl aller Zeiten.

Es war ein Anblick, der viele Männer dazu bringen würde, sich den Kopf nach ihr zu verrenken. Und viele Frauen würden ihr die Pest an den Hals wünschen.

„Großartig", sagte die Birkenau schließlich. „Genau so wollte ich dich haben. Let's go."

Ein Großteil des Abends zog an Karen vorbei wie im Nebel. Es war, als wolle sie sich damit innerlich von dem distanzieren, was mit ihr geschah.

Sie fuhren im Wagen von Armin Hagen zur Nova Lounge, die sich ähnlich wie das ‚Chez Louis' nicht allzu weit vom Firmengebäude entfernt befand. Karen hatte dort mit ihren Kollegen schon mehrere kleine After-Work-Partys und Festlichkeiten zu besonderen Anlässen erlebt. Heute musste sie einige Meter vor Hagen und der Birkenau die Lounge betreten. Es waren bereits mehrere ihrer Mitarbeiter dort versammelt, und augenblicklich drehten sich etliche Köpfe in ihre Richtung, als sie durch die Tür schritt. Karen war fest gewillt, sich ihre entsetzliche Verlegenheit nicht anmerken zu lassen, sondern sich so „normal" zu benehmen wie nur irgend möglich.

Spinella war gerade in ein Gespräch vertieft, das er aber unterbrach, als er Karen auf sich zukommen sah. Er begrüßte sie herzlich, Karen gratulierte ihm noch einmal ebenso herzlich zu seiner Beförderung. Dabei versuchte sie, ebenso wie er zu übergehen, dass auch er ganz offenkundig eine gewisse Verlegenheit über ihre Aufmachung überspielte, und darüber, dass ihn ihre Brüste geradezu anzuspringen schienen. Er wirkte ganz froh, als Karen sich wieder von ihm löste und zur Bar hinübertrat, an der Cocktails auf Kosten des Gastgebers serviert wurden.

Karen bestellte sich eine alkoholfreie Nada Colada. Dass sie sich hier einen Schwips antränke, hätte ihr zu allem anderen noch gefehlt. Schon jetzt hatte sie begonnen, am ganzen Körper zu schwitzen. Dabei war sie erst drei Minuten da! Schaudernd fragte sie sich, wie wohl der Rest des Abends verlaufen würde.

Er verlief nicht sehr angenehm. Die ganze Zeit über fühlte sie sich wie auf dem Präsentierteller. Wenn sie sich mit einem Kollegen wie Bechtel unterhielt, schaute der sie dabei so gut wie nie direkt an, sondern ließ seine Blicke stattdessen durch den Raum schweifen. Gleichzeitig aber bemerkte sie nur zu gut die zahllosen Seitenblicke, von denjenigen Kollegen, denen sie nicht direkt gegenüberstand. Sie fühlte sich wie eine hochklassige Lustsklavin für alle Anwesenden, so als ob sie genausogut splitternackt durch die Lounge hätte stöckeln können, nackt und erregt und mit perfektem Make-Up.

Von ihrer Autorität als Führungskraft war nicht das Geringste mehr vorhanden. Stattdessen, davon war sie überzeugt, wirkte sie wie eine unfassbar notgeile Frau, die sich auf obszöne Weise vor all ihren Mitarbeitern zur Schau stellte und ihre Verfügbarkeit signalisierte.

Dann trat plötzlich Hagen auf sie zu. „Komm mir nach“, raunte er ihr zu und verschwand in Richtung der Toiletten.

Karens Magen klumpte sich zusammen. Wie ein Blitz fuhr ihr ins Bewusstsein, dass ihre absolute Verfügbarkeit mehr als nur ein bloßes Schauspiel war. Dann folgte sie Hagen auf wackligen Beinen.

Hagen hatte die Tür zur Männertoilette geöffnet, spähte hinein. Sie war leer. Er musste überblickt haben, dass alle männlichen Gäste im Hauptbereich der Lounge versammelt waren. Grob zog er Karen in den Raum, schob sie in eine Kabine.

„Wenn du die gesammelte Belegschaft schon mit stillen Versprechungen auf ein heißes Abenteuer scharf machst, solltest du sie jetzt vielleicht besser mal erfüllen“, raunte er ihr zu, nachdem er die Kabinentür hinter ihnen geschlossen hatte.

Karen blieb stumm.

Er drängte sich an sie. „Wenn du wüsstest, wie geil du riechst“, sagte er und erinnerte sie so nur noch einmal daran, wie er ihren gesamten Körper mit ihren Sekreten bestrichen hatte. Sie musste auf ihre Kollegen wirklich wirken wie eine läufige Hündin. Hagen schob sie gegen eine Wand, öffnete seine Hose. Ihr kurzes, geschlitztes Kleid stellte alles andere als ein Hindernis dabei dar, als er kraftvoll in sie eindrang.

Karen verdrehte die Augen und starrte zur Decke. Durchgefickt zwischen zwei Cocktails auf dem Männerklo der „Nova Lounge". Von einem Kerl, den sie nicht einmal leiden konnte. Absurderweise machte sie diese Situation trotzdem geil, und sie stellte wieder einmal fest, dass sie eigentlich den ganzen Abend über schon geil gewesen war, dass ihre Zurschaustellung sie erregt hatte, und diese Erregung ihre Scham steigerte, was sie auf bizarre Weise nur noch schärfer machte. Und jetzt hier genommen zu werden wie ein billiges Flittchen, das schraubte ihre Lust endgültig in die Höhe.

An Hagens schmutzigem Lachen, als er mit Leichtigkeit in ihre nasse Möse eindrang, merkte sie, dass auch er ihren Zustand erkannt hatte. Kein Wunder, dass er sich nicht dabei bremste, sie wie die Schlampe zu behandeln, die sie war.

Unfassbar, schoss es ihr durch den Kopf. Sie hatte ein Universitätsexamen, eine Urkunde von einer Business School, war leitende Angestellte in einer internationalen Firma ... und letzten Endes war doch nicht mehr aus ihr geworden als eine Schlampe, die sich von einem verhassten Kollegen auf der Toilette durchficken lassen musste, einfach nur weil er Lust auf sie hatte.

Karen merkte, wie Hagens Atem schneller ging und er fast ein wenig zu grunzen begann. Von all ihren bisherigen Erfahrungen her, wusste sie, das bedeutete. Er stand kurz davor zu kommen. Unvermittelt löste er sich ein wenig von ihr und zog seinen Schwanz aus ihrer Möse zurück.

Dann spritze er ab.

Karen fuhr regelrecht zusammen, als sie spürte, wie ein Schuss klebrigen Spermas nach dem anderen an der Innenseite ihrer Schenkel landete.

Irgendwann hatte sich Hagen vollständig entleert und trat einen Schritt zurück.

„Saubermachen", sagte er und wies auf seinen noch immer erigierten Schwanz.

Karen nickte, ging gehorsam in die Hocke und reinigte Hagens Prügel mit ihrer Zunge. Wenn sie auch nur gezögert hätte, hätte er vermutlich wieder ihre Haare dazu benutzt.

„Gut machst du das“, hörte sie von oben seine Stimme. „Ich hab ja schon immer gesagt, dass die Welt gar nicht richtig weiß, wo deine wahren Talente liegen.“

Sie richtete sich wieder auf. Während Hagen sein Genital wieder in seiner Hose verstaute, griff sie automatisch nach der Toilettenrolle, mit der sie vorhatte, sich zu reinigen, sobald Hagen erst einmal abgezogen war.

„Okay“, sagte er, trat aus dem Weg und entriegelte die Kabinentür. „Dann husch husch mal wieder zurück zur Party, Schnecke.“

„Ich ... ich würde mich vorher ganz gerne saubermachen ...“ stammelte sie hervor.

Hagen schüttelte grinsend den Kopf. „Du musst doch schon gemerkt haben, dass es keinen Sinn mehr hat, Miss Etepetete zu spielen. Ein kleines Andenken von deinem letzten Fick zwischen deinen Beinen, das ist genau das, was zu deinem neuen Ich passt.“

Karen starrte ihn sprachlos an.

„Wenn du noch lange wartest, möchte vielleicht jemand hier rein“, sagte Hagen mit einer Kopfbewegung Richtung Tür.

Um Gottes Willen, fiel ihr ein, das hatte ihr gerade noch gefehlt. Ein Kollege, der auf Toilette gehen wollte und sie zusammen mit einem ihrer Mitarbeiter in einer Kabine erwischte. Hastig riss sie die Tür auf und stöckelte nach draußen.

Im Flur kam ihr Finke entgegen, der offenbar wieder mal alle Mühe zusammennahm, um sie nicht allzu offensichtlich anzustarren. Karen hatte keine Ahnung, ob er gemerkt hatte, dass sie aus der Männer- und nicht aus der Damentoilette gestürmt war.

Leise stöhnte sie auf. Um ihren Ruf brauchte sie sich allmählich wirklich keine Sorgen mehr zu machen.

Als sie zurück in den Hauptraum der Lounge kam, drehten sich wieder einmal mehrere Köpfe in ihre Richtung. Wirkte sie ein wenig derangiert? Ihr fiel wenig anderes ein als weiterhin so zu tun, als ob nichts wäre, trat an die Bar und griff nach ihrem Cocktail.

Sobald sie einigermaßen zur Ruhe gekommen war, merkte sie, wie Hagens Sperma an ihren Schenkeln herunterzurinnen begann.

Karen wurde schwindelig. Einen Moment lang schloss sie die Augen.

Das hatte ihr gerade noch gefehlt: Den ganzen Abend lang panisch darauf bedacht sein zu müssen, dass niemand sah, welche Spuren ein Kollege bei ihr hinterlassen hatte ... wenn jemand das Sperma bemerkte ... sie würde vermutlich sterben vor Scham.

Jemand war an ihre Seite getreten. Karen öffnete die Augen und sah in das gutgelaunte Gesicht der Birkenau. „Na?" fragte diese mit spöttischer Heiterkeit in der Stimme. „Spaß gehabt?"

Während des weiteren Abends wurde Karen immer nervöser. Auf die Damentoilette zu begeben, wo sie sich unbeobachtet hätte saubermachen können, hatte die Birkenau ihr über zwei Cocktails ausdrücklich verboten. Irgendwann gelang es Karen endlich, sich eine Serviette zu schnappen, damit in einem dunklen Winkel zu verschwinden und sich hastig zu säubern. Sie konnte nur hoffen, dass sie dabei von niemandem beobachtet wurde.

Nur hatte sie jetzt eine Serviette in der Hand, an der Hagens Sperma klebte. Und mangels jeder Form von Behältnis hatte sie keine Ahnung, wohin damit. Endlich drehte sie sich in einem Akt der Verzweiflung mit dem Gesicht zu einer Ecke des Raumes, riss den Teil der Serviette mit den Zähnen ab, an dem das Sperma haftete, kaute hastig und schluckte ihn dann herunter. Den Rest der Serviette ließ sie beiläufig zu Boden segeln.

Dann kehrte sie in die feiernde Gesellschaft zurück. Sie brauchte wohl gar nicht erst weiter zu versuchen, sich nichts anmerken zu lassen. Jeder, der sich mit ihr unterhielt, musste merken, wie überreizt, fahrig und geistesabwesend sie an diesem Abend war.

Möglicherweise, dachte sich Karen sarkastisch, schob es der eine oder andere auf nur mühsam beherrschte Geilheit.

Irgendwann verabschiedeten sich die ersten Gäste, und endlich schickten sich auch Hagen und die Birkenau an zu gehen.

„Du fährst natürlich mit uns" sagte die Birkenau zu ihr. Karen nickte. Was für die Umstehenden nach „Du brauchst nicht extra ein Taxi zu nehmen" klang, bedeutete in Wahrheit natürlich etwas vollkommen anderes.

Eine halbe Stunde später befand sich Karen mit ihren beiden Peinigern im Schlafzimmer der Birkenau.

„Jetzt“, sagte sie, „wollen wir mal zur nicht weniger angenehmen zweiten Hälfte des Abends übergehen.“

Karen nickte ergeben und machte sich daran, ihr Kleid abzustreifen.

„O nein, lass es an“, zwitscherte die Birkenau. „Es schärft mich ohne Ende, wenn du uns in genau dem Fummel zur Verfügung stehst, in dem du dich gerade den ganzen Abend vor all unseren Kollegen als Schlampe präsentiert hast.“

Im nächsten Moment drückte Hagen sie von hinten auf die Knie, brachte dann ihren Hintern in eine Position, in der er leicht dort eindringen konnte. Auch hierbei stellte Karens Kleid nicht das geringste Hindernis dar. Währenddessen hatte sich die Birkenau vor ihr aus ihren Leinenhosen geschält, auch der weiße Slip flog schnell zur Seite.

Karen erbebte unter Hagens ersten Stößen und schob ihren Kopf zwischen die Schenkel ihrer einstigen Rivalin und jetzigen Herrin. Es kam mal wieder eine lange Nacht auf sie zu.

Am nächsten Morgen wurde Karen von der Birkenau unsanft geweckt.

„Raus aus den Federn“, zwitscherte sie und schüttelte Karen an der Schulter. „Du kannst nicht den ganzen Tag hier liegen bleiben.“

Karen wurde nur mühsam wach. Der Umstand, dass es das feixende Gesicht ihrer Peinigerin war, in das sie als erstes blickte, als sie die Augen aufschlug, sorgte dafür, dass sie am liebsten wieder in den erlösenden Schlummer zurückgesunken wäre. Aber die Birkenau, jetzt in Jeans und ein gelbes T-Shirt gekleidet, ließ ihr diese Möglichkeit nicht. Stattdessen klatschte sie noch ein paar Mal in die Hände, um ihre Weckrufe zu unterstreichen. „Auf auf mit dir“, rief sie fröhlich. „Wenn du noch länger liegenbleibst, schütte ich dir einen Eimer Wasser über. Ich kann mir vorstellen, dass du noch müde bist, nachdem du die ganze Nacht herumgehurt hast. Aber jetzt haben wir erst mal wieder genug von dir.“

Karen stemmte sich mühevoll in die Höhe. Sie stellte fest, dass sie immer noch dasselbe Kleid trug wie am Abend zuvor. Hagen war nirgends zu sehen.

„Bringen sie mich jetzt zurück zu meiner Wohnung?“ fragte sie, sobald ihr Kopf etwas klarer geworden war.

„O bitte!“ antwortete die Birkenau aus einem Nebenraum. Das Geräusch eines Toasters, der Brotscheiben in die Höhe schnellen ließ, war zu hören. Vielleicht machte sie sich gerade ihr Frühstück. „Da haben wir am Wochenende doch noch etwas anderes zu tun als unsere Lustsklavin durch die Gegend zu kutschieren. Du wirst den Bus nehmen müssen.“

„Den Bus?“

„Ja, den Bus. So wie tausend andere Leute auch“, erwiderte die Birkenau und fügte maliziös hinzu: „Es dürfte Miss Piekefein wohl nicht das Geringste schaden, wenn sie sich einmal unter das einfache Volk begibt.“

In diesem Kleid? fragte sich Karen. Am Samstagmorgen? Ein grauenvoller Gedanke. Sie machte sich keinerlei Illusionen darüber, dass sie wohl weit unverhohlener angestarrt werden würde als gestern Abend von ihren Kollegen in der „Nova Lounge“. Allerdings war ihr auch klar, dass es wenig Zweck haben würde, mit der Birkenau zu diskutieren. Allerdings ...

„Ich habe gar kein Geld dabei“, sagte sie. Schließlich verfügte ihr Kleid über keine einzige Tasche.

„Kleine Schnorrerin“, erhielt sie in verächtlichem Tonfall zur Antwort. „Du hast Glück, dass du heute Nacht so gut warst. Armin hat dir als kleine Anerkennung drei Euro für die Fahrkarte auf das Schränkchen im Flur gelegt. Direkt neben deinem Wohnungsschlüssel.“ Den hatten die beiden am gestrigen Abend an sich genommen, als sie sie abgeholt hatten.

Karen tappte in den Flur. Großartig, sagte sie sich. Ich bin jetzt eine Drei-Euro-Hure.

Die Birkenau kam aus der Küche heraus. Sie musterte Karens Erscheinung mit einem breiten Grinsen. Offenbar gingen ihr gerade ganz ähnliche Gedanken durch den Kopf. „Du hättest dich gestern Abend sehen sollen“, sagte sie. „Und wie all die anderen dich angestarrt haben.“ Sie trat auf Karen zu und senkte ihre Stimme zu einem Flüstern. „Was glaubst du, was du bist? Eine Führungskraft oder eine Stute?“

Ein paar Sekunden lang versuchte Karen, dem Blick ihrer Rivalin standzuhalten. Dann hielt sie es nicht mehr aus und floh förmlich aus der Wohnung. Hinter ihr erklang das schallende Lachen der Birkenau.

Draußen angekommen musste Karen sich erst einmal orientieren. Sie hatte keine Ahnung, wo die nächste Bushaltestelle war. In der Nähe lungerten drei vielleicht sechzehn oder siebzehn Jahre alte Jungen herum, zwei davon mit Zigarette im Mundwinkel, und starrten sie an.

Karen nahm ihre Kräfte zusammen. Wenn diese Burschen sie eh schon anstarrten, dann konnte sie sie auch nach dem Weg zur nächsten Haltestelle fragen. Während zwei stumm blieben und Karen noch immer auf unangenehme Weise fixierten, erklärte ihr einer in knappen Worten die Richtung.

Es dauerte immerhin eine volle Stunde, bis Karen endlich die Haltestelle ihres eigenen Wohngebäudes erreichte. Sie hatte einmal umsteigen und sich mehrere Male vergewissern müssen, ob sie noch auf der richtigen Route war. Und obwohl sie versuchte, so selbstverständlich zu wirken, als sei dieses obszöne Kleid eine alltägliche Garderobe für sie, wurde sie immer wieder auf, wie sie fand, geradezu unverschämte Weise gemustert: Ob an Haltestellen oder in den überfüllten Bussen, in denen sie immer wieder nur einen Stehplatz ergattern konnte.

Um Himmels Willen, was halten diese Leute nur von mir, dachte sich Karen. Wenn ich mich wie eine Straßennutte zurecht gemacht hätte, hätten die Blicke kaum zudringlicher und abschätziger sein können.

Auf einer Bank vor ihrem Wohngebäude erkannte sie ein paar ihrer Nachbarn sitzen und den Sonnenschein genießen. Karen hatte normalerweise immer die Zeit für ein paar freundliche Worte gehabt, aber an diesem Morgen war sie mit den Nerven bereits ziemlich am Ende. Auch um keine neugierigen Fragen beantworten zu müssen, lächelte sie der kleinen Gruppe lediglich freundlich zu, und ging dann raschen Schrittes auf die Haustür zu. Als sie aufschloss, sah sie über die Schulter noch einmal kurz zurück und stellte irritiert fest, dass auch ihre Nachbarn ihr nachstarrten.

Endlich fiel auch die Tür ihres Appartements hinter ihr ins Schloss. Karen atmete einmal tief durch. Nur jetzt nichts wie raus aus diesem Fummel.

Und rein in den nächsten, fiel ihr ein, als sie sich an die Webcams erinnerte.

Die rote Lampe des Anrufbeantworters blinkte. Karen schaltete das Gerät auf „Abhören". Die Stimme der Birkenau erklang und instruierte Karen, dass sie an diesem Tag ihr hauchdünnes, durchscheinendes Negligé und einen schwarzen Slip zu tragen habe. In einem plötzlichen Auflodern hilfloser Wut löschte Karen alle Aufzeichnungen.

Dann verschwand sie im Bad. Sie hatte schon befürchtet, dass ihre Schminke komplett verlaufen war und sie alle Leute auch deshalb dermaßen dreist angeglotzt hatten, aber in Wirklichkeit hielt sich die Verunstaltung in Grenzen. Gut – aber jetzt erst mal raus aus diesem Kleid! Karen wollte sich gerade davon befreien, als sie noch einmal über die Schulter hinweg in den Spiegel schaute. Woraufhin sie fast gleichzeitig die leuchtend rote Schrift und ihre Gesichtszüge entgleisen sah.

Jemand hatte, offenbar als sie noch geschlafen hatte, mit Lippenstift in riesigen Buchstaben „FICK MICH!" auf ihren entblößten Rücken geschrieben.

Nachdem Karen den Lippenstift entfernt, sich auch anderweitig abgeschminkt und zuletzt umgezogen hatte, ließ sie sich auf ihr Bett fallen. Sie fühlte sich unglaublich erschöpft. Dabei war es noch nicht einmal Müdigkeit, weil sie zu wenig Schlaf bekommen hatte, stellte sie schnell fest, sondern eher mentale Erschöpfung. All das, was mit ihr geschah, die heftigen Gefühle, die immer wieder in ihr hochwühlten, das war mehr, als sie in kurzer Zeit verarbeiten konnte.

Der gestrige Abend allein ... wie sie vor ihren Kollegen vorgeführt und zwischendurch auf der Toilette benutzt worden war ... dann eine weitere Nacht als Lustsklavin ihrer beiden Mitarbeiter ... und schließlich der Walk of Shame an diesem Vormittag, als sie unwissentlich der ganzen Welt signalisiert hatte, dass sie ein geiles Luder war, das sich so sehr nach dem nächsten Fick sehnte, dass sie es mit jedem X-Beliebigen treiben würde ...

Karen stöhnte gepeinigt auf und vergrub ihr Gesicht in ihrem Kissen. Zu schade, dass sie keine Decke mehr hatte, die sie sich über den Kopf ziehen konnte.

Nach einer, vielleicht anderthalb Stunden Herumwälzens, das für jeden Betrachter sehr lethargisch wirken musste, da er den Sturm, der in Karens

Innerem tobte, nicht erahnen konnte, stemmte Karen sich endlich in die Höhe. Das alles half nichts. Vielleicht sollte sie sich besser mit etwas Sinnvollem beschäftigen, um ihre Gedanken wieder zur Ruhe kommen zu lassen. Zum Beispiel damit, ihre Wohnung einmal ordentlich auf Vordermann zu bringen.

Normalerweise hatte sie dafür eine Putzfrau, die jedes zweite Wochenende vorbeischaute, aber seit Karen dazu verdammt worden war, nur noch in aufreizenden Dessous in ihrer Wohnung herumzulaufen, hatte sie dieser bis auf weiteres gekündigt. Sie brauchte nicht noch mehr Leute, die glaubten, dass sie sich zu einer triebigen Schlampe entwickelte.

Allerdings reinigte sich ihre Wohnung nicht von selbst. Also, stellte Karen fest, würde sie wohl selbst zu Schrubber und Wischlappen greifen müssen. Und das alles natürlich in Slip und Negligé, damit die Besucher ihrer Website auch etwas hatten, woran sie sich aufgeilen oder über das sie sich amüsieren konnten.

Weitere zwei Stunden später hatte Karen all ihre Räumlichkeiten auf Vordermann gebracht. Nur das Putzen der Fenster, die zur Straße hin lagen, hatte sie sich erspart. Der Gedanke, dass jeder Vorübergehende ihre nackten Brüste hätte sehen können, setzte ihr noch mehr zu als die gesammelten Webcams. Dabei sah sie ihre Beobachter wenigstens nicht. Wie sie ihre Fenster überhaupt jemals wieder sauberkriegen sollte, wenn sie doch verpflichtet war, in Zukunft immer nur in aufreizender Wäsche herumzulaufen, wenn sie zu Hause war, wusste sie noch nicht.

Sie ließ sich auf ihr Sofa fallen, machte den Fernseher an und zappte durch die Kanäle, fand aber nichts, das ihre Aufmerksamkeit wirklich gefesselt hätte. Schließlich nickte sie ein wenig ein.

Das Geräusch der Türklingel ließ sie in die Höhe schrecken.

Um Himmels Willen, waren ihre beiden Peiniger etwa schon wieder zu neuen Quälereien bereit?

Karen tappte ein wenig verschlafen zur Tür und lugte durch den Spion.

Ihr Herz machte einen Satz. Draußen stand Thomas. Und gerade drückte er ein zweites Mal auf die Klingel.

Was um alles in der Welt machte er denn hier? Gut, es kam gelegentlich vor, dass er sich kurzentschlossen ein Wochenende frei nahm, um zurück nach Deutschland zu fliegen, aber dann hätte er ihr seine Ankunft doch wenigstens mitgeteilt!

Es sei denn ... Karen erinnerte sich daran, dass sie gestern den ganzen Tag und die ganze Nacht nicht zu Hause gewesen war – und dass sie ihren Anrufbeantworter entnervt abgeschaltet hatte, sobald sie die neuen Anweisungen der Birkenau empfangen hatte ... ohne zu checken, ob da vielleicht noch weitere Nachrichten auf dem Band waren.

Draußen drehte Thomas sich bereits um, wollte offenbar unverrichteter Dinge wieder gehen.

Das wollte Karen dann allerdings doch nicht. Im Gegenteil, sie konnte die Umarmung eines Menschen, dem viel an ihr lag, jetzt wirklich gebrauchen.

Also riss sie, ohne weiter lange nachzudenken, die Tür auf. „Thomas!" rief sie.

Der stoppte in der Bewegung und auf seinem Gesicht erschien ein Lächeln – das allerdings ein wenig schief geriet, als seine Blicke an Karens Körper herabglitten. Erst jetzt wurde ihr klar, dass sie praktisch halbnackt im Treppenhaus stand.

„Für wen hast du dich denn so zurechtgemacht?" fragte er grinsend.

Einen Moment lang fiel Karen nicht ein, was sie darauf erwidern sollte. Thomas wusste genau, dass das keineswegs die Kleidung war, in der sie normalerweise in ihrer Wohnung herumlümmelte. Aber er sollte auf keinen Fall denken, dass sie hier auf irgendeinen anderen Liebhaber wartete! Im letzten Moment kam ihr der rettende Gedanke: Thomas konnte schließlich kaum wissen, dass sie seine Nachricht nicht erreicht hatte.

„Auf dich", sagte sie deshalb mit verführerischer Stimme.

Jetzt wurde das Lächeln auf Thomas Gesicht wieder breiter. „Dann wusstest du doch, dass ich komme? Ich hab dir bestimmt dreimal auf deinen Anrufbeantworter gesprochen. Sag mal, wo warst du denn gestern Abend so lange?"

„Spinella ist zum Department Manager befördert worden und hat eine kleine Party gegeben." Sie hakte ihre Finger in Thomas Gürtel und zog ihn an sich. „Aber jetzt bin ich ganz für dich da."

Thomas schmunzelte. „Das höre ich gerne."

Damit drückte er sich gegen sie und presste seine Lippen auf ihre. Sie erwiderte seinen Kuss mit derselben Leidenschaft. Dann schob er sie halb zurück in die Wohnung, ließ hinter sich die Tür ins Schloss schlagen, und Sekunden später bereits fiel er in Karens Schlafzimmer über sie her.

Erst da schoss es Karen plötzlich durch den Kopf: Du lieber Gott! Ich habe vor lauter Wiedersehensfreude die Webcams vergessen!

Aber da lagen sie bereits in den Laken und Thomas streifte sich seine Hose herunter. Karen, die eben noch sein Gesicht mit Küssen bedeckt und mit ihren Händen über seinen Körper gefahren war, hatte nicht die geringste Idee, wie sie es ihm klarmachen sollte, dass sie von jetzt auf gleich jegliche Lust verloren hatte. Zumal das ganz offensichtlich nicht stimmte, was er problemlos an ihrem erregten Atem und ihren jetzt auch ganz ohne jedes Zubehör steifen Brustwarzen erkennen konnte. Im nächsten Augenblick schon streifte er ihren Slip herab und drang in sie ein.

Großartig, dachte Karen sich. Ich lasse mich hier von meinem Freund durchpflügen und die ganze Welt kann dabei zusehen! Gedemütigt schloss sie die Augen. Ihr Leben entwickelte sich von Tag zu Tag mehr zu einem einzigen großen Desaster.

Vier Tage später war sie wieder zu Gast bei der Birkenau. Thomas war mittlerweile wieder nach Schweden aufgebrochen, um seinen Job dort zu Ende bringen. Offenbar lief unter seiner Regie alles dermaßen gut, dass er beauftragt worden war, auch andere Niederlassungen dieser Firma in Sachen Software auf den neuesten Stand zu bringen. Dass Karen in ihrer Wohnung die ganze Zeit über nur in Unterwäsche herumsprang, hatte ihn weder irritiert noch besonders gestört. Im Gegenteil: Er schien es auf seine Anwesenheit zurückgeführt und sehr genossen zu haben.

„Dein Freund nimmt dich ja ganz schön ran“, stellte die Birkenau schmunzelnd fest und wies auf den vor ihr stehenden Laptop, der gerade Aufnahmen davon zeigte, wie Thomas und Karen miteinander vögelten. „Natürlich nicht so sehr wie wir. Was meinst du, was er sagen würde, wenn er wüsste, wie hart wir es dir besorgen? Ob er sich Sorgen machen würde? Oder entsetzt von dir wäre? Oder nur zu gerne mitmachen würde?“ Sie lachte.

Karen saß mit offener Bluse auf einem Stuhl in der Mitte des Raumes. Ihre Handgelenke waren hinter der Lehne aneinander gefesselt und ihre Beine so an die Stuhlbeine gebunden, dass ihre Möse unter dem allzu kurzen Rock offen zutage lag. Sie starrte auf die Website, auf der die intimen Aufnahmen von Thomas und ihr zu sehen waren. Inzwischen war es für sie unfassbar, dass sie das Entstehen solcher Bilder zugelassen hatte. Aber es war als ob sie einmal festen Boden unter ihren Füßen verloren hätte und jetzt erbarmungslos mitgeschleift wurde.

Sie wollte sich erst gar nicht ausmalen, welche Fiesheiten die Birkenau jetzt schon wieder in petto hatte. Am Telefon hatte sie ihr vorher eine „kleine Überraschung“ angekündigt, „um die Vorfreude zu erhöhen“. Karen konnte nur ahnen, dass sich hinter dieser Ankündigung ganz sicher nichts Gutes verbarg.

„Du fragst dich bestimmt schon, was ich heute mit dir vorhabe“, sagte die Birkenau jetzt. Hagen schien noch in der Firma zu sein. Die beiden waren sich ihrer Macht über Karen inzwischen anscheinend so sicher, dass sie auf die Anwesenheit des jeweils anderen gerne auch einmal verzichteten. „Ich möchte dich gerne ein bisschen hochtunen. Zu einer neuen und verbesserten Generation unserer Lustslavin, sozusagen.“ Vergnügt strahlte sie Karen an.

Karen schaute verständnislos und ein wenig ängstlich zurück. „Was meinen sie damit?“ wollte sie wissen.

„Es geht um mehrere Dinge, die ich gerne verknüpfen würde“, antwortete die Birkenau, griff in eine Sporttasche, die neben dem Wohnzimmertisch stand, und holte ein kleines flaches Handy daraus hervor. „Beginnen wir hiermit. Dieses Handy wirst du in Zukunft immer bei dir und griffbereit haben. Dadurch wirst du jederzeit für uns beide erreichbar sein, denn nur wir kennen seine Nummer. Und wenn dieses Handy klingelt, weißt du, dass neue Befehle auf dich warten.“ Sie ließ das Gerät aufschnippen und machte eine bedeutungsvolle Pause. „Natürlich wirst du dich auf eine Weise melden, die zu deiner neuen Rolle passt. Ich möchte, dass du dich, wenn immer du hierauf einen Anruf erhältst, dich als die ‚tabulose Drei-Loch-Stute Karen Weißgerber‘ meldest.“

„Was?“ fuhr Karen auf. „Das kann doch nicht ...“

Der strenge Blick der Birkenau ließ sie mitten im Satz abbrechen.

„Sei froh, dass wir dir ein spezielles Handy zur Verfügung stellen und nicht von dir verlangen, dass du dich bei deinem eigenen genauso meldest“, sagte sie mit einem leicht tadelnden Unterton in der Stimme.

„Aber ... aber ... ich könnte gerade ... Sie wissen doch gar nicht, wo ich gerade bin, wenn sie mich anrufen.“

Die Birkenau nickte. „Stimmt. Deshalb hast du bis zum fünften Klingeln Zeit, dich zu melden. Solange hast du Gelegenheit, möglichst schnell Abstand zu den Leuten zu gewinnen, in deren Nähe du dich befindest. Das wird dir möglicherweise nicht immer gelingen.“ Sie kicherte. „Aber das ist ja gerade der Spaß daran.“

Karen schluckte und starrte auf das Gerät in der Hand der Eishexe. Der Gedanke, dass sie sich gerade in der Hörweite wildfremder – oder auch gut bekannter – Menschen befinden könnte, wenn sie einen Anruf erhielt und sich auf diese Weise melden sollte, ließ ihr Herz rasen.

„Falls du dich nicht in entsprechender Weise meldest“, schärfte ihr die Birkenau in sehr bestimmendem Tonfall ein, „werden wir dich dafür bestrafen.“ Um ihre Worte zu unterstreichen griff sie erneut in ihre Tasche und förderte einen weiteren Gegenstand zutage. Es war eine dünne, lange Rute, die aus einem offenbar sehr biegsamen Material gefertigt war. Karen hatte keine Ahnung, wo die Birkenau sie aufgetrieben hatte: Aus einem Geschäft für Reitsportzubehör, aus einem Sex Shop mit Sinn für ausgefallene SM-Instrumente ...? Auf jeden Fall, das erkannte Karen mit angstvoll geweiteten Augen, sah dieses Schlaginstrument fies aus.

„Du gestattest, dass ich sie einmal kurz vorführe“, flüsterte die Birkenau, und sie klang plötzlich fast heiser vor Erregung. Ohne auf eine Antwort Karens zu warten, schlug sie aus dem Handgelenk zu. Das obere Ende der Rute schnalzte gegen Karens Brust und biss sich auf äußerst schmerzhafte Weise hinein. Karen schrie auf. Die Birkenau lachte.

„Davon möchtest du keinen zweiten Hieb haben, nicht wahr?“

„N-nein“, beeilte sich Karen zuzustimmen. Sie spürte den Schmerz immer noch.

„Dann kommen wir jetzt zu meinem nächsten Punkt bei diesem neuen

Schritt deiner Ausbildung zur Sklavin." Die Birkenau lächelte. „Wenn du dich auf diesem Handy meldest, wirst du das nicht in deiner gewohnten Sprechweise tun. Ich möchte, dass du lernst, dich in der Art und Weise zu artikulieren, wie es eine billige Straßennutte tun würde. Die Stimme etwas höher, etwas verruchter und vielleicht mit einem leichten Lispeln – so wie ein blondes Dummchen, das darauf angewiesen ist, mit dem Ficken Geld zu verdienen, weil es so wenig in der Birne hat. Du verstehst, was ich meine?"

Karen war sich nicht ganz sicher, aber sie hatte den Eindruck, dass es besser war zu nicken. Noch immer starrte sie ihre Peinigerin mit geweiteten Augen an.

„Ich mache es dir einmal vor", sagte die Birkenau gnädig. „Hallo, hier ist die tabulose Drei-Loch-Stute Karen Weißgerber" deklamierte sie in einer sehr hohen, fast etwas kieksigen Stimme und sprach dabei in einem süßlich-verführerischen Tonfall. Dann stieß sie ein kurzes Kichern aus. „Was kann ich für sie tun?"

Karen erstarrte innerlich zu Eis. Jeder, der sie auf diese Weise sprechen hören würde, musste sie für die letzte strohdumme Straßenschlampe halten. Es klang so, als ob sie jetzt schon mit weit geöffneten Beinen daliegen würde und mit tropfender Möse auf jemanden wartete, der sie bestieg.

„Sprich mir nach", sagte die Birkenau.

Karen schluckte, dann stammelte sie mit sichtbarer Überwindung die ersten Worte heraus. „Hallo, hier ist die ..."

Ohne Vorwarnung traf die Rute ihre Brust. Karen schrie gequält auf. „Höher!" fuhr sie die Birkenau an. „Das kannst du viel besser. Und wir werden es so lange üben, bis du es hinbekommst. Weil das nämlich die Stimme ist, in der du zukünftig auch mit uns beiden sprechen wirst, wenn du uns als Sklavin zu Diensten bist."

Karen stöhnte. Nahm ihre Erniedrigung denn gar kein Ende? Sie unternahm einen neuen Versuch. Die Birkenau war noch immer nicht zufrieden, und wieder spürte Karen die Rute – jetzt auf der anderen Seite. So ging es Versuch um Versuch, und während die Birkenau allmählich immer zufriedener wurde, hatte Karen immer mehr das Gefühl, als ob ihre Brüste in Flammen stehen würden.

„So weit, so gut", sagte die Birkenau endlich. „Ich wusste, wir würden das hinkriegen. Wenn jemand wie eine richtig ordinäre Schlampe rüberkommen kann, dann du." Ihre Augen blitzten triumphierend. „Ich bin sicher, wir können das an anderen Gelegenheiten noch weiter üben. Vielleicht übst du es aber auch einmal ganz für dich alleine, wenn du dir unnötige Schmerzen ersparen willst." Sie legte die Rute beiseite. „Kommen wir jetzt lieber zum letzten Teil unserer heutigen Prozedur. Aller guten Dinge sind bekanntlich drei."

Und damit langte sie ein drittes Mal in ihre Tasche. Diesmal zog sie einen Gegenstand heraus, der für Karen zu seinem größten Teil unschwer als Dildo zu erkennen war, der aber darüber hinaus über einen Unterbau und einen daran angebrachten Gurt verfügte.

„Du wirst es nicht für möglich halten, welche Fortschritte die Vibratortechnik in den letzten Jahren gemacht hat", erklärte die Birkenau mit hörbarer Begeisterung. „Es hängt alles nur davon ab, ob man bereit ist, ein bisschen mehr dafür hinzublättern. Schau dir doch mal dieses Wunderding an! Erst mal ist es leiser als das Husten einer Stubenfliege." Sie legte einen Schalter um und Karen musste zugeben, dass sie das jetzt einsetzende Brummen vermutlich nur deshalb überhaupt hören konnte, weil ihre Aufmerksamkeit genau darauf gerichtet war. „Dann ist es außerordentlich intensiv! Dieser Vibrator wurde speziell für Frauen entwickelt, die große Schwierigkeiten haben, zum Orgasmus zu kommen, und wenn dieser Nupsi hier direkt an der Klitoris anliegt ... Ich kann dir sagen, ich hab das Teil selbst ausprobiert, und es ist wirklich die Wucht! Und diese Hüftstrapse hier sorgen dafür, dass du ihn nie mehr unabsichtlich verlierst. Hier, probier ihn mal an."

Karen schnaufte, konnte aber keinen Muskel rühren, um die Birkenau aufzuhalten, als die ihr den Vibrator zwischen die Beine schob. Was sie am entsetzlichsten fand, war, dass, wenn sie ihre Mitarbeiterin richtig verstanden hatte, dieses Gerät schon einmal in deren Möse gesteckt hatte. Und jetzt steckte er bereits in ihrer eigenen Muschi, und die Birkenau machte sich schon daran, die Strapse um ihre Hüfte zu schlingen.

Sobald sie das erledigt hatte, richtete sie sich zufrieden auf. „So müsste er genau richtig sitzen", sagte sie. „Schau, da kannst du ihn einstellen ..."

Sie legte einen Schalter um. Im nächsten Moment rasten so heftig kitzelnde Vibrationen durch Karens Möse, dass Karen mitsamt dem Stuhl beinahe zwei Meter zurückgesprungen wäre.

„Hoppla, das war die höchste Stufe“, kicherte die Birkenau. „Das hier ist die niedrigste. Na, was meinst du?“

Auch jetzt waren die Empfindungen, die sich in Karens komplettem Unterleib ausbreiteten, ausgesprochen intensiv. Sie glaubte es unbesehen, dass die Technik hier einen gewaltigen Schritt nach vorne gemacht hatte – vor ein paar Jahren, als sie noch solo war und mehr Zeit hatte, hatte sie sich selbst gerne mit einem Vibrator verwöhnt, der aber keinem Vergleich mit diesem Gerät standhalten konnte. Sie spürte, wie ihr Atem plötzlich schwerer ging und ihre Erregung deutlich angestiegen war – aber es war durchaus noch auszuhalten.

„Es ist sehr wichtig, dass du weißt, wie er funktioniert“, erklärte ihr die Birkenau. „Damit du ihn dir in Zukunft auch selbst umlegen kannst.“

„Was soll ich?“ fragte Karen, mittlerweile schon etwas erschöpft von all den Zuwendungen, die sie in der letzten Stunde erhalten hatte.

„Du wirst ihn dir in Zukunft jedesmal umlegen, wenn du deine Wohnung verlässt“, erklärte ihr die Birkenau. „Du wirst ihn also nur dann nicht tragen, wenn du dich in deinen eigenen vier Wänden befindest. Das bedeutet natürlich, dass du in der Firma auch nicht mehr auf Toilette gehen wirst.“ Sie lächelte. „Die Möglichkeit, dass du dir in der Kabine schnell einen abschubberst, möchten wir gerne vermeiden. Ansonsten werden Armin und ich immer wieder mal überraschende Stichproben machen, und wenn wir dich dann ohne das Teil erwischen ...“ Sie deutete demonstrativ auf die Rute.

„Aber ...“ fuhr Karen auf, „ich kann doch nicht den ganzen Tag über ...“

„Was? Dauergeil sein? Das ist doch von deinem jetzigen Zustand nicht allzu weit entfernt, oder?“

„Das halte ich nicht aus!“ protestierte Karen mit den ersten Tränen in den Augen.

„Schlampenstimme“, verlangte die Birkenau.

„Was?“

„Ich möchte, dass du in der Stimmlage einer Schlampe zu mir sprichst.

So wie wir es gerade eben geübt haben."

Karen wirkte jetzt ebenso konfus wie verzweifelt, aber als die Birkenau ihre Hand in Richtung Rute ausstreckte, gehorchte sie lieber schnell. „Bitte, ich kann doch nicht den ganzen Tag mit diesem Teil in der Möse rumlaufen", kiekste sie hervor und merkte dabei selbst, dass sie wie jemand wirkte, auf dessen Einwände man keine große Rücksicht zu nehmen brauchte. Ein höhnischer Blick der Birkenau brachte sie schnell zum Verstummen.

„Ach, übrigens", fiel es der plötzlich ein, „eine Kleinigkeit hätte ich da fast ganz vergessen." Ein letztes Mal holte sie einen Gegenstand aus ihrer Sporttasche heraus. „Das Gerät, das du da trägst, hat auch eine ganz wunderbare Fernsteuerung. Zumindest wenn sie im selben Raum ist wie du, kann man deinen Lustspender damit hübsch beeinflussen." Sie drückte auf einen Knopf, woraufhin Karen prompt einen spitzen Lustschrei ausstieß. Die Birkenau lachte. „Vielleicht sparen wir uns die aber für eine besondere Gelegenheit auf. Ich möchte doch zu gerne sehen, wie du zum Beispiel versuchst, eine Power-Point-Präsentation zu halten, während ich mit diesem Gerät in meiner Handtasche herumspiele. Ob du dich da wohl soweit beherrschen kannst, dass du nicht vor all deinen Mitarbeitern abgehst wie eine Rakete ...?"

Also führte sich Karen von da ab zusätzlich zu ihrer offenherzigen Kleidung jeden Tag den Vibrator in die Möse, bevor sie ihre Wohnung verließ.

Dabei konnte sie vermutlich noch froh sein, dass die Birkenau ihr erlaubt hatte, das Gerät auf die niedrigste Stufe zu stellen. Schon dabei führten die anhaltenden Vibrationen, die vom Zentrum ihrer Klitoris aus in ihren gesamten Unterleib ausstrahlten, zu einem Zustand dauerhafter Erregung. Wäre das Gerät nur eine Stufe höher eingestellt gewesen, das war Karen klar, hätte sie sich kaum noch soweit beherrschen können, um sich nicht ständig lustvoll zu räkeln und zu winden. Bei der momentanen Intensität war es auszuhalten – wenn auch nur gerade so. Schon bei der Fahrt zur Firma stellte Karen fest, wie es in ihrem Schoß immer feuchter und feuchter wurde. Schließlich kam sie nicht mehr umhin, den kurzen Rock, den sie an diesem Tag trug, hochzuraffen, so dass sie direkt auf dem Polster des Sitzes hockte. Es war ihr lieber, dass sie dort beim Aussteigen eine feuchte Stelle hinterließ, als dass ihre Kollegen dieselbe feuchte Stelle an ihrem Rock bemerkt hätten.

Dabei musste sie sich auf dem Firmenparkplatz regelrecht dazu zwingen, ihren Wagen zu verlassen. Alle möglichen Horrorszenarien, wie sie mitten im Firmengebäude plötzlich von einem Orgasmus hinweggefegt wurde, rasten durch ihren Kopf. Aber es hatte alles keinen Zweck. Sie würde einfach versuchen müssen, ihre Contenance beizubehalten, so sehr es ging.

Den Weg zu ihrem Büro legte sie auf schwankenden Beinen zurück. Diesmal kam ihr Bechtel entgegen und wünschte ihr mit fröhlicher Stimme einen guten Morgen. Als Karen zurückgrüßte, klang ihre Stimme zu ihrem eigenen Erschrecken ein wenig gepresst, fast keuchend oder stöhnend. Bechtel schien das zu übergehen, aber er hatte es ganz sicher bemerkt.

Soviel zu ihrem Vorsatz, sich zusammenzunehmen und sich nichts anmerken zu lassen.

An ihrem Schreibtisch fiel es ihr schwer, sich auf die einfachsten Dinge zu konzentrieren. Die ganze Zeit über verspürte sie das dringende Bedürfnis, sich zwischen die Beine zu fassen und so schnell wie möglich zum Höhepunkt zu bringen. Wenigstens hatte sie sich ein paar Kleenex mitgebracht, mit denen sie sich bei geschlossener Tür immer wieder rasch zwischen den Schenkeln abtupfen konnte.

Sie war schon kurz davor, eine wichtige Abrechnung rauszumailen, als sie im letzten Moment entdeckt hatte, dass sie in ihrer Fahrigkeit einige Flüchtigkeitsfehler unterlaufen waren. Vermutlich sollte sie in Zukunft besser zweimal nachrechnen, sagte sie sich. Einige Anrufe gingen bei ihr ein, und Karen stellte fest, dass ihre Stimme immer noch heiser und ein wenig keuchend klang. Für Telefonsex wäre dieser Tonfall wohl passender gewesen. Karen fragte sich ernsthaft, welches Bild die Leute inzwischen von ihr hatten.

Um elf fand eine neue interne Besprechung statt, bei der Karen anwesend sein musste, aber glücklicherweise nicht im Vordergrund stand. So hatten ihre Gedanken allerdings immer wieder Gelegenheit, zu den verrücktesten sexuellen Phantasien abzuschweifen. Selbst der Anblick von langvertrauten Kollegen wie Spinella brachte sie plötzlich in Wallung, und vor ihrem inneren Auge entstand das Bild, wie sie sich miteinander auf dem Fußboden des Besprechungsraumes wälzten. Karen biss sich auf die Zunge, um wieder in das Hier und Jetzt zurückzukehren.

Es ist unglaublich, sagte sie sich auf dem Rückweg zu ihrem Büro. Die Birkenau hatte aus ihr eine läufige Hündin gemacht!

An diesem Tag ging sie lieber nicht mit in die Kantine, sondern entschuldigte sich damit, dass sie schon für den Abend zu einem Essen eingeladen worden sei. In Zukunft, überlegte sie sich, sollte sie vielleicht eine Diät oder so etwas vorschieben. Der Gedanke, dass ein Mitarbeiter in der Kantine einen nassen Fleck auf dem Stuhl bemerkte, von dem sie sich gerade erhoben hatte, war für sie einfach zu grauenvoll, um das zu riskieren.

Irgendwie brachte sie den Nachmittag ebenso hinter sich wie den Heimweg. In ihrer Wohnung angekommen, befreite sie sich endlich von dem Vibrator. Sie wusste nicht, was größer war: Ihre Geilheit oder das Bedürfnis, endlich ihre Blase zu entleeren. Tatsächlich war es nur letzeres Bedürfnis, das sie befriedigte. Zu gern hätte sie sich auch sexuelle Erleichterung verschafft, aber aus allen möglichen Ecken und Winkeln starrten ihr die Augen der im gesamten Appartement verteilten Webcams erwartungsvoll entgegen. Und das Bild, wie sie sich selbst rasend vor Geilheit einen abschubberte, wollte Karen ihren Peinigern dann doch nicht präsentieren.

Also blieb sie den Rest des Abends zu Hause, trug die erotischen Dessous zur Schau, die von der Birkenau gewünscht worden waren, und sah fern. Wenn sie aus irgendeinem Grund die Wohnung verlassen hätte, da war die Birkenau eindeutig gewesen, hätte Karen sich den Vibrator erneut anlegen müssen. Und rappelgeil bis zum Anschlag durch Bars und Bistros zu streifen, auch das wollte sie sich gerne ersparen.

Gegen zehn ging sie dann zu Bett und wälzte sich in unruhigen Träumen.

Am dritten Tag war sich Karen sicher, es keine Minute länger aushalten zu können.

Sie schien ununterbrochen aufgeladen zu sein von einer starken erotischen Energie. Ständig schweiften ihre Gedanken in andere Gefilde, und es wurde zunehmend schwieriger, sich auf ihren Job zu konzentrieren. Nicht mehr nur ihr Unterleib, ihr gesamter Körper sehnte sich verzweifelt danach, endlich durch die Entladung eines Orgasmus erlöst zu werden.

Irgendwann, fast fühlte sie sich inzwischen einem kleinen Nervenzusammenbruch nahe, griff sie nach dem Telefonhörer und wählte die 89. Die Nummer von Diana Birkenau.

Diese meldete sich mit einem gedehnten „Halloooo?“. Ohne Zweifel war auf ihrem Display erschienen, dass Karen die Anruferin war.

„Kann ich ...?“ presste Karen hervor und rang im nächsten Moment schon nach Worten, als ob sie alles vergessen hatte, was ihr je über professionelle Geschäftstelefonate beigebracht worden war. Zur Hölle mit mir, dachte sie, wenn ich hier am Telefon irgendetwas darüber rauslasse, wie rasend geil ich mittlerweile bin! Mehr als einmal hatte sie selbst Teile eines Telefongesprächs aufgeschnappt, das in einem Nebenzimmer geführt worden war. „Kann ich einmal kurz zu Ihnen runter kommen?“ fragte sie deshalb.

Einen Moment des Schweigens. „Lass mich mal sehen“, erklang gedehnt die Stimme der Birkenau. Dieses Miststück ließ sie hier eiskalt zappeln! Dann, endlich: „Ja, im Moment würde es passen. Wenn es nicht allzu lange dauert.“

Der Hörer war noch nicht richtig auf die Gabel gefallen, da raste Karen bereits aus ihrem Büro. Ob ihr in den Fluren oder im Treppenhaus irgendein Kollege über den Weg lief, bekam sie nicht einmal mit. Sekunden später stand sie ein wenig atemlos in dem Büro der Birkenau.

„Wow“, sagte die mit erkennbar gespielter Bewunderung. „Ich hätte nicht gedacht, dass man diesen Weg dermaßen schnell zurücklegen kann. Es scheint ja furchtbar dringend für dich zu sein. Was gibt es denn?“

Karen schloss die Tür hinter sich, trat dicht an den Schreibtisch ihrer Rivalin heran und beugte sich zu ihr hinüber. „Es ... es geht nicht so weiter“, flüsterte sie. „Dieses Ding macht mich noch völlig verrückt.“

Jetzt deutlich weniger beeindruckt zog die Birkenau eine Braue in die Höhe. „Ich fürchte, dass ich dir da wenig helfen kann, wenn deine Selbstbeherrschung so schwach ist. Vielleicht siehst du es ja als Möglichkeit, deine Willenskraft zu trainieren ..."

„Ich halte es nicht mehr aus!"

Ein genussvolles Lächeln umspielte die Lippen der Eishexe. „Tja", sagte sie. „Das ist zu schade. Aber dieses Ding bleibt in dir drin."

Karen keuchte. Rang sichtlich nach Worten. „Es muss ... er kann ja ... wenn das unbedingt notwendig ist – dann kann er eben drinbleiben. Aber vielleicht ... darf ich ihn nicht wenigstens mal kurz rausnehmen und ... er quält mich jetzt schon seit Tagen ..."

„Was willst du?" unterbrach die Birkenau ihren Wortschwall. „Aus diesem Gefasel wird ja kein Mensch schlau."

„Darf ich ..." presste Karen hervor. „Darf ich bitte wenigstens einmal kommen zwischendurch? Bitte?"

Die Birkenau wirkte immer amüsierter. Inzwischen strahlte sie geradezu. „Habe ich dich richtig verstanden?" fragte sie. „Du möchtest dich gerne mal eben abwichsen?"

„Jaaaah!" stöhnte Karen leise und wand sich buchstäblich vor dem Schreibtisch. Ob aus Erregung oder aus Scham war schwer zu sagen.

„Du gibst also zu", sagte die Birkenau so langsam, als ob sie jedes einzelne ihrer Worte genüsslich auskosten wollte, „dass du eine dauergeile Schlampe bist?"

„Ich ... j-ja."

„Sag es", verlangte die Birkenau.

Karen stöhnte auf. „Ich ... ich b-bin eine dauergeile Schlampe", rang sie hervor.

Die Birkenau überlegte kurz. „Also gut", sagte sie dann. „Einverstanden."

„Was?" Karen war wie vom Blitz getroffen. Mit so einer Antwort hatte sie schon gar nicht mehr gerechnet.

„Einzige Bedingung: Right here, right now. Zieh deine Klamotten aus, ist ja nicht viel, nimm das Ding raus und mach es dir. Jetzt und hier. Oder gar nicht."

„Was?" fuhr Karen fassungslos auf. „Hier? In Ihrem Büro?"

Und noch dazu machte die Birkenau nicht die geringsten Anstalten, so lange hinauszugehen!

„Du hast drei Minuten“, ergänzte sie stattdessen kühl.

Karen war fassungslos. „Aber das kann doch nicht ... ich kann doch nicht ...“

Die Birkenau trat zur Tür hinüber, schloss sie und drehte den Schlüssel um. Dann zeigte sie Karen die Armbanduhr an ihrem Handgelenk. „Die Uhr tickt“, sagte sie. „Wenn du dir in drei Minuten keine Erleichterung verschaffen konntest, tja ... dann tut es mir Leid.“

Karen fühlte leichte Panik in sich aufsteigen. Der heftige Unwille, sich vor ihrer Kollegin derart zu entwürdigen, kämpfte gegen ihre fast überschnappende Geilheit. Aber eigentlich war ihr klar, dass mittlerweile jeglicher Widerstand zwecklos war.

Also riss sie sich förmlich die Bluse vom Leibe, schleuderte sie auf einen Stuhl, kickte ihre Pumps in die Ecke, schlüpfte aus ihrem Rock. Zog mit zitternden Fingern den glitschigen Vibrator heraus. Die Birkenau rümpfte ein wenig die Nase. „Stell ihn doch bitte auf den Schreibtisch“, sagte sie. Sie hatte offenkundig wenig Lust, Karens Lustsäfte auf ihren Unterlagen wiederzufinden.

Karen gehorchte eilfertig. Dann stand sie in der Mitte des Raumes, ihr gegenüber ihre immer noch hochamüsierte Kollegin. Karens Hand näherte sich ihrer Möse, aber sie brachte es einfach nicht über sich, auch tatsächlich...

„Noch zwei Minuten“, kommentierte die Birkenau kühl.

Karen stöhnte auf, dann hockte sie sich mitten im Zimmer auf den Boden, lehnte sich zurück, stützte mit einer Hand ihren Oberkörper ab und wühlte sich mit der anderen zwischen ihre Beine.

„Sieh mich dabei an“, befahl die Birkenau scharf.

Wieder gehorchte Karen. Sah in das Gesicht ihrer triumphierenden Rivalin. In deren Büro und vor deren Füßen sich Karen gerade besessen vor Geilheit selbst befriedigte.

So wie sie es kannte, brandete ihr Orgasmus heran wie eine riesige Welle. Kam näher ... und näher...

„Noch dreißig Sekunden“, sagte die Birkenau.

Und dann hatte er sie erreicht. Karen kam. Bäumte sich auf. Zuckte und zappelte vor Lust und brauchte sämtliche noch in ihr vorhandene

Selbstbeherrschung dazu, nicht laut loszuschreien. Nur einige Keuchlaute ausstoßend bäumte sie sich vor ihrer Mitarbeiterin auf.

Die Häme in deren Gesicht war fast unerträglich.

Schließlich drehte sich Karen auf die Seite und rollte sich, immer noch am ganzen Körper zitternd, ein wenig zusammen.

„Fein hast du das gemacht“, durchteilte die Stimme der Birkenau den Nebel, der sich sekundenlang schützend um Karens Bewusstsein gelegt hatte. Aus dem Augenwinkel heraus sah Karen, wie sie einige Blätter von ihrem Schreibtisch nahm und in die Höhe hielt. „Ich geh das hier schnell kopieren. Wenn ich zurückkomme, möchte ich von dir hier keine Spur mehr sehen.“

Damit drehte sie den Schlüssel im Schloss, öffnete die Tür, stolzierte in den Flur und ließ hinter sich die Tür sperrangelweit offen stehen.

Karen sprang geradezu auf die Beine, als sie das sah. Von wilder Hast getrieben griff sie nach ihrer Bluse und dem Vibrator, wusste nicht, ob sie sich das Gerät zuerst hineinschieben oder zuerst Kleidung überstreifen sollte, die ihre Blößen bedeckte, fummelte hektisch herum, schaffte es irgendwie fast gleichzeitig. Sofort jagte wieder das bekannte Summen durch ihren Unterleib.

Mit butterweichen Knien stakste Karen aus dem Büro.

Es wurde nicht wirklich besser an diesem, noch am nächsten Tag.

Die kurzfristige Erleichterung, die Karen im Büro ihrer Kollegin erhalten hatte, hielt nicht lange vor. Vielleicht war das einer der Gründe, warum sie die Birkenau ihr überhaupt gewährt hatte. Innerhalb kürzester Zeit war Karen wieder voll auf Touren. Der Dauerstress ließ sie immer stärker schwitzen, was dazu führte, dass ihr die dünnen Stoffe ihrer Kleidung zunehmend am Körper klebten. Es fehlte wirklich nicht viel, und sie hätte auch gleich nackt und hochgradig erregt durch die Firmengänge stolpern können.

Als sie am folgenden Nachmittag nach Hause kam, war ihre Widerstandskraft endgültig erlahmt. Sie hatte sich gerade in ihrem durchscheinenden Negligée und einem schwarzen Slip auf ihre Couch gesetzt, als ihr klar wurde, dass sie nicht mehr genügend Energie in sich hatte, um ihre steigende Erregung für eine absolut unberechenbare Zeitspanne immer wieder zu unterdrücken. Genug war genug.

Also spreizte sie ihre Beine ein wenig weiter, schlüpfte mit den Fingern unter ihren Slip und begann, sich selbst Erleichterung zu verschaffen.

Vielleicht war das wirklich die beste Lösung für jetzt und die nähere Zukunft: Den Tag über ihre Lust immer höher schrauben lassen, um dann nach Feierabend endlich Erlösung zu finden.

Dabei mochte sie allerdings gar nicht erst daran denken, was für ein Bild sie all jenen bot, die ihr über die Webcams dabei zusahen. Ob sich Leute, die ihre Website kannten, irgendwann zu einem bestimmten Zeitpunkt regelrecht versammeln würden, um ihr bei der Selbstbefriedigung zuzusehen? Ob sie ihre Bekannten informierten: „Das musst du dir ansehen. Das erste, was diese Tussi macht, wenn sie abends nach Hause kommt – sie rubbelt sich gepflegt einen ab."

Wieder stöhnte Karen und wieder einmal wusste sie nicht, ob es aus Scham oder aus Lust geschah. In der letzten Zeit flossen diese beiden Empfindungen in ihr immer mehr zusammen. So dass sie sie manchmal schon gar nicht mehr richtig unterscheiden konnte. Ihre Peiniger schafften es wirklich, sie geradezu perfekt abzurichten. Würde sie irgendwann so weit sein, dass sie nur noch Lust empfand, wenn sie gedemütigt wurde?

In der nächsten Sekunde kam sie. Heftig. Sie schrie mehrfach auf, ihre freie Hand öffnete und schloss sich in der Luft, ihr Kopf flog unkontrollierbar von einer Seite zur anderen.

Wer immer ihr da draußen zusah, bekam wirklich etwas geboten. Soviel stand fest.

Und so war es auch an den nächsten Tagen. Der Rhythmus blieb weitgehend derselbe: Karen wachte auf, nahm von der Birkenau die Anweisungen entgegen, mit welcher Kleidung sie sich heute wieder zur Schau stellen sollte, schob sich den Vibrator in die Möse, verbrachte einen Tag in der Firma, bei dem sie als eine mit Lust aufgeladene Stute durch die Gänge stöckelte, versuchte, das Tuscheln hinter ihrem Rücken zu ignorieren, konnte sich kaum auf ihre Arbeit konzentrieren, fuhr wieder nach Hause, befreite sich dort von ihrem Vibrator, zog sich den neuen Anweisungen der Birkenau gemäß um und griff sich danach als erstes zwischen die Beine, Webcams hin oder her, um sich von all der in ihr angestauten Geilheit zu befreien. Und praktisch jedesmal ging sie dabei ab wie eine Rakete.

Großartig, dachte sich Karen. Ich bin zu einer lebenden Vollzeit-Wichsvorlage geworden.

Wenn sie es einmal satt hatte, sich den ganzen Abend über den Webkameras und den unsichtbaren Beobachtern dahinter auszusetzen, und stattdessen einmal für ein paar Stunden wegging, fühlte sie sich nicht viel besser. Dafür sorgte zum einen, dass die Birkenau ihr aufgetragen hatte, außerhalb ihrer Wohnung immer dasselbe zu tragen wie an diesem Tag zuvor schon im Büro – mitsamt dem eingeschalteten Vibrator. Und während Karen an ihrem Arbeitsplatz noch vor plumpen Anmachen geschützt war, galt das auf der freien Wildbahn noch lange nicht. Männer pfiffen ihr nach oder machten eine anzügliche Bemerkung, Frauen musterten sie ähnlich abfällig wie damals bei ihrem Einkaufsbummel mit ihrer Kollegin. Nach kurzer Zeit bereits kam Karen sich selbst schon vor wie ein sexbesessenes Flittchen. Zum anderen machte es sie schon ein wenig fertig, dass sie praktisch ständig mit einem Anruf auf dem Handy rechnen musste, das die Birkenau ihr mitgegeben hatte.

Und die gelegentlichen Anrufe, um Karen zu demütigen, waren keine leere Drohung gewesen. Einmal stand sie in einer Schlange vor einer Kinokasse, als das Gerät klingelte. Karen gab ihren Platz in der Schlange auf und stöckelte fast panikartig so schnell sie konnte aus der sie umgebenden Menschenmenge heraus. Beim fünften Klingeln ließ sie das Handy aufschnippen.

„H-hallo“, keuchte sie in den Hörer, halb atemlos und halb bemüht, den für die Birkenau trainierten versauten Tonfall zu finden. „Hier ist die tabulose Drei-Loch-Stute K-Karen Weißgerber. Wie kann ich ihnen zu Diensten sein?“

Sie wäre am liebsten vor Scham im Boden gesunken, als sie, immer noch im Foyer des Kinos, diese Worte sprach. Sie sah mit gesenktem Kopf nach unten. Hinter sich hörte sie Leute lachen. Vermutlich hatte sie keinen ausreichenden Abstand zu allen anderen Kinobesuchern hinbekommen. Sie brachte es nicht über sich, einen Blick über die Schulter zu werfen, um sich zu vergewissern, ob die Leute sie anstarrten oder nicht.

„Wer ist da bitte?“ hörte sie die Stimme der Birkenau.

Karen verdrehte gequält die Augen. „D-die tabulose Drei-Loch-Stute Karen Weißgerber“, rang sie ein weiteres Mal hervor. „Was kann ich für sie tun?“

„Du kannst mal bei uns vorbeikommen“, war die Antwort. „Wir haben gerade Lust auf dich.“

„Ich bin unterwegs“, sagte Karen. „Komme sofort.“ Damit ließ sie den Hörer zuschnicken und raste mit flammenden Wangen aus dem Kino, die Augen immer noch zu Boden gerichtet. Nach diesem Auftritt hätte sie es ohnehin nicht über sich gebracht, sich einfach wieder anzustellen, als ob nichts geschehen wäre. Sie konnte nur beten, dass sie keinen dieser Anrufe erhielt, wenn zufällig einmal Bekannte von ihr in der Nähe sein würden.

Zwei Tage später wartete eine neue Hiobsbotschaft auf sie, für die die Birkenau ausnahmsweise einmal nichts konnte. Als sie sich morgens auf den Weg zur Arbeit machen musste, sprang ihr Wagen erst beim zehnten oder elften Versuch an. Dasselbe wiederholte sich nachmittags auf dem Firmenparkplatz. Karen beschloss, dass sie die Befriedigung ihrer angestauten Geilheit an diesem Tag besser verschieben sollten und fuhr bei ihrer Werkstatt vorbei, wo sie sich wieder einmal alle Mühe machen musste, eindeutige Männerblicke zu ignorieren. Der eine oder andere Mechaniker, das war ihr klar, hätte sie vermutlich gleich auf der nächsten Motorhaube genommen. Und so wie sie gerade drauf war, hätte sie noch nicht einmal besonders viel dagegen einzuwenden gehabt. Ihre Hoffnung, es müsste vielleicht nur eine neue Batterie eingesetzt werden, erfüllte sich indes nicht: Stattdessen war offenbar die komplizierte Elektronik ihrer Zündung hinüber und man würde eine neue einsetzen müssen, was aber, da die dafür nötigen Ersatzteile nicht auf Lager waren, einige Tage dauern würde.

Entnervt nahm sich Karen ein Taxi für den Weg nach Hause, wobei sie wieder einmal hoffte, keine feuchte Stelle auf dem Sitzpolster zu hinterlassen.

Erst als sie wieder zurück in ihrer Wohnung war, wurde Karen klar, was das Ganze bedeutete: Sie würde an den nächsten Tagen entweder mit dem Taxi oder mit dem Bus zur Arbeit fahren müssen. Und wenn dann im ungünstigsten Moment das Handy der Birkenau klingelte ... dann würde Karen nicht mehr genügend Zeit haben, um von den Menschen um sie herum zu flüchten ... und sie würde sich melden müssen, während sie noch vom Fahrer des Taxis oder von den anderen Leuten im Bus gehört werden würde.

Ihr wurde fast übel, als sie das vollständig begriff.

Darüber hinaus musste sie der Birkenau mitteilen, dass ihr Autor zur Reparatur war, um zu erklären, warum sie an den nächsten Tagen nicht so schnell bei ihr sein konnte, wenn immer sie das wünschte. Und zu Karens großem Missvergnügen, war der Eishexe sofort klar, was der Verlust eines eigenen Wagens für Karen bedeutete.

„Vielleicht sollte ich dir befehlen, in Zukunft ganz auf dein Auto zu verzichten“, sagte sie lachend. „Was hältst du denn davon?“

Zwei Tage später.

Karen war wieder einmal zu Besuch im Appartement der Birkenau. Was in hundert Prozent aller Fälle bedeutete, dass nur einer von ihnen beiden seinen Spaß hatte.

Und das war nicht Karen.

Immerhin musste sie ihrer Gastgeberin zugestehen, dass sich diese immer wieder etwas Neues einfallen ließ. An diesem Tag hatte sie Karen völlig entkleidet bis auf ein Paar schwarze Strapse und ihr Paar roter Pumps. Ihre Brüste und ihre Möse lagen frei. Solchermaßen enthüllt stand Karen in der Mitte des Wohnzimmers, die Arme hoch über ihren Kopf gestreckt und die Handgelenke über eine stramme Kette mit einem Ring verbunden, den die Birkenau vor kurzem in ihrer Zimmerdecke hatte anbringen lassen. Auf diese Weise gefesselt war Karen vollkommen schutzlos.

Zuletzt hatte ihr die Birkenau noch den Vibrator umgelegt, ihn dabei nur zur Hälfte in Karens Muschi hineingeschoben, aber dafür auf mittlere Stärke gestellt. Schon schnell war Karens gestiegene Erregung durch ihr schwereres Atmen, ihre steif gewordenen Brustwarzen und den Schweiß, der ihr an den Flanken herunterrann, offensichtlich.

„Verlier ihn bloß nicht", hatte ihr die Birkenau eingeschärft. „Wenn er dir rausrutscht und zu Boden fällt, dann erhältst du hiermit" – sie hielt eine lange Reitpeitsche in die Höhe – „ein paar Schläge extra."

Karen schluckte und bemühte sich, ihre Beine besonders fest zusammenzupressen, was sie die Vibrationen des Geräts jedoch nur noch stärker fühlen ließ. Das wiederum machte ihre Möse immer feuchter und glitschiger, so dass der Vibrator bald um so mehr herauszugleiten drohte. Wieder einmal fühlte sie sich in einem spannungsvollen Dilemma gefangen.

Die Birkenau trug ein schwarzes, eng an ihrem Körper anliegendes Abendkleid, das einen starken Kontrast zu ihren hellblonden Haaren bildete, sowie ebenfalls schwarze Schuhe. Sie strich um Karen herum, ließ die Spitzen ihrer langen Finger hier und da über Karens Haut gleiten. Sie schnurrte fast vor Zufriedenheit über den hilflosen Zustand, in dem ihre einstige Rivalin sich befand. „Jetzt gehörst du ganz mir", sagte sie versonnen. „Wie fühlt sich das an, Flittchen?"

Karen erwiderte nichts und starrte nur an die ihr gegenüberliegende Couch. Sie ging davon aus, dass die Birkenau ihre Frage ohnehin nur rein rhetorisch meinte.

Dann hörte sie hinter sich plötzlich ein Geräusch, wie wenn etwas durch die Luft zischte. Im nächsten Moment schon biss sich die Peitsche in ihren Rücken. Karen schrie auf – in erster Linie erschreckt. Der Schmerz war durchaus noch auszuhalten gewesen.

Die Birkenau lachte. „Du solltest mir besser antworten, wenn ich dich etwas frage", sagte sie. „Andererseits, wenn du nicht willst ..."

Karen spürte, wie ihr etwas zwischen die Zähne geschoben wurde. Es war ein Knebel – ein Ringknebel, der ihren Mund offen stehen ließ, so dass Karen bestenfalls noch lallen konnte. Die Birkenau zerrte den Knebel in Karens Nacken fest.

„So, das ist besser", sagte sie dann. Danach stöckelte sie zu ihrer CD-Anlage hinüber und betätigte ein paar Knöpfe. Eine reichlich aggressive Musik erklang. Karen hatte keine Ahnung, wie der Interpret hieß. „Das dürfte dein Gekreische übertönen“, erklärte ihr die Birkenau, als sie wieder auf Karen zugetreten war. „Wobei du dich besser ein wenig beherrschen solltest. Sonst bekommst du nur noch mehr Schläge, aber einen anderen Knebel. Einer, der dich zum Schweigen bringt. Verstanden?“

Karen nickte. Sie stellte fest, dass sie bei ihrer jetzigen Knebelung nicht verhindern konnte, dass ihr Speichel über ihre Lippen trat und an ihrem Kinn herunterrann.

Die Birkenau war inzwischen zurück zum Tisch gestöckelt, erhob ein gefülltes Sektglas und nahm einen genüsslichen Schluck. Mit sichtlichem Vergnügen musterte sie ihre Gefangene. Dann stellte sie das Glas ab, griff nach ihrer Peitsche und trat wieder auf Karen zu.

„Eine Kleinigkeit“, sagte sie, „habe ich dir noch gar nicht erzählt.“

Karen sah die Birkenau fragend an.

„Wir bekommen gleich Besuch.“

Aus Karens Kehle drang ein gutturales Geräusch, einem Aufstöhnen nicht ganz unähnlich. Dieses Miststück konnte doch unmöglich...

„Es ist jemand aus der Firma“, hauchte ihr die Birkenau ins Ohr. „Und ich meine nicht Hagen.“

Karen verdrehte die Augen. Noch einmal sollte sie also zur Schau gestellt werden, dabei noch demütigender als zuvor! An den vergangenen Tagen hatte sie sich immer wieder mal gefragt, welcher ihrer Kollegen damals wohl in ihrer Wohnung zu Gast gewesen war und genau wusste, was Karen so alles bereitwillig mit sich anstellen ließ. Aber da sie ohnehin keine Möglichkeit hatte, die Wahrheit herauszufinden, hatte sie solche Spekulationen immer wieder verdrängt. Zumal es so viel anderes gab, das ihre Aufmerksamkeit auf sich zog.

Zum Beispiel das ständige Kitzeln zwischen ihren Beinen.

„Aber diesmal“, raunte die Birkenau weiter und ließ ihre Finger sanft an Karens Flanke herabgleiten, „trägst du keine Augenbinde. Du wirst also sehen, wer es ist.“

Karens Herz, das bei der eben gehörten Ankündigung ohnehin schon begonnen hatte, schneller zu schlagen, legte noch einmal an Tempo zu. Sie schnaufte. Die ersten Speicheltropfen lösten sich von ihrem Kinn.

„Wir hatten Punkt sieben ausgemacht, und ich hatte um absolute Pünktlichkeit gebeten“, erklärte die Birkenau. „Was ich von dir möchte, ist ... Wenn man dich fragt, ob du dazu gezwungen wirst, das alles mit dir anstellen zu lassen, was heute Abend mit dir passiert, dann schüttelst du natürlich den Kopf. Du machst das alles freiwillig, weil du so eine perverse Schlampe bist und es dir Spaß macht, dich auf diese Weise zur Schau zu stellen. Wenn nicht ...“ - sie griff nach einer von Karens Brustwarzen und zwickte sie mit ihren Fingernägeln zusammen – „... dann setzt du damit Dinge in Bewegung, deren Konsequenzen du wohl kaum überstehen würdest. Hast du mich verstanden?“

Karen wusste, dass sie keine andere Wahl hatte. Besser ein weiterer Mitwisser, der sie als eine Sexsklavin sah, als die gesamte Firma. Sie nickte.

„Brav“, hauchte ihr die Birkenau ins Ohr. Sie trat noch einmal zu ihrem Sektglas hinüber. Aber noch bevor sie einen weiteren Schluck nehmen konnte, ertönte die Türklingel.

„Das nenne ich pünktlich“, freute sich die Birkenau. Und dann schritt sie los in Richtung Tür.

Karen versuchte sich dazu zu zwingen, wieder ruhig durchzuatmen. Ihre Beine hatten zu zittern begonnen. Sie hatte keine Ahnung, wen die Birkenau in ihr perfides Spiel hineingezogen hatte, und wer sie gleich so dastehen sehen würde. Bechtel? Spinella? Der Gedanke, dass sie ihrem ehemaligen Verehrer jetzt auf diese Weise präsentiert werden würde, ließ sie Blut und Wasser schwitzen.

Sie hörte wie die Tür geöffnet wurde, wie die Birkenau jemanden begrüßte, und wie sich dann die Schritte von zwei Personen durch den Flur näherten.

Dann wurde die Tür zum Wohnzimmer aufgestoßen.

Karen schloss ihre Augen. Ihr war nur zu klar, welches Bild sich der eintretenden Person bieten würde. Karen, fast völlig nackt, nuttenmäßig zurechtgemacht, mit spitzen Brustnippeln, einem Vibrator in ihrer Möse, der jeden Augenblick herauszuglitschen drohte, den Mund sperrangelweit geöffnet - und ihr Speichel rann inzwischen über ihre Brüste herab nach unten. Ganz und gar nicht das Bild, das man sich von einer Führungskraft so vorstellte.

„Mach die Augen auf", befahl die Birkenau scharf.

Karen gehorchte.

Vor ihr stand Nadja. Die freche kleine Praktikantin. Und sie hatte ein unverhohlenes Grinsen auf ihrem Gesicht.

„Hi", sagte sie. „So sieht man sich wieder."

Karen stieß ein hilfloses Stöhnen aus.

Nadja musterte sie von Kopf bis Fuß. „Wow", sagte sie dann. „Wir merken ja alle schon seit ein paar Wochen, wie schräg sie mittlerweile drauf sind, aber als ich bei Ihnen anfing, hätte ich nie gedacht, was für verrückte Sexspiele da nach Feierabend stattfinden würden. Und erst recht nicht, dass ich mal dazu eingeladen würde." Sie unterdrückte ein Kichern und ging langsam um Karen herum, betrachtete sie interessiert von allen Seiten wie ein faszinierendes Kunstwerk.

Karen schnaufte. Die warnenden Befehle der Birkenau eben waren völlig überflüssig gewesen. Nadja ging ganz automatisch davon aus, dass sie, Karen, sich aus eigener Geilheit heraus so zur Schau stellen ließ. Aber was sollte sie auch anderes annehmen? So offensichtlich erregt wie Karen gerade war ... und so wie sie schon seit einiger Zeit in der Firma erschien ... Nein, Nadja hatte sich ihr Bild inzwischen gemacht. Sie hielt Karen für eine Frau, die am Arbeitsplatz die Chefin herauskehrte, sich aber nach Feierabend dadurch in Wallung brachte, dass sie sich sexuell unterwerfen, erniedrigen und vorführen ließ.

Und Karen konnte nicht das Geringste tun, um diesen Eindruck zu zerstreuen.

Nadjas Blick fiel auf die Peitsche, die auf dem Tisch lag. „Sie ... sie peitschen sie auch aus?" fragte sie, an die Birkenau gerichtet.

„Ja", antwortete die. „Das macht unser Kätzchen besonders rollig. Magst du es einmal probieren?"

Karen sah Nadjas Augen aufleuchten. „Darf ich?" fragte sie. Jetzt wechselten ihre Blicke zwischen Karen und der Birkenau hin und her.

Karen reagierte gar nicht. Sie durfte nicht den Kopf schütteln, wollte aber auch nicht nicken. Dafür antwortete die Birkenau. „Klar", sagte sie. „Ich hab dir ja versprochen, dass du heute Abend mal mitmachen darfst."

„Scharf", flüsterte Nadja und griff nach der Peitsche. Sie ließ sie einmal kurz durch die Luft zischen, kicherte dann. „Wow. Ich weiß echt nicht, wie viele Praktikanten mich darum beneiden, dass ich meine Chefin durchpeitschen darf." Dann trat sie hinter Karen und verschwand damit aus ihrem Gesichtsfeld.

„Dann leg mal los", sagte die Birkenau und machte es sich mit ihrem Sektglas auf der Karen gegenüberstehenden Couch bequem. „Das wird für uns alle ganz sicher ein unvergesslicher Abend werden." Sie legte die Beine hoch und räkelte sich ein wenig.

Dieses Miststück, dachte sich Karen noch einmal. Selbst ihre Auspeitschung delegierte sie an jemand anderen weiter. Damit sie ganz genüsslich dabei zusehen konnte.

„Okay", sagte Nadja. Und dann ließ sie die Peitsche zischen.

Als Karen am nächsten morgen zur Arbeit fuhr, fühlte sie sich sogar noch schlechter als an den Tagen zuvor. Ihr Rücken brannte immer noch von den Peitschenhieben, die ihr ihre Praktikantin verpasst hatte, und sie fragte sich ängstlich, wie weit die Birkenau bei all diesen perversen Spielen noch gehen würde. Sie hoffte nur, dass sie nicht ausgerechnet heute morgen schon wieder Nadja über den Weg laufen würde.

Aber natürlich hoffte sie umsonst.

Karen war gerade dabei, ein paar wichtige Kopien anzufertigen, als sie die Stimme ihrer Praktikantin hinter sich hörte.

„Guten Morgen, Frau Weißgerber", trällerte sie fröhlich und stellte sich mit ein paar eigenen Unterlagen in der Hand neben sie.

Instinktiv wäre Karen am liebsten geflüchtet, aber sie nahm sich zusammen. Das fehlte gerade noch, dass sie vor ihrer Praktikantin davonlief.

Deshalb grüßte sie einfach nur freundlich, aber doch kühl zurück.

Nadja ließ sich dadurch nicht abschrecken. Sie wartete einen Augenblick, bis anscheinend sonst niemand in Hörweite war, dann schob sie sich dichter an Karen heran. „Also sie sind die Sexsklavin von Frau Birkenau?", fragte sie grinsend. „Krass!"

Karen holte tief Luft. Die Unbekümmertheit, mit der dieses Mädchen solche Dinge aussprach, behagte ihr gar nicht. Die nächsten offenstehenden Bürotüren befanden sich nicht allzu weit entfernt.

„Ich wäre ihnen dankbar", gab sie deshalb flüsternd zur Antwort, „wenn sie Arbeit und Freizeit besser voneinander trennen würden."

Nadja zeigte sich unbeeindruckt. „Frau Birkenau hat mir schon vorhergesagt, dass sie so oder so ähnlich reagieren würden. Sie meinte, wenn sie nicht auch zu mir genauso nett wie zu ihr wären, sollte ich ihr das sagen."

Karen, die schon zu einer neuen Antwort angesetzt hatte, verstummte. Mit Nadjas Worten stand eine unausgesprochene Drohung in der Luft. Wenn Karen nicht auch diesem jungen Ding gegenüber gefügig war und ihr Rede und Antwort stand, würde sich die Birkenau wer weiß was einfallen lassen, um sie zu bestrafen. Andererseits sträubte sich in Karen alles dagegen, hier in der Firma ihre diversen Demütigungen zu diskutieren. Das alles ging viel zu weit. Aber was war an dieser Erkenntnis neu?

„Also gut", fügte sich Karen endlich in ihr Schicksal. „Was wollen sie wissen?"

„Alles mögliche", erwiderte Nadja und schob sich näher an sie heran. Erneut blickte sie sich vorsichtig um, bevor sie ihre nächste Frage stellte. „Stimmt es, dass ihnen Frau Birkenau befohlen hat, grundsätzlich ohne Unterwäsche zu arbeiten?"

Karen verzog gequält das Gesicht. Da kam mal wieder ein langer, schwerer Tag auf sie zu.

Und das nächste Wochenende wurde nicht besser.

Karen saß nackt und mit weit gespreizten Beinen auf der Couch der Birkenau und hatte beide Hände im Schoß liegen. In der einen hielt sie ihren Vibrator, die Kuppe auf das Zentrum ihres erotischen Empfindens gerichtet. Mit der anderen rieb sich, nicht weit davon entfernt, heftig zwischen den Schenkeln. An den letzten Tagen hatte die Birkenau ihr verboten, sich nach dem Nach-Hause-Kommen selbst zu befriedigen, so dass die Kurve ihrer sexuellen Erregung weiter und weiter anstieg. Alles in Karen lechzte förmlich danach, diese Erregung in einem intensiven Orgasmus endlich entladen zu können. Und diese Möglichkeit hatte die Birkenau ihr gerade angeboten.

Wie immer war allerdings auch dieses Angebot nicht ganz ohne Heimtücke.

Das Wohnzimmer der Birkenau lag im Halbdunkel. Armin Hagen, der jetzt in einem der Sessel lehnte, hatte zuvor den PC der Birkenau mit einem Videobeamer verbunden. Und dieses Gerät warf gerade deutlich überlebensgroß die Aufnahmen an die gegenüberliegende Wand, die Diana Birkenau auf ihrem PC gespeichert hatte.

Und das waren natürlich Aufnahmen von Karen.

Karen, wie sie sich von der Stripperin verführen ließ. Karen wie sie im Dienstmädchenkostüm vor einem Mann kniete, und sein Sperma schluck-te, bis es ihr zur Nase wieder herausgeschossen kam. Karen, wie sie in ihrem eigenen Appartement nackt über den Teppich kroch und sich dann zwischen die Beine langte. Karen, als sie zurechtgemacht wie eine Nutte durch die Straßen stöckelte. Wie sie ihren Sklavenvertrag mit ihrem Hintern unterschrieb. Mit verbundenen Augen durch einen Vibrator zum Orgasmus gebracht wurde. Wie eine notgeile, halbnackte ... Stute durch das Bistro stolperte, in dem Spinella seine kleine Party gefeiert hatte. Sie auf ihrem Bett von Thomas gefickt wurde. Es sich allein in ihrer Wohnung selbst besorgte. Sie sich von ihrer Praktikantin auspeitschen ließ.

„Augen offen lassen", befahl die Birkenau streng.

Eine peinliche Erniedrigung nach der anderen zog vor Karens Augen vorbei. Und sie musste sich jede einzelne ansehen, während sie sich selbst befriedigte. Obwohl sie es kaum fassen konnte, wuchs ihre Erregung von Sekunde zu Sekunde. Natürlich, machte sie sich klar, lag das allein daran, dass die seit Tagen in ihr aufgestaute Geilheit jetzt endlich ein Ventil gefunden hatte. Und trotzdem kam es ihr auf ausgesprochen perverse Weise so vor, als würde sie es sich beim Anblick ihrer eigenen Demütigungen besorgen. So als ob ihre Lust aus diesen Bildern gespeist wurde.

War es vielleicht das, was die Birkenau erreichen wollte? Sie soweit treiben, dass sie tatsächlich Lust empfand, wenn man sie erniedrigte – so dass sie irgendwann solche Erniedrigungen für ihre Erregung brauchte? Zu ihrem eigenen Erschrecken musste Karen zugeben, dass dieser Wahnsinn vielleicht sogar funktionierte. In ihrem Kopf schoss mittlerweile dermaßen viel kreuz und quer ... die Gefühle von Erniedrigung und Scham auf der einen sowie von starker Lust auf der anderen Seite gingen immer mehr ineinander über. Sie konnte sie nicht länger getrennt halten. Womöglich bedingte irgendwann schon in nächster Zukunft die eine Kategorie von Gefühlen die andere. Dann würde es sie wirklich anmachen, gedemütigt zu werden.

Aber noch grauste ihr bei diesem Gedanken.

Allerdings nicht so sehr, dass das die immer stärker in ihr lodernde Erregung, aufhielt. Karen begann immer schwerer zu atmen: Ein deutliches Zeichen für ihren dicht bevorstehenden Höhepunkt.

„Stop", sagte die Birkenau scharf.

Karen zuckte zusammen, aber sie war bereits dermaßen weggetreten, dass sie den Befehl gar nicht richtig an sich herankommen ließ. Nur noch ein paar Sekunden ... sie war fast da ...

Plötzlich war Hagen neben ihr und riss ihr beide Hände aus dem Schoß. Der Vibrator entglitt ihren Fingern und landete auf dem Teppich.

„Was ...?" wollte Karen verstört wissen.

„Eine kleine Unterbrechung, wenn du es schaffst, dich nur ein paar Minuten zusammenzureißen", sagte die Birkenau spitz. Sie hielt Karens Handy in die Höhe – ihr eigenes, nicht das, was die Birkenau ihr gegeben hatte. „Ruf deinen Freund an."

„Was soll ich tun?" Karen begriff nicht.

„Deinen Thomas. Ruf ihn an und unterhalte dich ein bisschen mit ihm. So wie du das sonst immer machst." Sie reichte Karen das Handy.

Verdattert nahm Karen es entgegen. Sie begriff noch immer nicht ganz. Was sollte das jetzt? Wollte sie allen Ernstes auch noch ihren Freund in diese Perversitäten hineinziehen?

„Nun mach schon", drängte die Birkenau. „Erst danach darfst du es dir zu Ende besorgen."

Karen glaubte selbst nicht ganz, was sie da tat, aber sie befand sich dermaßen auf dem Gipfel der Geilheit, dass sie bereits mit zitternden Fingern Thomas' Nummer in Schweden eintippte, bevor sie überhaupt wusste, wie ihr geschah. Ein paarmal ertönte das Freizeichen, und Karen wagte schon zu hoffen, dass Thomas gar nicht in seinem Zimmer sein würde.

Aber dann hörte sie plötzlich seine Stimme.

„Thomas Deichsler."

„H-hi", keuchte Karen in den Hörer. „Ich bin's."

„Karen, hi! Schön, wieder von dir zu hören."

Karen hatte keine Ahnung, worüber sie sich überhaupt mit ihm unterhalten sollte. „Was machst du gerade?" begann sie deshalb einen Small-Talk.

„Ach, ich gehe noch ein paar Projektberichte durch. Fürchterlich langweiliges Zeug. Und du?"

Karen atmete tief ein. Ich sitze gerade bei Kollegen nackt und mit gespreizten Beinen auf der Couch und mache es mir selbst, während sie mir Filme zeigen, in denen ich als notgeiles, leicht gestörtes Flittchen zu sehen bin. Diese Antwort käme wohl gerade nicht so gut. Karen konnte das Grinsen der Birkenau im Halbdunkel mehr ahnen als sehen.

„Ich ... ich hab gerade die Wohnung auf Vordermann gebracht und überlege gerade, ob ich nachher noch weg gehe. Ins ... Kino vielleicht."

Einen Moment lang stand Karen kurz davor, mitten im Satz abzubrechen. Die Birkenau nämlich hatte den Vibrator, mit dem Karen eben noch zugange gewesen war aufgehoben, auf eine höhere Stufe gestellt und ihr erneut zwischen die Schenkel geschoben.

„In welchen Film?"

Karen unterdrückte eben noch ein Aufkeuchen. Die Birkenau hatte nach kurzem Suchen bereits, ihre Lustknospe gefunden. „Ich ... ich w-weiß noch nicht", stammelte Karen, der jetzt wieder am ganzen Körper der Schweiß ausgesprochen war. Sie musste weitertelefonieren, ohne sich etwas anmerken zu lassen, musste sich den Kopf darüber zermartern, welche Filme jetzt eigentlich gerade liefen, und sie durfte auf keinen Fall plötzlich zum Orgasmus kommen.

„Der Film zu ‚Sex and the City' läuft glaub ich gerade an ..."

„War das nicht mal deine Lieblingsserie?" hörte sie Thomas fragen. „Worum geht's denn in dem Film?"

In den folgenden Minuten versuchte Karen, wieder einmal sehr zum Amüsement ihrer Kollegin, das Wenige zu umreißen, was sie sich erinnerte, über den Film gelesen zu haben, während sie unruhig auf der Couch hin und her rutschte und verzweifelt versuchte, einen Höhepunkt zu vermeiden, ja, sich noch nicht einmal anmerken zu lassen, was gerade in ihr vorging. Ihr Blick richtete sich ins Leere, die eine Hand krampfte sich geradezu um den Hörer, die andere hatte sich in ihre Haare gewühlt. Es war kaum vorstellbar, dass Thomas nicht mitbekam, wie heftig sie mittlerweile atmete. Vermutlich nahm er an, sie war während des Telefonierens mit irgendeiner Hausarbeit beschäftigt – oder die Verbindung nach Schweden war nicht ganz optimal.

Plötzlich schob ihr Hagen, auf den sie gar nicht mehr geachtet hatte, einen Zettel zu. Darauf waren mit Kuli die Worte geschrieben: „Leg ihn auf die Warteschleife!"

„Äh, Thomas ..." stammelte sie, immer noch nicht ganz durchblickend was da gerade los war, „Du, ich bekomme gerade einen Anruf auf der anderen Leitung. Könnte die Firma sein. Bleib bitte mal einen Augenblick dran."

Sie drückte den entsprechenden Knopf. „Ihr Anruf wird gehalten", meldete eine freundliche Frauenstimme.

Die Birkenau zog den Vibrator zwischen Karens Schenkeln zurück. Hagen hatte sich inzwischen erhoben und war vor die Couch getreten. „Geh auf die Knie", befahl er ihr, während er sich daran machte, seine Hose zu öffnen. Karen, immer noch verwirrt, gehorchte und rutschte von der Couch herunter auf den Teppich. Im nächsten Moment hatte sie schon Hagens knüppelharten Schwanz in ihrem Gesicht und eine Sekunde später in ihrem Mund.

„Braves Mädchen", sagte Hagen. Hinter sich hörte sie die Birkenau leise lachen. Karen konnte es nicht ganz fassen, was sie gerade mit ihr anstellten. Sie hatte ihren Freund und Partner auf die Warteschleife gelegt, weil sie in der Zwischenzeit mal eben einem anderen Kerl einen blasen musste. Die Schamesröte stieg ihr ins Gesicht. Zu was für einer Schlampe hatten sie diese beiden nur abgerichtet!

Wenigstens dauerte es nicht lange, und sie hörte Hagen über sich aufstöhnen. Es schien nicht mehr lange zu dauern, bis er kommen würde.

Unvermittelt packte er sie im Nacken, zerrte ihren Kopf zurück und zog seinen Schwanz zwischen ihren Lippen hervor. Es hätte keinen Augenblick länger dauern dürfen. In der nächten Sekunde schon spritzte er ab, ergoss sich über ihr gesamtes Gesicht. Karen konnte gerade noch rechtzeitig die Augen schließen, spürte, wie das heiße Sperma auf ihre Stirn, ihr Kinn und ihre Wangen klatschte.

Endlich war es vorbei.

Vorsichtig blinzelnd öffnete Karen wieder die Augen, obwohl sie fürchtete, dass Sperma hineinlaufen könnte. Sie sah, wie Hagen sich befriedigt in seinen Sessel fallen ließ, und war einen Moment lang unsicher, was sie tun sollte. Instinktiv hatte sie eine Hand halb zum Gesicht erhoben, wie um die klebrige Flüssigkeit damit abzuwischen, aber gerade noch rechtzeitig wurde ihr klar, dass sie damit weniger ihr Gesicht sauber als auch noch ihre Hand schmutzig bekommen hätte. Hilfesuchend wandte sie ihren Kopf in die Richtung der Birkenau, die bei Karens Anblick loskichern musste. „Allerliebst", sagte sie, sobald sie sich beruhigt hatte, und reichte Karen wieder den Telefonhörer.

„Du kannst euer Gespräch jetzt fortsetzen." Dabei drückte sie die Taste, die die Verbindung wieder herstellte.

„H-hallo Thomas", stammelte Karen hilflos in den Hörer. „Bist du noch dran?"

„Bin ich", antwortete ihr Freund. „Das hat aber ganz schön lange gedauert."

„Ja, sorry, das war ein bisschen mehr als ich gedacht hatte." Karen stellte fest, dass sie große Schwierigkeiten hatten, wieder ein halbwegs normal klingendes Gespräch auf die Reihe zu bekommen. Aber sie würde ihr Bestes geben – ihr Bestes, um mit ihrem Lover weiterzuplaudern und sich nichts anmerken zu lassen, während ihr noch immer das Sperma eines Arbeitskollegen das Gesicht herunterrann.

Endlich war das Gespräch vorüber.

„Du hast jetzt die Erlaubnis zu kommen", teilte ihr die Birkenau mit.

Woraufhin Karen ohne lange zu zögern mit der Hand zwischen ihre Beine tauchte, um mit ein paar letzten Berührungen endlich den Abstand zu überwinden, der sie bislang von ihrem Höhepunkt getrennt hatte. Und auch dieses Mal kam sie dermaßen heftig, dass sie sich aufbäumte und schüttelte und immer noch völlig fertig war, als die letzten Wellen ihres Orgasmus in ihrem Körper versandeten.

Wenige Tage später fand sich Karen auf dem breiten Doppelbett der Birkenau wieder.

Wimmernd.

Sie war nur mit schwarzen Strümpfen und dazu passenden Strapsen bekleidet. Ihre Beine waren weit gespreizt und jeweils mit einem Paar Handschellen links und rechts am Kopfende des Bettes gefesselt. Ihre Arme hatte man auf symmetrische Weise ausgebreitet, die Gelenke an den Bettpfosten der gegenüberliegenden Seite befestigt. Neben ihr kauerte die Birkenau auf der Matratze. In ihrer Hand befand sich eine brennende Kerze, die die Birkenau über Karens Brüste hielt und dabei alle paar Sekunden leicht kippte, so dass das geschmolzene Wachs heruntertropfte.

Schaudernd vor Qual und Hilflosigkeit blickte Karen auf zu ihrer Kollegin. In deren Gesicht lag ein Ausdruck reiner Geilheit.

„Nicht so laut“, flüsterte sie mit höhnischer, scheinbar besänftigender Stimme. „Was sollen denn sonst die Nachbarn denken?“

Mit sichtlicher Experimentierfreude hob sie die Kerze mal höher, mal ließ sie sie nach unten sinken. Für Karen machte sich der Unterschied schmerzhaft bemerkbar. Je tiefer ihre Peinigerin die Kerze hielt, desto heißer landete das rote Wachs auf Karens blasser Haut. Hatte die Birkenau die Kerze zunächst in gebührendem Abstand gehalten, schien ihr der Arm immer schwerer zu werden. Irgendwann hielt Karen es nicht mehr aus, und sie begann bei jedem neuen Tropfen laut aufzuheulen und zu - schreien.

Die Eishexe blickte zu ihrem Komplizen hinüber. „Das Stück wird ein bisschen arg laut“, sagte sie unwirsch. „Kannst du dich mal darum kümmern?“

„Bin schon dabei“, hörte sie ihn sagen, gefolgt vom Geräusch eines Kleidungsstücks, das zu Boden fiel. Dann tauchte sein nackter Unterkörper in ihrem Blickfeld auf, und schon schob er seinen zum Bersten prallen Schwanz in ihren Mund. Er ließ sich halb auf ihrem Gesicht nieder, seinen verschwitzten Hodensack auf ihren Augen, und erstickte jeden Laut, der aus ihrer Kehle empordrang.

Die ganze quälende Prozedur zog sich noch mehrere schier endlos lange Minuten hin. „Na, das sieht doch allerliebst aus", hörte sie die Birkenau dann sagen. „Kommen wir zu Teil zwei unseres heutigen Spiels."

Wie auf Kommando zog sich Hagen, noch immer mit voll geladenem Rohr, aus ihrer Mundhöhle zurück. Kerstin wimmerte wieder und begann unkontrolliert mit Armen und Beinen zu zucken. Die Birkenau lachte leise bei diesem Anblick. Dann löste sie alle vier Paar Handschellen mit denen Karen kreuzförmig auf dem Bett gefesselt war.

„Stell dich hin", befahl sie ihr.

Mit zitternden Beinen kam Karen neben dem Bett zu stehen.

Ihre Augen wanderten hinüber zu Hagen, der jetzt nur noch sein offenes Hemd am Körper trug. Dasselbe Hemd, das er an diesem Morgen im Büro angehabt hatte. Er nahm einen Gegenstand von einem Schränkchen, den Karen eine Stunde zuvor hatte besorgen müssen – in jenem Sex-Shop bei ihr um die Ecke, wo man sie wegen mittlerweile recht vieler solcher Aufträge inzwischen als Stammkundin kannte. Natürlich jedesmal gekleidet wie eine Prostituierte. Bei dem Gegenstand handelt es sich um eine Lederpeitsche mit langen, schmalen Riemen.

„Hände im Nacken verschränken", wies sie die Birkenau an.

Karen ahnte natürlich, was jetzt kommen würde. Die Entfernung des Wachses, das inzwischen auf ihrer Haut getrocknet war, würde offensichtlich nicht weniger schmerzhaft werden. Aber was blieb ihr übrig? Sie gehorchte und faltete ihre Hände hinter ihrem Hals.

„Brav", kommentierte die Birkenau trocken.

Grinsend trat Hagen einen Schritt näher. Locker ließ er die Lederriemen neben sich herabbaumeln. Dann packte er den Griff der Peitsche unvermittelt fester und schlug wuchtvoll zu.

Die Riemen trafen Karens Brüste, ließen davon Stückchen des getrockneten Wachses abspringen. Unwillkürlich schrie Karen auf vor Schmerz und riss ihre Hände schützend vor ihren Oberkörper.

„Was soll das?" fragte die Birkenau mit schneidender Stimme.

Karen stand nur wimmernd da, ohne sich zu rühren.

„Hände in den Nacken!"

Zitternd und sichtlich gegen innere Widerstände ankämpfend gehorchte Karen.

„Und diesmal bleiben sie da!“ warnte sie die Birkenau und sah sie scharf an.

In Karens Augen waren Tränen getreten. Endlich überwand sie sich zu einem ergebenen Nicken.

„Na also.“ Die Birkenau machte eine Kopfbewegung als Zeichen für Hagen.

Der holte aus. Karens Hände lösten sich voneinander, und sie konnte sich nur mit aller Willenskraft dazu zwingen, sie zumindest dicht bei ihrem Hals zu halten. Die Birkenau stöhnte genervt und verdrehte die Augen.

Hagen wartete noch ein paar Sekunden, schien diesen Moment und Karens hilflosen Anblick zu genießen – und schlug dann wieder zu.

Reflexhaft riss Karen ihre Unterarme nach vorne. Die Peitsche traf nur ihre Ellbogen, aber das war schmerzhaft genug, um Karen einen weiteren Aufschrei zu entlocken.

„Toll“, kommentierte die Birkenau. „Wenn wir hier oben wirklich Wohnungsnachbarn hätten, würden die spätestens jetzt die Polizei rufen.“ Sie griff unter ihren Rock, streifte ihren Slip ab und stopfte ihn Karen in den Mund.

„Soviel zu dem Lärm, den du machst, Süße“, sagte sie in herablassendem Tonfall. „Und jetzt zu deinem Herumgezicke.“ Ihr Gesicht befand sich nur wenige Zentimeter von Karen entfernt, als sie sie wütend anfunkelte. „Deine Hände gehören in den Nacken, mit verschränkten Fingern. Und deine Titten schiebst du gefälligst nach vorne. Wenn du das partout nicht geregelt bekommen willst, dann lassen wir uns eine richtige Bestrafung für dich einfallen. Wir könnten dich zum Beispiel so nehmen wie du bist, vielleicht dir noch eine Augenbinde umlegen, deine Stöckelschuhe an deinen Füßen festmachen und dir die Hände hinter dem Rücken fesseln und in meinen Kofferraum stecken. Dann lassen wir dich an der nächsten Autobahnhaltestelle, dem nächsten LKW-Parkplatz raus und du darfst zusehen, wie du wieder nach Hause kommst. Wäre dir das lieber?“

Mit angstvoll geweiteten Augen schüttelte Karen den Kopf.

„Na also“, sagte die Birkenau und ließ sich wieder auf ihr Bett fallen.

„Du weißt ja, wie du das verhindern kannst."

Karen atmete tief durch, verschränkte dann wieder ihre Hände im Nacken. Diesmal spannte sie ihre Finger so an, dass sie sich nicht unwillkürlich voneinander lösen konnten.

„Brust raus!" sagte die Birkenau.

Also presste Karen ihre Lippen zusammen und schob ihren Oberkörper nach vorne. Und sie blieb auch in dieser Position, als ihr der nächste Schlag Hagens weiteres Wachs von der Haut fetzte. Und der nächste und der nächste.

Die Birkenau hatte sich inzwischen gegen ein Kissen gelehnt, die Hand unter ihren Rock geschoben und begonnen zu masturbieren. Ab und zu entrang sich ihr ein Seufzer der Lust.

In diesen Wochen schlief Karen nicht besonders gut. Und wenn doch, hatte sie die absonderlichsten Träume.

So wie in dieser Nacht. So wie in vielen ihrer anderen Träume gehörten auch diesmal Diana Birkenau und Armin Hagen zu den Hauptfiguren. Es begann damit, dass Hagen Karen in ihrem Büro befahl, sich so über einem Stuhl zu drapieren, dass ihr Rücken auf der Sitzfläche lag und ihre Hand- an ihre Fußgelenke gefesselt werden konnten. Sie trug zu diesem Zeitpunkt nichts anderes mehr am Leibe als ihre roten Pumps und ihren allzu kurzen Rock. Hagens Hand war gerade unter eben diesen Rock gefahren, als das Telefon klingelte. Obwohl Karen, die in diesem Traum auch ohne Knebel seltsam stumm war, ihn mit einem flehenden Gesichtsausdruck davon abhalten wollte, an den Apparat zu gehen, griff Hagen nach dem Hörer. Am anderen Ende war die Birkenau, die Hagen bat, zu ihr herunterzukommen und es ihr so tüchtig zu besorgen wie an dem Tag, an dem sie Karen zu ihrem Eigentum gemacht hatten. Hagen machte sich sofort auf den Weg und ließ die verzweifelte Karen halbnackt und gefesselt zurück.

Ein paar Minuten lang versuchte sie, sich selbst zu befreien, aber trotz allen Drehens und Zerrens gelang ihr das nicht. Plötzlich öffnete sich wieder die Tür ihres Büros. Es war ihr Kollege Jochen Bechtel. Ob Hagen ihm einen Tipp gegeben oder ob er Karen per Zufall in dieser so entwürdigenden wie wehrlosen Stellung entdeckt hatte, wusste sie nicht. Jedenfalls blieb er zuerst einen Moment in der Tür stehen, kam dann langsam und zögerlich näher, öffnete schließlich, als er Karen erreicht hatte, seine Hose und befriedigte sich so lange selbst, bis er sich ergoss und schwere Tropfe seines Spermas auf Karens Brüste klatschten. Dann brachte er seine Kleidung wieder in Ordnung und ging davon.

Der nächste, der ins Büro getappt kam, war Karens jugendlicher Mitarbeiter Martin Finke. Als er Karen so sah, nackt, gefesselt und mit glitzerndem Sperma auf den Brüsten, beschloss er augenblicklich die Firmenleitung zu informieren.

Dann war Hagen wieder da und befreite Karen von ihren Fesseln. Ihr Rücken und ihre Handgelenke schmerzten, aber wenigstens, so hoffte sie, würde jetzt alles Schlimme ans Tageslicht kommen und ihre Leidensgeschichte ein Ende haben. Stattdessen aber schärfte Hagen ihr ein, sie solle im Gespräch mit dem alten Degenhardt, der jetzt der Geschäftsführer dieser Zweigstelle von Ekineba International war, alle Schuld auf sich nehmen und beteuern, dass sie von sich aus und mit großer Lust bei diesen Spielen mitmachen würde. Andernfalls würde Schreckliches mit ihr passieren. Karen blieb nichts anderes übrig, als sich darauf einzulassen, und so saß sie Degenhardt in seinem riesigen Büro gegenüber und erklärte wieder und wieder, was für eine ungeheure Lust es für sie sei, zur Schau gestellt und missbraucht zu werden, aber dass sie natürlich einsehe, dass ihre Arbeit nicht darunter leiden dürfe. Als sie Degenhardts Büro zitternd verlassen hatte und durch die Flure zurück zu ihrem Arbeitsplatz ging, sah sie eine ganze Reihe halboffener Türen und in den Zimmern dahinter ihre Kolleginnen und Kollegen vor ihren Bildschirmen sitzen, auf denen Karen zu sehen war, wie sie in ihrer Wohnung strippte, sich einen Ballknebel und Brustklammern anlegte und dann die Beine spreizte, um sich vor ihren Webcams zu befriedigen.

Von diesem Tag an war sie in der gesamten Firma nur als „die kleine Perverse“ bekannt, und ihre Kollegen begannen sich an den fiesen Spielen, die Armin Hagen und Diana Birkenau mit ihr spielten, zu beteiligen. Sie war zur Lustsklavin der gesamten Firma geworden.

Dann wachte Karen schweißgebadet auf.

Ohne das Licht anzumachen, tappte sie in dem schwarzen Body, den sie in dieser Nacht trug, in die Küche, goss sich ein Glas Wasser ein und trank es mit gierigen Schlucken. Nur ein Traum, gewiss. Und doch beängstigend nah an jener kaum minder bizarren Wirklichkeit, zu der sich ihr Leben inzwischen entwickelt hatte.

Sie schlich zurück ins Bett, fand aber in dieser Nacht keinen neuen Schlaf.

Manchmal gerieten die fiesen Spiele, zu denen Hagen und die Eishexe sie benutzten, dermaßen sadistisch und ausgefallen, dass Karen nicht einmal nachvollziehen konnte, wie normale Menschen überhaupt auf solche Ideen kommen konnten. Bei solchen Gelegenheiten fragte sie sich, wie viele andere Menschen, mit denen sie in der Firmenwelt zu tun hatte, wohl über eine sadistische Kreativität verfügten, die Karen erschauern lassen würde, wenn sie davon wüsste.

Dabei hatten die Aktionen, für die Karen benutzt wurde, nur selten mit körperlichen Schmerzen zu tun. Stattdessen zielten sie auf ihre Psyche ab, dienten offenbar dem Zweck, Karen innerlich zu zermürben und fertig zu machen. Das sorgte unter anderem dafür, dass derlei „Spiele" eine bleibende Nachwirkung zeigten, die körperliche Schmerzen mit Leichtigkeit übertrumpfte. Und immer wieder brachten sie Karen in eine verzweifelte Situation, in der sie sich jeden Augenblick fragte, wie lange sie es noch aushalten würde ohne innerlich und damit auch nach außen hin sichtbar zusammenzubrechen.

So wie an diesem Abend zum Beispiel.

Karen wusste nicht, ob Hagen den Betreiber des kleines Sex-Shops bei ihr in der Nachbarschaft von früher kannte oder ob er eigens für das, was er mit Karen vorhatte, mit ihm einen Kontakt hergestellt hatte. Alles, was sie wusste, war, dass Hagen es gelungen war – vielleicht auch mit der Übergabe eines reizvollen Geldbetrages – diesen Mann dazu zu bewegen, ihm für einen Abend seinen Laden zur Verfügung zu stellen.

Wobei der Großteil des Geschäftes Hagen und die Birkenau nicht großartig interessierte. Ihnen ging es nur um einen Teil davon: Sein Schaufenster.

„Das kann doch nicht Ihr Ernst sein", stieß Karen unwillkürlich aus, als die Birkenau ihr erklärte, was sie vorhatte. Zusammen mit Hagen standen sie gerade im Eingangsbereich des Ladens, dessen Besitzer sich gerade in den Feierabend verabschiedet und Hagen zuvor einen Zweitschlüssel überreicht hatte. Auf Geheiß der Birkenau hin hatte sich Karen in die anregendsten Klamotten gekleidet, die im ganzen Laden zu finden waren: Ein superkurzer Rock, schwarze Netzstrümpfe, ebenfalls schwarze Pumps mit bestimmt zehn Zentimeter hohen Absätzen und eine bauchfreie Korsage. Unter ihrem Rock und von außen gerade so nicht sichtbar war der Vibrator festgeschnallt, den die Birkenau für sie ausgesucht hatte. Kare spürte, wie das kühle Metall an ihrer Klitoris lag. Es würde bald Körperwärme annehmen, da war sie sich sicher.

„Absolut", erwiderte die Birkenau in ihrem gewohnt kühlen Tonfall. „Und du solltest dich vielleicht daran erinnern, dass Widerspruch dir noch nie besonders gut getan hat."

„Vielleicht braucht sie eine kleine Erinnerungsstütze", murmelte Hagen scheinbar nachdenklich vor sich hin und ließ seine Finger über eine Lederpeitsche streifen, die er einige Minuten zuvor im hinteren Teil des Ladens entdeckt hatte.

Karen unterdrückte ein Aufstöhnen. Es hatte keinen Sinn, dass sie sich etwas vormachte. Die beiden konnten mit ihr anstellen, was immer ihnen in den Kopf kam. Um so mehr verfluchte sie innerlich deren perversen Einfallsreichtum.

„Also?" fragte die Birkenau mit hochgezogener Braue und blickte dann demonstrativ in Richtung Schaufenster.

Karen schloss die Augen und atmete tief durch. Dann fügte sie sich in ihr Schicksal und stieg in das Schaufenster hinein.

Wenigstens in einem hatte sie Glück: Momentan war auf der Seitenstraße, auf die sie herunterblickte, kein Mensch unterwegs. Verlassen lag das Pflaster vor ihr. Aber das würde nicht lange so bleiben. Zu dieser frühen Abendstunde waren immer noch einige Leute unterwegs.

„Bring dich am besten in eine Position, in der du eine Zeit lang ruhig stehen kannst", hörte sie hinter sich die maliziöse Stimme der Birkenau.

Karen gehorchte und nahm eine lockere Haltung mit leicht gespreizten Beinen an. Rechts und links von ihren Videos lagen einige andere Artikel aus dem Angebot des Ladens: Ein Stapel Pornovideos, eine Penispumpe, deren Verpackung Wunder versprach, bunte Kondome. Alles, was Männer so brauchten zu ihrer Lust.

Und jetzt eben auch Karen.

Ihr war gleichzeitig heiß und kalt, wie sie so dastand, dem Blick jedes Vorübergehenden freizügig angeboten. Das Einzige, was ihr helfen würde, war, dass dieses Schaufenster über keine Beleuchtung verfügte. Wer einfach so vorübertappte, ohne sie eines näheren Blickes zu würdigen, würde sie also zweifellos um nicht mehr als eine Schaufensterpuppe halten. Oft genug sahen die Leute ja ohnehin nur das, was sie sehen wollten, versuchte sie sich innerlich zu beruhigen. Und kein Mensch würde ernsthaft annehmen, dass in diesem Schaufenster statt einer Puppe eine lebendige Frau ausgestellt wurde.

„Denk dran: Je weniger du dich bewegst, desto sicherer verhinderst du einen Auflauf", raunte hinter ihr die Birkenau.

Der Gedanke allein, was passieren würde, wenn sie jemand erkannte, ließ Schauer über Karens Rücken laufen. Im Augenblick zum Beispiel zogen zwei Jugendliche an dem Laden vorbei, einer warf einen flüchtigen Blick hinüber und sagte etwas zu seinem Kumpel. Beide lachten. Vor Karens innerem Auge begann ein Film abzulaufen, in dem die beiden stehenblieben, die Auslagen näher musterten, plötzlich erkannten, dass Karen eine Frau aus Fleisch und Blut war, es zunächst nicht glauben konnten, sie fassungslos anstarrten, dann noch einige weitere Freunde herüberriefen, was wiederum andere Passanten mitbekommen würden, woraufhin sich eine Menschentraube vor dem Schaufenster bildete … Schon bei der bloßen Vorstellung trat ihr der Schweiß auf die Stirn.

Ganz ruhig und starr stehenbleiben, schärfte sie sich ein. Solange sie nicht durch eine unwillkürliche Bewegung den Blick eines Vorübergehenden auf sich zog, dürfte doch eigentlich nichts passieren?

In diesem Moment begann es zwischen ihren Beinen zu kribbeln und zu pochen.

Die Birkenau hatte mit ihrer Fernbedienung den Vibrator ausgelöst, der an Karens Muschi befestigt war.

Karen stöhnte leise auf. Dieses Miststück! Ihre Kollegin wollte es ihr offensichtlich mal wieder so schwer wie möglich zu machen. Vermutlich brachte sie der Gedanke regelrecht in Wallung, dass Karen nichts anderes übrig blieb, als sich mit aller Kraft zusammenzunehmen und stocksteif dazustehen, während sie das Kitzeln in ihrer Möse innerlich immer weiter zur Ekstase hinaufschraubte. Und noch mehr vielleicht die Phantasie, dass Karen es irgendwann nicht mehr aushalten und lustgeschüttelt zusammenbrechen würde – am besten während vor dem Schaufenster gerade eine größere Gruppe unterwegs war.

Verzweifelt biss Karen die Zähne zusammen. Inzwischen war ihr am ganzen Körper der Schweiß ausgebrochen, und die Kleidung begann ihr an der Haut zu kleben. Ihre Beine fingen leicht an zu zittern, was sie mit aller Willenskraft schließlich zu unterdrücken schaffte. Draußen zog ein älterer Herr mit Hut vorbei, der einen Dackel neben sich an der Leine führte. Es schien endlos zu dauern, bis er endlich vorüber war.

Karen verdrehte die Augen zur Decke. Hinter sich hörte sie ihre Arbeitskollegen wispern und leise lachen.

Wie lange noch?

„Wir bekommen Probleme“, sagte die Birkenau zu ihr.

Karen sah von einer Benchmark-Analyse auf, die sie vor sich auf dem Schreibtisch ausgebreitet hatte. Sie hatte noch nicht einmal mitbekommen, wie die Birkenau in ihr Büro getreten war. Offenbar hatte sie es längst nicht mehr nötig, anzuklopfen oder ihr zur Begrüßung erst einmal einen guten Morgen zu wünschen.

„Was ist denn los?“ kam also auch Karen gleich zur Sache.

„Ich habe ein kleines Vögelchen zwitschern hören, dass dein verändertes Verhalten in der Chefetage für einen gewissen Unmut sorgt.“

„Mein ... verändertes Verhalten?“ echote Karen. Sie ahnte, worauf das hinauslief, fragte aber trotzdem zurück. „Was für ein Verhalten?“

„Naja ... die Klamotten, die du in letzter Zeit anhast, entsprechen nicht wirklich denen einer Führungskraft. Die Qualität deiner Arbeit ... hört man ... wird in letzter Zeit immer schlechter. Vermutlich liegt das daran, dass du dich immer schwerer konzentrieren kannst, weil du die meiste

Zeit über so rollig bist."

Während die Birkenau in die ersten Sätze ihrer Ausführungen noch den Tonfall vorgetäuschter Besorgnis gelegt hatte, trieften ihre Worte inzwischen vor Häme. Karen war klar, dass ihre einstige Rivalin ein großes Vergnügen dabei empfand, Karen derart abstürzen zu sehen.

„Und von wem wird das diskutiert?" erkundigte sie sich mit mühsam beherrschter Stimme.

„Bis jetzt nur auf der Ebene des Department Management, noch nicht in der Firmenleitung. Die hat zwar auch schon von gewissen ... Auffälligkeiten läuten hören, hält das aber offenbar nur für eine Phase, die du gerade durchmachst. Offenbar hält dein ehemaliger Verehrer Spinella schützend die Hand über dich."

Karen nickte. Anscheinend hatte sie bei Peter, der inzwischen zu ihrem direkten Vorgesetzten aufgestiegen war, immer noch einen Stein im Brett.

„Woher wissen sie das alles?" fragte sie.

Die Birkenau grinste. „Carola und ich gehen gerne mal nach der Arbeit miteinander einen Cocktail trinken."

Das passte. Carola Kirsch war jetzt Peters Sekretärin geworden und bekam vermutlich einiges von ihm mit. Gleichzeitig besaß sie ein Naturell, das dem der Birkenau nicht ganz unähnlich war.

„Und gestern Abend hat mir Carola eben erzählt, dass Spinella dich morgen gerne mal an die Brust nehmen würde. Zur Brust nehmen, meine ich natürlich. Und zwar direkt nach unserer internen Besprechung morgen Vormittag."

Karen nickte. Es war ihr klar, dass die Birkenau ihr das alles wohl kaum aus Jux und Laune gesteckt hatte. „Was soll ich tun?" fragte sie deshalb, so gehorsam wie sie mittlerweile war.

Die Birkenau beugte sich zu ihr vor und senkte ihre Stimme noch weiter. „Du tust Folgendes ..."

Der nächste Morgen kam wesentlich schneller als es Karen Recht gewesen wäre. Es war zum Verrücktwerden: Eigentlich hätte sie sich schon fast an die diversen Gemeinheiten der Birkenau gewöhnen müssen. Aber irgendwie fand dieses Miststück noch immer einen Weg, sich selber zu toppen. Und so hatte Karen wieder einmal eine Aufgabe vor sich, vor der es ihr mehr graute als vor allen bereits überstandenen Schikanen zuvor.

So schnell der entsprechende Morgen da gewesen war, umso mehr zog sich die interne Besprechung im großen Konferenzsaal des Firmengebäudes ins Unendliche. Karen saß an ihrem üblichen Platz, trug nichts anderes am Körper als ihre Pumps, einen kurzen Rock und ein zugeknöpftes Jackett und machte sich Notizen. Das Jackett hatte die Birkenau mit Bedacht als Garderobe gewählt, weil in dessen Brusttasche das flache Handy Platz fand, das sie Karen gegeben hatte. In Karens Möse schließlich summte der an diesem Morgen mal wieder mit neuen Batterien aufgeladene Vibrator.

Karen blieb in dieser Besprechung weitgehend stumm, sagte nur etwas, wenn sie dazu aufgefordert wurde. Selbst dann wirkte sie fahrig und unkonzentriert, verhaspelte sich mehrfach. Sie spürte die irritierten Blicke von Spinella und ihren anderen Kollegen und ahnte, was diese mittlerweile von ihr dachten.

Dann war endlich der Zeitpunkt gekommen, als die Besprechung ihr Ende fand. Beiläufig griff Karen in die Brusttasche ihres Jacketts und schaltete unbemerkt ihr Handy ein, so wie sie es eingebläut bekommen hatte. Am anderen Ende des Raumes klingelte das Handy der Birkenau. Die hob es ans Ohr und meldete sich mit kaum hörbarer Stimme. Die Verbindung war hergestellt.

Also dann, sagte sich Karen und stemmte sich trotz ihrer wackligen Beine in die Höhe. Umständlich ordnete sie ihre Unterlagen, so dass die meisten ihrer Kollegen bereits den Raum verlassen hatten. Bis auf die Birkenau in ihrer Ecke, die ihr Handy ans Ohr hielt und so tat, als würde sie irgendetwas mitschreiben, Peter Spinella als dem Leiter der Besprechung sowie Karen selbst war der Konferenzsaal schließlich leer.

Auch Karen, die offiziell noch nichts von Spinellas geplantem Vorstoß wusste, näherte sich der Tür – als er sie plötzlich ansprach.

„Ach, Frau Weißgerber ..." begann er.

Karen wandte sich um. Sie waren schon einmal per Du gewesen, erinnerte sie sich. Offenbar aber war ihm etwas mehr Distanz für seine unangenehme Aufgabe lieber. Karen konnte das bestens verstehen.

„Ja?“ fragte sie und blieb stehen.

„Es gibt da eine Kleinigkeit, die ich gerne noch mit Ihnen angesprochen hätte.“ Karen fand es fast süß, wie er gerade herumdruckste. Umso mehr ärgerte sie sich darüber, was sie als nächstes zu tun hatte.

Spinella warf einen Blick dorthin wo die Birkenau saß und kam offenbar zu dem Schluss, dass sie erstens zu weit entfernt war und zweitens zu abgelenkt war, um von seinem Gespräch mit Karen etwas mitzubekommen. Deshalb rückte er jetzt mit der Sprache heraus.

„Mir ist aufgefallen, dass sie in den letzten Wochen eine starke Veränderung durchgemacht haben.“

„Inwiefern?“ fragte Karen mit gespielter Unschuld, konnte aber ein Zittern in ihrer Stimme nicht ganz unterdrücken.

„Nun ja ... da ist zum einen ein recht auffallender Wandel in Ihrer Art, sich zu kleiden – nicht immer in einer Weise, die für eine Frau in Ihrer Position unbedingt ideal wäre. Vergessen sie bitte nicht, dass es uns immer auch um die Frage einer repräsentativen Außendarstellung gehen muss ...“

Karen merkte Spinella an, wie unangenehm ihm dieses Gespräch war. Normalerweise redete er nicht so geschwollen. Dass er jetzt als Abteilungsleiter die Frau, für die er einmal so geschwärmt hatte, klar machen sollte, dass sie nicht durch die Gänge stöckeln sollte wie eine läufige Hure, machte ihm sichtlich zu schaffen.

„Und zum anderen?“ fragte Karen, um das Gespräch voranzutreiben und es so vielleicht endlich hinter sich zu bringen.

„Was?“ Jetzt hatte sie Spinella aus dem Konzept gebracht.

„Sie sagten, zum einen sei es die Art, wie ich mich inzwischen kleiden würde. Und zum anderen?“

„Ja ... zum anderen, und das wirkt für manche in der Firma natürlich noch schwerer ... also nicht nur ich selbst, auch einige andere haben den Eindruck, dass die Qualität Ihrer Arbeit in der letzten Zeit merklich gelitten hat.“ Er holte tief Luft. „Es tut mir Leid, aber sie wirken in letzter Zeit ausgesprochen unkonzentriert, und es häufen sich auch die Fehler – in einer für sie völlig untypischen Weise“, beeilte er sich hinzuzufügen. Um endlich bei der Frage anzukommen, auf die er offenkundig die ganze

Zeit über schon hinaus wollte. „Sagen sie mal, was ist nur mit Ihnen los?“

Karen brachte ein kokettes Lächeln zustande. Jetzt kam der Teil des Gesprächs, vor dem sie wirklich Angst hatte. Der Teil, bei dem sie die Rolle spielen musste, die die Birkenau ihr aufgetragen hatte.

„Ich schätze, beide Veränderungen haben dieselbe Ursache“, sagte sie. „Ich habe in den letzten Wochen viel stärker zu mir und meiner Sexualität gefunden.“

Spinella zwinkerte. „Bitte?“

„Ja, ich ...“ Sie zwang sich dazu, ihn verführerisch anzulächeln und die Tonlage einzunehmen, die die Birkenau ihr als „Schlampenstimme“ beigebracht hatte. „Ich habe entdeckt, dass Arbeit nicht das ganze Leben ist. Vielleicht verändern sich auch nur gerade ein paar Hormone in meinem Körper, was weiß ich. Auf jeden Fall bin ich seit einiger Zeit schon ganz schön ... heiß ...“ Sie rückte näher zu ihm heran.

Spinella räusperte sich erschreckt und überlegte wohl gerade, ob man es als unhöflich oder unsouverän betrachten würde, wenn er jetzt vor seiner Mitarbeiterin zurückwich. „Das ist sehr schön für sie“, sagte er und rang sich ebenfalls ein Lächeln ab. „Aber es wäre vermutlich trotzdem sinnvoller, wenn sie Arbeit und Vergnügen besser getrennt halten könnten ...“

„Aber – das fällt mir sehr schwer“, hauchte Karen. „Ich bin mittlerweile fast ständig ein bisschen .... rollig.“ Sie konnte es selbst nicht fassen, wie bereitwillig sie sich gerade zum Affen machte, aber die Birkenau hatte sie nun mal stramm an der Leine.

Spinella schnappte nach Luft. „Wie gesagt ... wir erwarten hier eigentlich schon ein bisschen mehr Professionalität von Ihnen ...“

Karen flog mittlerweile schon fast auf Autopilot. Möglicherweise ging sie zu schnell vor, aber sie wollte diesen peinlichen Auftritt einfach so schnell wie möglich hinter sich bringen. „Es ist vielleicht ganz gut, dass sie mich darauf ansprechen“, sagte sie und leckte sich wie unbewusst über die Lippen. „Ich wollte Ihnen nämlich ... ich wollte dir schon seit ein paar Tagen sagen, wie leid es mir tut, dass ich dich damals dermaßen habe abblitzen lassen ...“ Sie legte eine Hand leicht gegen Spinellas Brust.

Im selben Augenblick keuchte sie plötzlich auf. Der Vibrator in ihrer

Möse begann auf einmal deutlich stärker loszulegen, und sie sackte unvermittelt ein wenig in die Knie. Ohne dass sie sich dagegen wehren konnte, übermannte sie plötzlich eine Woge der Lust.

„Karen?“ fragte Spinella und griff sie am Arm.

Für einen Sekundenbruchteil flogen Karens Augen zur Birkenau hinüber. Die saß immer noch an ihrem Platz, sah zu ihr herüber und grinste. In der einen Hand hielt sie ihr Handy, in der anderen – irgendein technisches Gerät...

Die Fernsteuerung, die mit dem Vibrator mitgeliefert worden war! fuhr es Karen durch den Kopf. Offenbar war ihre Reichweite mindestens so groß wie dieser Konferenzsaal.

„Es – es ist okay“, stammelte sie hervor. „Es ist nur ...“ Sie hob den Kopf und sah Spinella an, während weitere Luststöße sie durchbrausten. Ihre bislang nur gespielte Geilheit war plötzlich sehr offenkundig echt. „Können wir uns nach der Arbeit treffen?“ sprudelte es aus ihr hervor. Es musste so klingen, als könne sie es kaum noch aushalten vor Erwartung. Dabei wollte sie nur endlich dieser furchtbaren Situation entfliehen.

Spinella starrte sie immer noch an wie ein Ochse einen Fallschirmspringer, der überraschend vor ihm gelandet war. Er wurde sichtlich nicht ganz schlau daraus, was hier gerade vorging. „Frau Weißgerber ... Karen ... ich ...“

„Ich kann dir geben, was du immer gewollt hast!“, beteuerte sie mit fast inständig flehender Stimme. „Ich bin ... Du kannst alles mit mir machen, was du willst. Auf dem Firmenparkplatz? Um neun, wenn alle anderen gegangen sind? Ich weiß ja, wo dein Auto steht.“

Spinella war von der Situation genauso überfordert wie sie, aber Karen merkte, wie ihre Geilheit allmählich auf ihn übersprang. Was sie ihm gerade anbot, war wohl wirklich etwas, wovon er lange Zeit immer wieder geträumt hatte. Vielleicht nicht gerade auf dem Firmenparkplatz, aber das war mal wieder eine Idee der Birkenau gewesen. Sie wollte, dass es besonders schäbig und entwürdigend wirkte. Genau wie das letzte, was sie Karen aufgetragen hatte und von dem sie immer noch nicht wusste, ob sie es über ihre Lippen bringen konnte.

„Sicher", sagte Spinella jetzt. „Sicher können wir uns treffen. Das kommt zwar alles ein bisschen sehr überraschend ..."

„Da gibt ... da gibt es nur noch eine Sache ..." presste Karen mühevoll hervor, und ihre Verlegenheit war jetzt genauso offenkundig wie ihre Erregung.

Spinella stutzte und wirkte ein wenig so, als befürchtete er, ein gerade angekündigter Lottogewinn könnte ihm im letzten Moment wieder versagt werden. „Was meinst du?" erkundigte er sich.

Karen holte tief Luft, sah zur Decke, in den Saal, wo die Birkenau saß und wartete, dann wieder zurück zu Spinella. „D-das ganze kostet 50 Euro", stammelte sie.

Jetzt trat Spinella sichtlich erschrocken doch einen Schritt zurück. „Whoa", sagte er und starrte sie an.

Karen, die immer noch den Eindruck hatte, dass jeden Moment ihre Muschi auslaufen konnte, wand sich geradezu vor Scham. „Das ist ... das mache ich jetzt immer so ..." sprach sie die Worte aus, die die Birkenau ihr eingetrichtert hatte und wünschte sich fast einen Moment lang, lieber tot zu sein.

„Junge, Junge!" Dieser etwas albern klingende Kommentar war offenbar das Einzige, was dem fassungslosen Spinella einfiel.

Karen wäre es auch lieber gewesen, wenn sie irgendeine Idee gehabt hätte, um ihr Angebot zu erklären. Irgendetwas, um wenigstens ein bisschen weniger wie eine Nutte zu wirken. Aber ihr Kopf war leer. Und sie hatte alles gesagt, was die Birkenau von ihr verlangt hatte. Und sie hielt es nicht mehr aus, weiter hier zu stehen und ihrem Arbeitskollegen in die Augen zu sehen. Ihr Fluchtinstinkt setzte sich endlich durch.

„Überleg es dir", sagte sie. „Ich werde auf jeden Fall auf dich warten."

Damit drehte sie sich um, ließ Spinella stehen und schritt so schnell, dass sie nicht gerade rannte, aus dem Saal.

Den Rest des Tages stand sie noch stärker unter Strom als sonst. Sie hatte die Tür zu ihrem Büro mal wieder geschlossen, was normalerweise für alle Kollegen als Signal galt, dass man gerne ungestört und konzentriert an etwas arbeiten wollte. Aber immer wenn das Telefon klingelte, fuhr ihr ein Schreck durch die Glieder. Jedesmal nahm sie an, dass es Spinella sein würde, der sie zu sich bestellte, um ihr mitzuteilen, wie sehr ihn ihr Verhalten entsetzte.

Aber das Telefon blieb stumm.

In die Kantine ging Karen schon seit langem nicht mehr. Für sie war es nur ein weiteres demütigendes Schaulaufen vor Leuten, die sie früher einmal respektiert hatten. Stattdessen verspeiste sie einen Müsli-Riegel, einen Apfel und einen Joghurt. Dann bleibt wenigstens meine Figur, so wie sie ist, und die Leute haben auch Grund zum Glotzen, dachte sie grimmig.

Die Stunde, an der von ihr erwartet wurde, für ihren Vorgesetzten die Beine breit zu machen, rückte näher und näher. Es wurde immer stiller auf ihrer Etage. Die meisten ihrer Kollegen befanden sich längst im wohlverdienten Feierabend. Die Strahlen der untergehenden Abendsonne tauchten Karens Büro in eine trügerische Wärme.

Und schließlich war es soweit. 20:45 Uhr zeigte die Uhr auf Karens Schreibtisch. Sie räumte umständlich ihre Unterlagen weg, leerte ihr Wasserglas und befreite sich, so wie die Birkenau es ihr gnädigerweise erlaubt hatte, von ihrem Vibrator. Karen mochte sich lieber gar nicht erst ausmalen, wie Spinella wohl auf den Anblick dieses Geräts reagiert hätte. Sie verstaute es in einer Ecke ihres Büroschranks und zerrte sicherheitshalber noch einen Stapel Akten davor.

Dann öffnete sie vorsichtig die Tür zum Flur.

Draußen war es totenstill. Alle Räume lagen verwaist. Nur aus einem Büro am Ende des Ganges drang noch der Lichtschein einer Zimmerlampe, und jemand tippte in eine Tastatur. Es war das Büro von Peter Spinella.

Er war tatsächlich noch im Haus! Vielleicht hatte das gar nichts mit ihr zu tun, überlegte sich Karen. Konnte ja sein, dass er in seiner neuen Position gerade heute besonders viel an der Hacke hatte, um das er sich kümmern musste. Aber eigentlich glaubte sie das nicht. Er war so lange geblieben, weil er sich zumindest die Möglichkeit offen lassen wollte, es heute Abend mit ihr zu treiben.

Ihr Herz hämmerte, als sie sich leise Richtung Treppenhaus bewegte.

Sie fühlte sich fast ein wenig schwindelig.

Im Treppenhaus angekommen suchte sie als erstes mal die nächste Toilette auf, um sich zu entleeren. Auch in dieser Hinsicht hatte ihr die Birkenau ausnahmsweise einmal eine Ausnahmeregelung zugestanden. „Wir wollen ja nicht, dass du deinem Chef auf die Polster pisst, während er sich über dich hermacht“, hatte sie das schmunzelnd kommentiert. „Er könnte dann ja sonstwas von dir halten.“

So war sie, die Birkenau. Immer darauf bedacht, Karens untadeliges Image zu schützen...

Die große Digitaluhr im Eingangsbereich zeigte 20:52 Uhr, als Karen das Gebäude verließ und zum Firmenparkplatz stöckelte. Auch er war mittlerweile so gut wie leer. Nur hier und da stand noch vereinzelt ein Auto. Der graue Mercedes von Spinella zum Beispiel, den Karen jetzt erreicht hatte.

Sie nahm ihr Handy aus der Brusttasche und wählte die Nummer der Birkenau.

„Jaaa?“ meldete die sich in einem geradezu frohlockenden Tonfall.

Karens Stimme klang im Vergleich dazu sehr heiser. „Ich bin jetzt hier“, sagte sie.

„Wunderbar“, hörte sie die Birkenau antworten. „Wie eine kleine Straßenschlampe. Pass auf, dass er dich beim Preis nicht übers Ohr haut.“ Dann ließ sie wieder ihr glockenhelles Lachen erklingen. Karen schob das Handy zurück in ihr Jackett. Mit noch stehender Verbindung. So wie die Birkenau es ihr befohlen hatte.

Und dann begann sie zu warten.

Die Zeit verging. Es wurde neun, es wurde fünf nach und schließlich zehn nach neun. Keine Spur von Spinella. Karen fröstelte es allmählich ein wenig. In gleichem Ausmaß wie ihre Nervosität wuchs allerdings auch ihre Hoffnung, dass Spinella gar nicht mehr aufkreuzen würde. Karen fragte sich, wie lange die Birkenau sie im Zweifel wohl warten lassen würde wie eine Hure auf ihren Freier. Gut, irgendwann würde Spinella wohl zu seinem Auto gehen und heimfahren wollen, aber was, wenn er bis zehn durcharbeiten wollte?

Karen stand kurz davor, ihr Handy hervorzuziehen und mit der Birkenau Rücksprache zu nehmen, als sie ihn um die Ecke kommen sah.

Sie holte tief Luft. Also doch. Noch ein paar Sekunden, und die Situation, die sie so gerne vermieden hätte, war da.

„Hi Karen“, sagte Spinella, als er schließlich vor ihr stand.

„Hi“, sagte sie mit einer Heiserkeit in der Stimme, die vermutlich ganz gut zu dem Tonfall passte, den die Birkenau von ihr verlangt hatte.

„Also hast du das wirklich ernst gemeint heute Morgen.“

„Klar.“ Sie lächelte ihn an. „Wenn du mich willst, kannst du mich haben.“

„Mhm.“ Er nickte und hörte nicht auf damit, sie kritisch zu mustern. Karen wusste nicht, wie lange sie diesem Blick standhalten konnte. „Fahren wir zu dir oder zu mir?“ fragte er schließlich.

„Ich möchte, dass wir es gleich hier tun. Auf der Rückbank von deinem Mercedes.“

Spinella zog die Brauen in die Höhe und schwieg einen Moment. „Okay“, sagte er schließlich. „Ganz wie du willst.“

Er wollte schon zur hinteren Wagentür treten, um sie zu öffnen, als Karen ihn aufhielt. „Die 50 Euro“ flüsterte sie.

Spinella hielt inne. „Sag mal, bezahlen sie dich nicht gut genug in der Firma?“ wollte er halb scherzhaft wissen. „Das kann doch unmöglich dein Ernst sein.“

„Es ist ... es ist wichtig für mich“, presste sie hervor.

Spinella schüttelte ungläubig den Kopf. Er schien die gesamte Situation für komplett absurd zu halten. Einen Moment lang blickte er sich auf dem Parkplatz um, als suche er nach einer versteckten Kamera. Schließlich zuckte er mit den Schultern, zog sein Portemonnaie hervor, nahm einen 50-Euro-Schein hervor und drückte ihn Karen in die Hand.

„Danke schön“, flüsterte sie, nahm ihn entgegen und steckte ihn in die Brusttasche ihres Jacketts. Dabei streiften ihre Finger ihr Handy. Sie verharrten dort einen Moment, dann fand Karen die Aus-Taste und drückte sie. Vielleicht konnte sie der Birkenau später erzählen, dass das ein reines Versehen gewesen war. Aber bei dem, was jetzt auf sie zukam, auch noch eine Zuhörerin zu haben, das wäre endgültig zu viel für ihre Nerven gewesen.

Spinella öffnete die Tür zum Fond seines Wagens.

Karen holte noch einmal tief Luft, öffnete dann ihr Jackett und streifte es sich von den Schultern. Die Kälte ließ ihre Brustwarzen steif werden.

Spinella starrte sie verdattert an. „Unglaublich", sagte er. „Ich hätte nie gedacht, dass du wirklich nichts darunter trägst." Das klang so, als habe er sich schon mit irgendjemandem über diese Möglichkeit unterhalten. Karen traf diese Bemerkung als ein weiterer Stich.

„Ich hab dir ja gesagt", versuchte sie ihre Verlegenheit leichthin zu überspielen, „dass ich gerade dabei bin, meine sexuelle Seite zu entdecken und auszuprobieren." Dann kroch sie auf die Rückbank, die so breit war, wie sie es erwartet hatte. Es würde ein wenig eng werden, aber es würde gehen. Ihr Rock rutschte in die Höhe. Möglicherweise sah Spinella, dass sie auch darunter nichts mehr trug.

Sie drehte sich auf die Seite und winkte ihn zu sich heran. „Komm her", sagte sie.

Und dann schob er sich über sie. Sein Körper dicht an ihrem, sein Gesicht nur Zentimeter von ihrem entfernt. Sie würde es einfach über sich ergehen lassen, redete Karen sich ein. Wenn sie es ertragen konnte, einem Widerling wie Hagen einen zu blasen, dann würde sie auch mit jemandem Sex haben können, den sie eigentlich sehr sympathisch fand.

Spinella allerdings entging nicht, wie aufgewühlt sie war. „Du zitterst ja", sagte er. „Bist du sicher, dass mit dir alles in Ordnung ist?"

Karen nickte. „Vielleicht zittere ich, weil ich so scharf auf dich bin." Sie öffnete ihre Schenkel. „Und jetzt komm endlich her und fick mich."

„Karen, ich muss dich tadeln", sagte Diana Birkenau und lehnte sich in ihrem Drehstuhl zurück. Gerade hatte sie Karen über das interne Telefon aufgefordert, in ihr Büro zu kommen, so als ob sie, die Birkenau, die Vorgesetzte und Karen ihre Mitarbeiterin wäre. Und genau so fühlte sich Karen im Augenblick auch.

„Ich habe alles genau so gemacht, wie sie es verlangt haben", verteidigte sich Karen schwach.

„Ja“, bemerkte die Birkenau und verzog grimmig die Lippen. „Bis auf das Handy.“

„Was war mit dem Handy?“

„Stell dich nicht noch blöder als du bist! Du solltest es die ganze Zeit über eingeschaltet lassen, du dummes Stück. Ich hatte mich schon den ganzen Nachmittag darauf gefreut, mit anhören zu können, wie du und der Spinella eine Nummer miteinander schiebt.“ Sie wirkte wie jemand, dem etwas verweigert worden war, auf das er ein ganz klares Anrecht gehabt hatte. Karen wurde jetzt erst so richtig klar, wie selbstverständlich es die Birkenau mittlerweile empfand, alles mit ihr anstellen zu können, was ihr gerade in den Kopf kam.

„Ich habe nicht gemerkt, dass das Handy ausgegangen ist!“ protestierte Karen und versuchte, so inbrünstig zu klingen wie nur irgend möglich. „Vielleicht ist es passiert, als ich das Jackett habe fallen lassen ...“

Die Birkenau machte eine abwehrende Handbewegung. Sie war offenkundig stocksauer und ebenso offenkundig glaubte sie Karen kein Wort. „Spar dir das“, sagte sie. „Es ist ja auch jetzt nicht mehr zu ändern ...“

„Es tut mir Leid“, beteuerte Karen.

Die Birkenau schnaubte kurz und sprach weiter. „Aber es ist dir natürlich klar, dass du jedesmal, wenn du einem meiner Befehle nicht gehorchst, dafür bestraft werden wirst. Ich bin keine Grundschullehrerin, und ich habe nicht die geringste Lust, mit viel Mühe herauszufinden, ob dein Versagen Absicht oder Versehen war. Du hast dafür zu sorgen, dass alles so klappt, wie ich es möchte. Das hast du nicht, und deshalb wirst du die Konsequenzen zu tragen haben.“

„Ja“, erwiderte Karen mit gesenktem Kopf. Es hatte sichtlich keinen Zweck zu diskutieren, zumal es dabei nichts für sie zu gewinnen gab. Die Birkenau machte ohnehin mit ihr, wonach immer ihr gerade der Sinn stand. Hätte Karen das Handy angelassen, dann wäre das, was die Birkenau jetzt als „Strafe“ bezeichnete, einfach nur ein neuer Befehl, eine neue Schikane, ein neuer unterhaltsamer Zeitvertreib für sie gewesen. „Wie wollen sie mich denn bestrafen?“ fragte sie leise.

„Ganz einfach“, antwortete die Birkenau und verschränkte ihre Hände vor der Brust. „Dir ist in Zukunft verboten, es dir selbst zu besorgen, wenn du nach der Arbeit zurück in deine Wohnung kommst."

„Was?" Karen blickte auf. Sollte das bedeuten, dass sie in Zukunft ihre Tage in diesem Zustand von Dauergeilheit verbringen würde, die der Vibrator, den sie inzwischen wieder zwischen ihren Schenkeln trug, bei ihr hervorrief? Sie hatte keine Ahnung, wie sie das überstehen sollte, ohne spätestens nach einer Woche schier wahnsinnig vor Lust zu werden.

„Stattdessen", erklärte die Birkenau weiter, „ist dir in Zukunft ein Orgasmus nur noch erlaubt, wenn du dich von einem Mann durchvögeln lässt, der dich noch nie zuvor gevögelt hat."

„Bitte?" Karen brauchte ein paar Sekunden, bis sie begriff, was das bedeutete.

„Das heißt, wenn immer du befriedigt werden möchtest, musst du mit einem neuen Mann in die Kiste. Zweimal derselbe zählt nicht. Und damit wir diesmal sicher gehen können, dass du nicht mogelst, hat jede Nummer, die du mit einem Kerl schiebst, auf deinem Bett stattzufinden. So wie damals mit Thomas. Vor all den Webcams."

Es war wie vor ein paar Wochen, als sie zum ersten Mal mit dem ständigen Tragen eines eingeschalteten Vibrators zurechtkommen musste. In den ersten Tagen nahm sich Karen fest vor – und fühlte sich auch ziemlich sicher darin -, dass sie sich niemals auf das schäbige Spiel der Birkenau einlassen würde. Abends immer wieder von einer schier unersättlichen Geilheit getrieben durch die Bars, Bistros und Kneipen zu ziehen, um nach ständig neuen Männern Ausschau zu halten, die sie aufs Kreuz legen durften – wer war sie denn? Jedenfalls kein mannsgeiles Flittchen. Lieber würde sie tausend Tode sterben, als sich dermaßen herzugeben!

Und dann begann sie der hohe Grad an Erregung, auf dem sie sich ständig befand, langsam aber sicher mürbe zu machen.

Bei einer weiteren firmeninternen Besprechung schreckte sie vor sich selbst zurück, als sie auf einmal feststellte, wie eingängig sie ihre männlichen Kollegen musterte und wie ihr dabei immer wieder, schier unaufhaltbar, sexuelle Phantasien durch den Kopf geisterten. Dann schlugen diese Phantasien in ein immer stärker anschwellendes Verlangen um. Und schließlich fand sich Karen wieder, wie sie tatsächlich am späten Abend durch das Kneipenviertel der City tappte und mit ihren Blicken dabei einem Mann nach dem anderen einer eingängigen Prüfung unterzog.

Der erste, bei dem sie sich dafür entschied, ihn einfach mit auf ihre Wohnung zu nehmen, war ein langhaariger Designstudent, der gar nicht mal schlecht aussah. Wieso eigentlich nicht, dachte sich Karen? Warum sollte sie sich selber weiter quälen, statt ihre Lust endlich einmal in Erfüllung münden zu lassen? Zu ihrer Genugtuung war es nicht einmal besonders schwer, den Mann abzuschleppen. Sie führte ihn ihre Wohnung, verschwand kurz im Bad, um heimlich den Vibrator zu entfernen, und ließ sich dann von ihm in ihrem Schlafzimmer poppen. Er war etwas verwirrt, als sie ihn gleich danach aufforderte, wieder zu gehen, aber er nahm es ohne große Proteste hin.

Das war der erste und damit war der Damm gebrochen. Immer öfter ging Karen auf spätabendlichen Streifzug, mit immer wieder neuen Kerlen landete sie in den Laken. Zärtliche waren darunter, bei denen sie sich geborgen fühlen konnte, und grobe, die sie sich rücksichtslos vornahmen und sie durchpflügten wie die letzte Hure. Auch an letzerem begann Karen mit der Zeit einen perversen Gefallen zu finden. Irgendwann gab die Birkenau, ihre ständige heimliche Beobachterin, Karen den Befehl, sich jedesmal, wenn sie gefickt worden war, sich dafür sehr unterwürfig zu bedanken. Und auch darauf ließ Karen sich ein.

Manchen Männern gelang es irgendwie, Karens vollständigen Namen und damit ihre Telefonnummer herauszufinden. Sie riefen am nächsten Tag wieder bei ihr an und wollten sich mit ihr unterhalten oder sie ein weiteres Mal sehen. Karen machte jedem von ihnen klar, dass sie eine Frau für eine Nacht war und keinesfalls mehr.

Mit Thomas telefonierte sie in diesen Wochen kaum noch. Nach allem, was bisher ohne sein Wissen zwischen ihnen geschehen war – wie sie mit ihm ohne sein Wissen vor den Webcams gepoppt hatte oder ihn auf die Warteschleife verbannt hatte, während sie Hagens Schwanz lutschte – fühlte sie ihre Verbindung zu ihm immer schwächer werden. Es kam ihr vor, als ob sie ihn betrog, obwohl sie dazu gezwungen wurde, und als ob er sie im Stich ließ, obwohl er gar nichts von ihrer unseligen Situation wusste. So oder so war sich Karen inzwischen sicher, dass ihre Beziehung nicht mehr zu retten war. Selbst wenn sie sich nicht mittlerweile an jedem zweiten Abend einen wildfremden Kerl ins Bett holen würde, um ihr bei dem drängende Jucken zwischen ihren Beinen wenigstens kurzfristig Erleichterung zu verschaffen.

Obwohl Karen glaubte, dass sie längst im Untergeschoss der Demütigungen angekommen war, gab es immer noch ein Stockwerk tiefer, in das sie herabfahren konnte.

Das wurde ihr an diesem Abend mehr als klar, als sie am Straßenrand stand und vor ihr die Autos mit erleuchteten Scheinwerfern vorübersausten. Sie blickte hinüber zu den Autos, wie die Birkenau es ihr befohlen hatte, ließ ihre Blicke aber über die Wagendächer gleiten vermied zwanghaft jeden Blickkontakt. Das geschah fast automatisch, so gedemütigt, wie sie sich in ihrer Aufmachung fühlte: Das hochtoupierte, grellblond gefärbte Haar, die billige Schminke, die knappe, halb offene Lederweste, die ihre Brüste herausdrückte, der allzu kurze Rock, die Netzstrümpfe, die Hagen mit seinem Wagenschlüssel eingerissen hatte, damit sie noch billiger wirkten, die hochhackigen Stilettos.

Und das Halsband mit der roten Leine daran natürlich, die vor ihrer Brust herunterbaumelte und deren eines Ende mit einem Karabinerhaken an einem Straßenschild befestigt war.

Von all den Huren, die sich hier in der Kälte des Straßenstrichs die Beine in den Bauch standen, war Karen die Einzige, die erkennbar als Sklavia zurecht gemacht war. Was ganz offensichtlich der Grund dafür war, dass nicht wenige Autos plötzlich langsamer fuhren, als sie in ihre Nähe kamen. Selbst hier, in dieser abgefucktesten Ecke der Stadt, stach Karen gegenüber all den anderen Nutten als bizarre Besonderheit hervor. Ihre Beine zitterten. Nein, anschauen konnte sie die Kerle nicht, die da an ihr vorbeirauschten. Nicht nur wegen dieser entsetzlichen Peinlichkeit, von der sie durchdrungen war, sondern auch weil jeder Blickkontakt als Einladung verstanden werden konnte.

Sie mochte von der Birkenau verdonnert worden zu sein, das zu tun, was sie gerade tat, aber sie musste die Männer nicht noch zusätzlich auffordern, sagte sie sich. Obwohl ihr zugleich vollkommen klar war, dass sie nichts anderes darstellte als ein einziges Angebot.

Und so dauerte es nicht lange, bis der erste Wagen noch mehr verlangsamte als all die anderen und schließlich mit knirschenden Reifen am Bordstein hielt.

Karen blieb stocksteif stehen und starrte weiter in dieselbe Richtung. Aus dem Augenwinkel heraus nahm sie jedoch wahr, wie sich die Fahrertür öffnete und jemand ausstieg.

Sie zwang sich dazu, noch einmal tief durchzuatmen und wandte sich dann dem Neuankömmling zu.

Es war ein vierschrötiger, bulliger Mann mit Vollglatze, die im Licht der Straßenlampen schimmerte. Er trug Jeans und ein verwaschenes Shirt, seine Arme waren muskelbepackt. Insgesamt wirkte er auf Karen wie ein Bauarbeitertyp. Niemand, den sie von sich aus auf ihren Streifzügen durch nächtliche Bars angesprochen hätte, um sich von ihm durchficken zu lassen. Vor solchen grobschlächtigen Gorillas wie der Kerl, der jetzt auf sie zutrat und sie abschätzig musterte, hatte sie ein wenig zu viel Respekt, durchmischt mit einem Hauch von Angst.

„Hey", sagte der Mann, und sein nach Bier riechender Atem wehte ihr ins Gesicht. „Was stellst du denn dar?"

„Ich bin … ich bin eine Sklavia", stieß sie mit fast versagender Stimme hervor. Schaffte es aber noch nicht, dem Kerl auch tatsächlich ins Gesicht zu sehen.

„Eine was?" bellte der.

„I-ich … biete mich als … Sklavin an. Sie können mich benutzen, mir wehtun, mich missbrauchen, wie sie das gerne möchten."

Er begaffte sie immer zudringlicher von oben bis unten. „Wie teuer bisten du?"

Ihre Kiefermuskeln spannten sich. Wieder fühlte sie sich, als müsse sie eine innere Sperre durchbrechen. „Zehn Euro", flüsterte sie schließlich fast, mit hörbarer Überwindung in der Stimme.

Der Kerl lachte. „Na das nenne ich mal billig."

Karen schluckte und hielt sich weiter an den Text, den die Birkenau ihr für solche Fragen und Bemerkungen eingetrichtert hatte. „Ich brauch das ja auch selbst", hörte sie sich sagen.

Der Fremde glotzte sie mit weiten Augen an. Seine Zunge fuhr über seine Lippen. „So eine bist du also“, murmelte er. „Dich geilt das auf, dich hier hinzustellen – einfach weil du nicht genug Kerle in der Kiste haben kannst …“ Seine Stimme hat eine Mischung aus Anerkennung und Geilheit angenommen. „Du bist auch nicht wie die Mädchen, die sonst hier stehen …“ Er machte eine Kopfbewegung in Richtung der anderen Bordsteinschwalben, die in einiger Entfernung ihr Revier hatten.

„Was meinen sie?“ wisperte Karen atemlos.

Er taxierte sie immer eindringlicher von oben bis unten. Dann legte er seine Hand auf ihren allzu knappen Rock. „Du bist keine, die die letzten Jahre auf dem Rücken und mit gespreizten Beinen verbracht hat“, antwortete er. Seine Finger schlüpften unter das Leder, wo Karen keine Wäsche mehr trug. „Du sprichst nicht so. Du siehst auch nicht so aus.“

Jetzt hatten seine Finger ihre Klitoris gefunden. Karen erbebte und stieß ein Keuchen aus. Unwillkürlich krümmte sie sich ein wenig, dabei aber noch gefesselt von dem bohrenden Blick des Fremden.

„Was bist du?“ fragte er. „Was bist du, wenn du nicht hier stehst? Eine einsame Hausfrau, die aus ist auf ein Abenteuer? Oder ‘ne Schickimicki-Tussi, die ab und zu mal einen richtigen Stecher braucht?“

Karens Kopf war leer. Sie hatte keine Ahnung, was sie darauf antworten sollte. „Ich bin eine Schlampe“, stammelte sie schließlich. „Ich bin eine Nutte. Nehmen sie mich? Nur zehn Euro ….“

Der Kerl lachte. Sie schien ihn sehr zu amüsieren. „Okaay“, antwortete er schließlich gedehnt. „Wenn du’s so nötig brauchst, dann kann ich’s dir gerne besorgen. Du willst gerne ein bisschen härter angepackt werden – das kriegen wir schon hin, schätze ich.“

Er griff nach dem Karabinerhaken und löste ihn schmunzelnd von seiner Befestigung. Das freie Ende der Leine behielt er in seiner Hand. „Wo geht’s zu deiner Absteige?“ fragte er.

„In diese Richtung“, erwiderte Karen hilflos und stöckelte los. Innerlich verfluchte sie ihre hochhackigen Schuhe, die sie nur winzige Schritte machen ließen und noch dazu jeden dieser Schritte so laut erklingen ließen, dass die anderen Huren und jeder Mann, der in dieser Gegend herumstreunte, unweigerlich darauf aufmerksam wurden, wie Karen an ihrer Leine davongeführt wurde.

Sie fühlte sich fast wie in Trance, als sie neben ihrem Freier daherschritt. So erreichte sie das kleine heruntergekommene Stundenhotel, in dem die Birkenau sie ein Zimmer hatte mieten lassen. An der Rezeption sah ein dicklicher Typ im verwaschenen Jogginganzug. Er grinste anzüglich, als er sah, wie Karen von dem Glatzkopf hinein und in Richtung Treppe geführt wurde. Er hatte hier vermutlich schon etliche Nutten ein- und ausgehen sehen, aber noch keine, die angeleint war.

Das Zimmer, das sie wenig später betraten, war klein und genauso schmuddelig wie die gesamte Absteige. Die Luft roch muffig, und außer einem zerschlissenen Sessel, einer Stehlampe und einem wenig einladend wirkenden Doppelbett mit einem Nachttisch daneben befanden sich in dem Raum keine Möbel. Wenigstens waren hier keine Überwachungskameras angebracht, tröstete sich Karen – zumindest nicht, dass sie wüsste.

Der Glatzkopf schloss hinter sich die Tür.

„Da wären wir also, mein Kätzchen", sagte er, und ließ seine Zunge über seine Lippen fahren. „Jetzt mal runter mit den Klamotten."

Karen atmete tief durch, dann machte sie sich mit zitternden Fingern daran, ihre Weste aufzuknüpfen. Was blieb ihr anderes übrig? Sekunden später glitt das Kleidungsstück ihre Schultern herunter und fiel zu Boden. Die Augen ihres Freiers leuchteten auf, als er Karens nackten Oberkörper vor sich sah. Die schluckte, befreite sich von ihren Pumps und schlüpfte schließlich auch aus ihrem Rock. Jetzt trug sie nichts mehr am Leibe außer ihren Netzstrümpfen. Und der Leine.

„Na also." Der Glatzkopf grinste und musterte sie schamlos von Kopf bis Fuß. „Scheint, als hab ich mir nicht zu viel versprochen."

Karen rief sich die Instruktionen ins Gedächtnis, die ihr die Birkenau gegeben hatte. Zwar schien diese keine Möglichkeit zu haben, direkt zu überwachen, was Karen mit diesem Mann in ihrem Zimmer tat und was nicht … aber man wusste nie. Karen stellte fest, dass sie inzwischen viel zu eingeschüchtert war, um einen der Befehle ihrer Herrin nicht aufs Wort zu befolgen – ob sie bei ihrem Ungehorsam ertappt werden konnte oder nicht.

Also trat sie zu dem Nachttisch herüber und zog die oberste Schublade auf. Sie war leer bis auf zwei Handschellen und eine leicht gebogene Rute.

„Komm mir ja nicht am nächsten Morgen in die Firma, ohne dass dein Ärschchen übersäht ist mit Striemen", hatte die Birkenau ihr eingeschärft. „Wenn dein erster Freier das nicht übernehmen möchte, dann wirst du dich solange anbieten, bis du einen gefunden hast, der es macht."

Karen nahm all ihre Kraft zusammen, als sie wieder zu sprechen begann, und deutete auf die Handschellen: „Wenn sie mich damit fesseln möchten …"

Sie hatte Glück. Dem Glatzkopf schien der Gedanke durchaus zu gefallen. „Na, du bist ja eine ganz heiße Nummer", sagte er und griff an ihrer Hüfte vorbei nach dem funkelnden Metall. „Dir geht es kein bisschen um die Kohle, oder? Es macht dich einfach heiß, von wildfremden Kerlen durchgezogen und bestraft zu werden." Er wandte sich zu ihr um, während er die Handschellen durch seine Finger gleiten ließ. „Hab ich recht?"

Karen neigte wie zu einem Nicken den Kopf.

„Das kannst du haben, du kleine Schlampe. Dreh dich um."

Sie gehorchte. Hinter ihrem Rücken führte der Glatzkopf ihre Arme aneinander und ließ dann um ihre Handgelenke die stählernen Fesseln zuschnappen.

Im nächsten Moment spürte sie, wie eine starke Hand sie im Nacken packte und herumwirbelte. Kraftvoll stieß sie ihr Freier auf das Bett, so dass sie darauf quer auf dem Rücken zu liegen kam. Der Glatzkopf trat dann an das Fußende, griff sie unter den Achseln und zerrte sie so an sich heran, dass ihr Kopf über dem Rand der Matratze hervorragte. Alles ging so schnell, dass sie gar nicht ganz begriff, was ihr geschah. Rechts und links von ihren Schläfen tauchte jetzt je ein Bein auf.

„Kopf locker runterhängen lassen", hörte sie über sich einen Befehl, und wieder gehorchte sie.

Der Kerl ließ sich auf die Knie herab und öffnete seine Hose. So dicht wie sein steifer Schwanz vor ihren Augen heraussschnellte, kam er ihr vor wie ein Rammbock.

„Mund auf."

Sie tat, wie ihr befohlen, und der Prügel drang zwischen ihren rotgeschminkten Lippen in sie ein. Stieß vor bis fast zum Rachen, glitt wieder zurück, stieß dann erneut in sie vor. Mit jedem Stoß klatschte ihr der Hodensack ihres Freiers gegen die Stirn.

Dann, plötzlich, noch bevor er kam, zog er sich schnaufend aus ihr zurück.

„Hoch mit dir", herrschte er sie an.

Karen stemmte sich verdutzt in die Höhe, was ihr wegen der hinter ihrem Rücken gefesselten Hände nur mühselig gelang. Ungeduldig ergriff der Glatzkopf ihre Leine und riss sie daran nach oben. Karen japste.

„Jetzt dreh dich um."

Sie reagierte nicht schnell genug. Im nächsten Moment fing sie eine Ohrfeige, die ihren Kopf beiseite schleuderte. Fast wäre sie seitlings wieder auf das Bett gefallen, konnte sich aber gerade noch auf den Knien halten.

„Mach ein bisschen hin, Fotze", blaffte sie ihr Freier an. Aus seinem Gesicht war eine Mischung aus Wut und Geilheit zu lesen. Offenbar hatte ihn das bisher Stattgefundene so in Wallung gebracht, dass er es kaum erwarten konnte, weiterzumachen. Während Karen sich auf der Matratze kniend so umdrehte, dass sie dem Glatzkopf jetzt ihren Rücken zuwandte, löste er ihre Handschellen.

„Du darfst dich abstützen, Schlampe", schnaubte er. „Und jetzt präsentier mir deinen Arsch."

Karen ging auf alle Viere und streckte dem Kerl ihren Hintern entgegen. Einige Sekunden lang befürchtete sie, dass er seinen Prügel dort hineinrammen würde. Ihr war klar, welche Schmerzen das in ihrem alles andere als entspannten Zustand bedeuten würde, und für einen Augenblick spürte sie heiße Angst in sich aufsteigen.

Diese Angst steigerte sich noch, als sie die Pranken des Glatzköpfigen auf ihren Hinterbacken spürte, als ob er sie auseinanderpressen wollte. Tatsächlich aber rückte er Karen lediglich so zurecht, wie er sie für sich haben wollte. Dann spürte sie, wie er in ihren Schoß eindrang, und einen Moment lang war sie überaus erleichtert. Fast gleichzeitig aber schoss ihr durch den Kopf, wie weit sie schon herabgesunken war, wenn sie bereits deshalb angenehme Gefühle empfand, weil sie ein brutaler Fremder lediglich den richtigen Eingang gefunden hatte, wenn er sie von hinten durchfickte.

Dabei waren seine Stöße genauso wuchtig und rücksichtslos, wie sie es inzwischen von ihm erwartet hatte. Jedesmal wurde Karens ganzer Körper nach vorne geschleudert, und sie konnte es nicht unterdrücken, jedesmal aufzustöhnen. „Ugh! Ugh! Ugh!“ machte sie und spürte, wie ihr der Schweiß auf die Stirn trat.

„Ja, das merkt man, dass du das brauchst“, hörte sie ihren Rammler hinter sich sagen. „Darauf freust du dich schon den ganzen Abend, was, Schlampe?“

„Ja, Herr“ presste sie mühsam hervor, ganz wie es ihrer Rolle entsprach.

Sie konnte es nicht fassen, wie weit sie innerhalb kurzer Zeit abgestiegen war. Normalerweise würde sie um diese Uhrzeit zu Hause sitzen und noch einmal einige Unterlagen durchgehen oder eine Präsentation vorbereiten. Stattdessen kauerte sie in einer billigen Absteige, um sich von einem wildfremden Mann durchficken zu lassen. An ihrem einen Gelenk funkelte die offene Handschelle, das schweißnasse Haar fiel ihr ins Gesicht, und mit jeder Erschütterung ihres Körpers hörte sie den Unterkörper des schnaufenden Kerls gegen ihren Hintern klatschen. Und was von allem vielleicht das Schlimmste war: Urplötzlich spürte sie in sich eine nahezu elektrisierende Erregung aufsteigen. So hergenommen zu werden schien sie auf unvorhergesehene Weise geil zu machen! Sie schluckte. Sicher war das nur eine unwillkürliche Reaktion ihres Körpers, sagte sie sich, und hatte mit irgendwelchen inneren Wünschen und Bedürfnissen nicht das Geringste zu tun.

Dann fiel ihr Blick auf die noch immer halb aufgezogene Nachttischschublade, in der die gebogene Rute lag.

Und mit Schaudern erinnerte sie sich an das, was ihr die Birkenau eingeschärft hatte. Dass sie, Karen, es ja nicht wagen sollte, ohne Striemen auf ihrem Hintern wieder in der Firma zu erscheinen. Weshalb sie möglicherweise gezwungen sein würde, das, was sie gerade erlebte, in dieser Nacht noch mindestens ein weiteres Mal durchzumachen.

Vielleicht würde der Glatzkopf, sobald er einmal gekommen war, jegliches weitere Interesse an ihr verlieren.

„B-bitte“, stammelte sie hervor.

Der Kerl schien sie nicht zu hören oder zu ignorieren und pflügte, ohne innezuhalten, immer weiter in sie hinein.

„Bitte!“ nahm sie deshalb noch einmal Anlauf.

„WAS?“ herrschte sie ihr Freier an.

Mit zitterndem Arm deutete Karen auf die Schublade. „Wenn sie mich bitte … Könnten sie mir bitte den Hintern peitschen, während sie mich ficken?“

Sie hörte ihn hinter sich leise auflachen. „Meine Güte“, schnaubte er. „So ein unterwürfiges Stück wie dich hab ich ja noch niemals gehabt. Du brauchst es wirklich, oder?“

„J-ja“ zwang sich Karen zu sagen.

Und wieder empfand sie Erleichterung, als sie spürte, wie er sich von ihr löste. Das durfte doch nicht wahr sein! Erleichterung darüber, dass er von dem Bett stieg, mit schier bis zum Platzen prallen Prügel zu dem Nachttisch hinübertrat und die Rute herausnahm. Alles, was normalerweise für sie galt, schien sich ins Gegenteil verkehrt zu haben.

„Sag es noch einmal“, befahl er ihr. „Deine Stimme hört sich so lecker an, wenn du es sagst. Bettel mich, dich zu peitschen!“

Wieder schluckte sie, und wieder nahm sie all ihre Kraft zusammen.

„Bitte peitschen sie mich damit aus, während sie mich ficken.“

Grinsend trat er hinter sie und Sekunden später befanden sie sich in derselben Stellung wie eben. Nur dass er diesmal die Rute in seiner Hand hielt und pfeifend auf ihren Hintern hinabsausen ließ. Der schneidende Schmerz ging ihr durch und durch. Fast glaubte sie, dass ihr die Haut aufgeplatzt wäre.

„Und jetzt sag danke“, befahl er ihr. „Sag gefälligst danke bei jedem Schlag.“

Karen schluchzte auf, aber es blieb ihr wohl kaum etwas anderes übrig. Während ihr Freier sie weiter durchfickte, hieb er wieder und wieder auf ihren demütig emporgereckten Hintern. „Danke“, wimmerte sie jedesmal. „Danke! Danke! Danke!“

Und dann kam der Tag, als Spinella überraschend in ihrem Büro auftauchte. Karen sah erschreckt von ihrer Arbeit auf. Unwillkürlich ging sie davon aus, dass sein Erscheinen mit dem Abend zu tun hatte, an dem sie auf der Rückbank seines Wagens gelandet waren. Aber diese Vermutung zerstob schnell.

„Frau Weißgerber", begann Spinella wieder in seiner gewohnten Förmlichkeit. „Es gibt Neuigkeiten aus der Chefetage. Ich habe selbst eben erst von Herrn Degenhardts Entscheidung erfahren und möchte sie doch gerne als erste davon in Kenntnis setzen."

„Ja?" fragte Karen, und ihr Pulsschlag war plötzlich auf hundertachtzig.

„Herr Degenhardt und ich, wir haben uns sehr intensiv unterhalten ... über die Situation hier ... und die Entscheidung ist, dass Frau Birkenau in Ihre Position aufrücken wird. Sie selbst hingegen würden offiziell zurückgestuft werden. Wir haben uns ja schon über die Angelegenheit unterhalten ..."

„Zurückgestuft – das bedeutet?"

„Sie würden die Stelle erhalten, die bislang von Frau Birkenau besetzt wurde."

Karen atmete tief durch.

Auf Spinellas Lippen erschien ein Lächeln, das vermutlich beruhigend wirken sollte. „Es ist mir schon wichtig, dass sie das nicht als persönliche Kränkung betrachten. Die Entscheidung geht nicht gegen sie, sondern sie erscheint uns am sinnvollsten in Anbetracht ..."

„Ich verstehe schon", sagte Karen tapfer. „Sie brauchen gar nicht weiterzureden."

Spinella seufzte auf. „Ich weiß, dass das alles für sie nicht einfach ist, und ich kann Ihnen momentan eigentlich nur viel Glück wünschen. Ich hoffe natürlich auf eine Lösung, die uns allen gerecht wird."

Karen nickte. „Wann erfährt es Frau Birkenau?"

„Ich werde gleich zu ihr runtergehen und es ihr persönlich mitteilen."

Karen nickte noch einmal, verstehend. „Herzlichen Gruß von mir", sagte sie dann trocken.

Jetzt lächelte Spinella wieder. „Den werde ich wohl besser nicht ausrichten. Wer weiß, wie sie das auffasst." Er zwinkerte Karen noch einmal aufmunternd zu und ging davon. Karen ließ sich in ihrem Stuhl zurückfallen. Die Dinge waren also endgültig ins Rutschen gekommen.

Und dann ging alles plötzlich sehr schnell. Noch am selben Nachmittag erhielt Karen per Telefon die Nachricht, dass sie all ihre persönlichen Dinge aus ihrem Schreibtisch räumen und damit ein Stockwerk tiefer in Diana Birkenaus Büro einziehen sollte. Frau Birkenau, so habe man in Übereinstimmung beschlossen, solle von Spinella persönlich in ihren neuen Aufgabenbereich eingewiesen werden, könne aber jederzeit auf Karen und ihre Kenntnisse zurückgreifen, falls sie mit bestimmten Arbeitsprozessen vertraut gemacht werden oder noch Informationen benötigen sollte. Prinzipiell bedeutete das, dass Karen ihr jederzeit auf Anfrage zur Verfügung zu stehen habe. Karen selbst wiederum solle von Armin Hagen in die laufenden Vorgänge eingewiesen werden, die in Diana Birkenaus Abteilung derzeit so anfielen.

Und so geschah es. Der Einzug der Birkenau in Karens Büro war, wie Karen es nicht anders erwartet hatte, für ihre einstige Rivalin ein kleiner Triumphzug. Die Eishexe ließ mit ihrem Auftreten nicht den geringsten Zweifel daran, wie überzeugt sie davon war, jetzt endlich die Position zu erhalten, die sie die ganze Zeit über schon längst verdient gehabt hatte.

Und auch Armin Hagen war sichtlich angetan davon, seine ehemalige Vorgesetzte jetzt auch auf beruflicher Ebene unter seine Fittiche nehmen zu können.

Nur Karen hatte mal wieder den Eindruck, die willenlos herumgeführte Figur in einem nicht enden wollenden Albtraum zu sein.

Gleich am ersten Tag in ihrer neuen Position wurde sie dermaßen mit „unbedingt bis morgen zu erledigender Arbeit“ zugeknallt, dass sie noch am Schreibtisch saß, als Hagen schon längst in den Feierabend verschwunden war. Und dann, gegen halb acht, klingelte noch einmal das Telefon.

Eine gewohnte Situation: Es war die Birkenau, die Karen zu sprechen wünschte. Nur diesmal ließ sie Karen von unten zu sich hinauf statt von oben zu ihr hinunter kommen.

Ihr Magen verknotete sich fast in einem Gefühl hilflosen Zorns, als Karen das Büro betrat, das vor kurzem noch ihr eigenes gewesen war. Hinter ihrem Schreibtisch residierte breit grinsend die Eishexe. Ihr selbstzufriedenes Feixen ging Karen durch Mark und Bein.

„Tja“, erklärte die Birkenau mit unverhohlenem Triumph, „es sieht wohl so aus, als gäbe es doch noch etwas wie ausgleichende Gerechtigkeit auf dieser Welt. Noch vor ein paar Jahren hast du mich mit deinem Eifer, Karriere zu machen, aus dem Weg geschubst und hast mich deinen Staub fressen lassen. Und trotzdem hat letzten Endes jede von uns beiden genau das erhalten, was sie verdient hat.“ Sie schmunzelte zufrieden.

Karen blieb stumm vor dem Schreibtisch ihrer neuen Vorgesetzten stehen. War sie wirklich nur hierhergeholt worden, um sich dieses Geprahle anzuhören? Dann war es vermutlich am besten, am wenigsten Widerspruch wie möglich einzulegen und diese Szene einfach so schnell wie möglich, hinter sich zu bringen.

Aber die Birkenau kam gerade erst in Fahrt. „Ich meine“, sagte sie, „schau mich mal an und dann sieh dir an, was aus dir geworden ist. Du bist Firmengespräch Nummer eins wegen deines nuttigen Wesens, und weil du gerade mit Schimpf und Schande aus deinem Büro gejagt worden bist. Du bist beruflich auf dem Abstellgleis gelandet und wirst dich in Zukunft mit dem Erstellen und Überprüfen mistiger Bilanzen beschäftigen müssen. Dabei musst du unaufhörlich deine ständig wachsende Geilheit unterdrücken, die du nur befriedigen kannst, indem du nach Feierabend durch die Straßen streunst und nach einem immer wieder neuen Stecher Ausschau hältst, bei dem du dich danach dafür bedankst, dass er jemanden wie dich überhaupt gefickt hat. Wenn immer du in deiner Wohnung bist, läufst du herum wie eine Straßenhure und zeigst deine Titten und auch schon mal deine Muschi über das Internet der halben Welt. Was für ein Leben!“

Karen war rot geworden und schluckte. Während sie bis eben gar nichts hatte sagen wollen, wusste sie nicht, ob sie noch die Stimme gehabt hätte, etwas von sich zu geben. Denn alles, was die Birkenau gerade genüsslich über sie ausgebreitet hatte, traf zu. Sie hatte kaum noch etwas anderes im Kopf als ihre Dauergeilheit und die Dauerdemütigung, der sie sich ständig aussetzen musste.

„Insofern bleibt mir nicht mehr viel zu tun“, plauderte die Birkenau weiter. „Versteh mich nicht falsch, du wirst uns natürlich immer noch als williges Sexspielzeug zur Verfügung stehen, wenn immer wir gerade Lust auf dich haben. Aber deine Abrichtung, die das Flittchen offensichtlich machen soll, das du bist, die wird bald an ihr Ende kommen. Nur ein paar Kleinigkeiten fehlen vielleicht noch. Hm, du fragst dich bestimmt welche?“

Zum ersten Mal verlangte die Birkenau von Karen eine Reaktion. Der fiel nichts anderes ein, als stumm zu nicken. Sie hatte nicht die geringste Ahnung, mit welchen Fiesheiten ihre einstige Rivalin jetzt noch aufwarten konnte.

„Zum einen“, erklärte die Birkenau fröhlich, „wirst du in Zukunft deine Schlampenstimme, die du inzwischen so schön geübt hast, nicht nur zu bestimmten Gelegenheiten einsetzen. Du wirst in Zukunft immer so sprechen. Bis es dir in Fleisch und Blut übergegangen ist. Ich finde, die Art, wie du sprichst, sollte mit der Art, wie du aussiehst und wie du dich verhältst, schon übereinstimmen.“

Karen sog tief die Luft ein. In Zukunft auch mit sämtlichen Kollegen und Bekannten so zu sprechen, als könne sie vor Geilheit kaum noch an sich halten und würde am liebsten sofort zu Boden geworfen und hart genommen werden, würde ihre Erniedrigung in der Tat komplett machen. Es würde dann endgültig niemanden mehr geben, der sie nicht sofort und automatisch für ein billiges, hirnloses Flittchen hielt.

„Und zum anderen ...“ Die Birkenau spielte scheinbar nachdenklich mit ihrem Kugelschreiber herum. „Wir sollten vielleicht dafür sorgen, dass deine neue Position auch wirklich zementiert wird. Ich meine, du kennst ja diese Untersuchungen, dass zum Beispiel Frauen mit besonders großen Brüsten beruflich nicht ernst genommen werden, egal wie kompetent sie auch sein mögen. Scheinbar glauben viele Männer und Frauen bewusst oder unbewusst, dass eine Tussi mit Rieseneutern nur fürs Ficken zu gebrauchen ist. Naja, und wenn ich mir deine Dinger so anschaue – da könnte man noch einiges machen.“

Karen erbleichte. Jetzt musste sie doch etwas antworten. „Wovon sprechen sie da eigentlich?“, krächzte sie.

Die Birkenau grinste. „Ich finde, dass man deine Teile gut und gerne auf die doppelte Größe aufpumpen könnte. Das geht ja heutzutage alles total unproblematisch. Ich hab mich schon mal ein bisschen informiert, wer hier in der Gegend sowas macht."

Karen schüttelte ungläubig den Kopf. „Aber das ... das geht jetzt wirklich zu weit ... das können sie nicht mit mir machen ..."

Die Birkenau räkelte. „Ach, ich hab schon so viel mit dir gemacht ... Nein, ich finde, wir sollten deinen Weg zur Fickstute demnächst zu Ende bringen. Aber das hat noch ein paar Tage Zeit. Jetzt zieh dich erst mal aus."

Karen starrte sie nur fassungslos an.

„Jetzt mach schon", sagte die Birkenau. „Es wird Zeit, dass wir meine neue Position auf symbolische Weise zelebrieren. Glaub mir, ich bin eben einmal kurz durch die Gänge: Um diese Uhrzeit ist kein Mensch mehr hier. Selbst Spinella ist schon seit einer Stunde weg. Also mach endlich hin."

Noch immer von den Ankündigungen der Birkenau wie vor den Kopf geschlagen öffnete Karen ein wenig geistesabwesend ihre Bluse, ließ sie von ihren Schultern gleiten, schlüpfte aus ihren Pumps und dann aus ihrem Rock. Innerhalb von nicht einmal zwanzig Sekunden stand sie splitternackt in ihrem ehemaligen Büro.

„Jetzt knie dich hin."

Wieder gehorchte Karen, diesmal ohne sich lange zu sträuben.

„Und jetzt kriech hierher, unter meinen Schreibtisch, und leck mich." Damit zog sie ihren Rock in die Höhe und spreizte ihre Beine. Karen erkannte, dass die Birkenau an diesem Abend genausowenig Unterwäsche trug wie Karen selbst.

Sekunden später schob sie ihren Kopf zwischen die Schenkel ihrer Herrin. Verschwommen erinnerte sie sich daran, wie sie Wochen vorher, als ihr Abstieg gerade erst begonnen hatte, in einer ähnlichen Position vor Armin Hagen gekauert und ihn mit ihrem Mund befriedigt hatte. Aber dasselbe mit der Birkenau zu tun, das war noch einmal eine Nummer härter. Erstens spürte Karen keinen Funken lesbischer Neigungen in sich. Und zweitens war das völlig eindeutig ein Zeichen der absoluten Unterwerfung unter diese Frau, die sie offensichtlich aus ganzem Herzen hasste.

Die Birkenau setzte einen ihrer Füße, der noch im Schuh steckte, auf Karens Rücken. Sie schob ihre Hüfte noch weiter nach vorne und ließ ein wollüstiges Stöhnen hören. „Ja, so ist es richtig“, murmelte sie. „Du machst das gar nicht schlecht. Noch ein bisschen mehr Training ... hmmmm ... und das wird wirklich, wirklich gut ...“

Dann stöhnte sie wieder und begann schwerer zu atmen. Karen züngelte, leckte und saugte, tat wieder einmal ihr Bestes, um diese so grässlich entwürdigende Situation so schnell wie möglich hinter sich zu bringen. Aber die Birkenau, so angetan sie von Karens Zunge auch war, hatte augenscheinlich alle Zeit der Welt.

„Weißt du“, sagte sie schließlich mit verträumter Stimme, „mir ist da noch eine Idee gekommen, um meinen Aufstieg und deinen Fall zu feiern. Mit einer ganz speziellen Party. Ich war ein bisschen im Internet unterwegs ... im Swingerclub ‚Ekstase‘ unten in der Südstadt ist für dieses Wochenende eine Bukkake-Party angedacht. Alles, was den Leuten dort noch fehlt, ist die passende Frau. Du weißt doch, was Bukkake ist, oder? ... Nein, antworte nicht, leck um Gotteswillen weiter! ... Bukkake, ja. Ich hoffe, du magst Sperma ...“

Am folgenden späten Samstagabend, es war bereits kurz nach elf, fand sich Karen erneut auf ihren Knien wieder. Nur kauerte sie diesmal nicht unter einem Schreibtisch, an dem sie wenige Wochen zuvor noch wichtige geschäftliche Entscheidungen getätigt hatte, um jetzt eine berufliche Rivalin zu lecken, die sie verabscheute, sondern auf einer von mehreren im Raum ausgelegten und mit alten Bettlaken überzogenen Matratzen. Die Bettlaken waren ein deutlicher Hinweis: Man rechnete offenbar schon damit, dass der eine oder andere Tropfen nicht sauber aufgefangen werden würde.

Genau das allerdings schien ihre Aufgabe zu sein. Die Birkenau hatte in ihrer verspielten Art beschlossen, Karen nicht wie sonst kaum vorstellbar nuttige Kleidung zu tragen lassen, sondern ihre edelste Garderobe, die sie sonst nur für besondere Anlässe aufsparte. Aber um einen solchen handelte es sich streng genommen ja auch diesmal. Zwischen ihren Beinen brummte wieder der Vibrator.

Das letzte Mal hatte Karen diese Kleidungsstücke angehabt, als sie vor Vertretern einer anderen Zweigstelle von Ekineba International auf Englisch eine wichtige Präsentation über die Performance einer bestimmten Gruppe von Fonds halten musste. Der Unterschied zu ihrer momentanen Situation konnte kaum größer sein. Immerhin, auch diesmal stand Karen im Mittelpunkt der Aufmerksamkeit einer wirklich großen Zahl von Männern. Sie hatte die Namen der meisten von ihnen erfahren, als sie einander im angrenzenden Lounge-Bereich des Swinger-Clubs vorgestellt worden waren: Dieter, Frank, Nick, Richard, Bernhard, Andreas, Jan, Jacques, Hartwig, David, Tim, Henning, Günter, Peter, Martin, Ulrich, Helge, Michael, Paul, Jürgen, Ralf, Helmut, Olaf, Daniel, ein zweiter Bernhard, Steffen, Volker, Markus ... irgendwann hatte ihr auf das schnelle Lernen von Namen geschulter Verstand kapitulieren müssen. Letzten Endes war es für sie eine anonyme Menge an Männern.

Die sehr schnell zu einer anonymen Menge an Schwänzen wurde.

Die Birkenau hatte ein wenig abseits von dem Geschehen auf einem Stuhl Platz genommen, gemütlich die Füße ausgestreckt und ihre Handykamera auf die kniende Karen gerichtet. Sie hatte den Männern versprechen müssen, dass sie sich die entstandenen Aufnahmen vorher ansehen durften, um sicher zu sein, dass nur ihre Unterkörper gefilmt wurden und auf keinen Fall ihr Gesicht. Die Birkenau hatte gerne eingewilligt. Das einzige Gesicht, auf das sie draufhalten wollte, war das von Karen.

Von all den Männern, die sie jetzt umringten, hatte ein kleiner Pummeliger, der direkt vor ihr stand, zuerst seine Hose offen. Sein Schwanz schnellte in ihr Gesicht. Sie öffnete ihre Lippen und ließ ihn in sich hineingleiten. Überall um sie herum öffneten sich weitere Hosen, glitten an den Beinen ihrer Besitzer herab, ein Schwanz nach dem anderen wurde enthüllt, bis ihr ganzes Gesichtsfeld nur noch von diesen sich aufragenden Prügeln ausgefüllt wurde. Während sie den Ersten, der es in ihren Mund geschafft hatte, hingebungsvoll befriedigte, begannen die anderen Kerle, sich bei diesem Anblick einen abzuwichsen.

Karen schmeckte den fremden Penis in ihrem Mund, roch den kernigen Schweiß verschiedenster Körper, der sie wie eine Wolke umfing, hörte das Geräusch von Fleisch, das gegen Fleisch klatschte. Sie kniete in einem Zentrum männlicher Geilheit, die sie als geradezu spürbare Energie auf sich niedergehen fühlte.

Es dauerte nicht allzu lange, und sie realisierte, dass der kleine Pummelige kurz davorstand. zu kommen. Er zog sich hastig aus ihrem Mund zurück und sie schloss ebenso rasch die Lippen, aber trotzdem landeten die ersten Tropfen seines Spermas auf ihrer Zunge. Der Hauptteil seines heißem Stroms schlug ihr aber quer über das Gesicht: Die Stirn, die Wangen und den Ansatz ihrer Haare.

In der nächsten Sekunde bereits hörte sie neben sich jemanden laut grunzen, und dann kam auch er, in nur wenigen Minuten offenbar durch den bloßen Anblick ihrer unterwürfigen Dienste zum Orgasmus getrieben. Sein Sperma schlug von der anderen Seite gegen ihr Profil.

Ein neuer Schwanz, jetzt von einem sportlich wirkenden Typen mit kantigem Kinn bewegte sich auf ihren Mund zu. Karen öffnete ihn ergeben. Der Fremde drang tief und wuchtvoll in sie ein. Es hätte nicht viel gefehlt, und ihr automatischer Würgreflex hätte sich gemeldet. Sekunden später kam von schräg über ihr aus einem weiteren Schwanz ein neuer Strang Sperma angeflogen, traf sie an der Schläfe und rann daran herunter.

Auch dieser Mann zog sich aus ihr zurück, während er sich ergoss, ließ sich aber mehr Zeit dabei. So kam es, dass sie einen Teil seines Saftes schluckte und ein Teil davon über ihre Lippen schwappte und sich über ihrem Kinn verteilte.

Plötzlich keuchte Karen lustvoll auf und verdrehte verzückt die Augen. Offensichtlich hatte die Birkenau mit der Fernbedienung den Vibrator, der in ihr wütete, auf eine höhere Stufe gestellt. Auf alle Umstehenden musste es aber so wirken, als ob es Karen in rasende Geilheit versetzte, wenn von allen Seiten Sperma auf sie herniederklatschte. Und vermutlich sah es auf den Aufnahmen, die die Birkenau mit ihrem Handy anfertigte, auch genauso aus.

Jetzt waren es zwei Schwänze, die sich von links und von rechts zugleich zwischen ihre Lippen schoben. Karen machte sich schon gar nicht mehr die Mühe, nach oben zu blicken und zu erkennen, was für ein

Typ Mann jeweils mit dem Glied verbunden war, das gerade in ihr steckte. Schwanz folgte auf Schwanz, mehr brauchte sie nicht zu wissen.

Das Sehen wurde ihr bereits im nächsten Moment ohnehin erschwert, als ein fetter Batzen Sperma auf ihrem rechten Auge landete. Sie konnte es gerade noch rechtzeitig schließen. Jetzt zwinkerte sie nur noch einäugig in die Höhe. Sie schien dabei einen grotesken Anblick zu bieten, denn einige der Männer lachten.

Wenige Sekunden nacheinander ergossen sich auch die beiden Kerle in sie hinein. Sie konnte gar nicht schnell genug schlucken, um zu verhindern, dass ihr die klebrige Flüssigkeit über die Mundwinkel trat.

Minuten später war ihr Gesicht wie von einer dünnen, weißglänzenden Haube überzogen. Ein weiterer Batzen Sperma war dicht unter ihrem linken Nasenloch gelandet, so dass sie es kaum wagte, tief einzuatmen. Der aufdringliche Geruch jedenfalls trat ohnehin auf direktem Wege vor zu ihrem Gehirn.

Ein großer Teil des Spermaregens war über ihr Kinn auf ihren Hals und ihre Schultern herabgeronnen. Auch ihre Bluse klebte mittlerweile komplett durchtränkt an ihrem Körper, und selbst ihr Rock war sichtlich mitgenommen. Während einige der Kerle es offenbar als Herausforderung betrachteten, sie mit ihrer Ejakulation mitten ins Gesicht zu treffen, waren andere weit weniger wählerisch, und jeder Flecken an ihrem Körper war ihnen recht.

Karen spürte, wie der Vibrator in ihrer Möse auf eine noch höhere Stufe sprang. Sie stöhnte auf und bog zitternd ihren Rücken vor Lust. Ein weiterer Strang Sperma landete in ihrem Haar.

Der schwere heiße Regen, der sich über sie ergoss, wollte und wollte kein Ende nehmen.

Irgendwann aber war das, was Karen als endlos vorgekommen war, doch vorüber und sie fand sich wieder, wie sie im Schlepptau der Birkenau aus dem Swingerclub stolperte. Ihre Vorgesetzte hatte ihr keine Gelegenheit gegeben, sich vorher zu säubern, und so fühlte sie sich immer noch am ganzen Körper besudelt, ihre Bluse klebte auf ihrer Haut und sie konnte ihr rechtes Auge noch immer kaum öffnen, um etwas zu sehen.

Lediglich den Vibrator hatte die Birkenau sie herausnehmen lassen, mehrfach in Küchenpapier gewickelt und in ihre Handtasche gesteckt.

Wenigstens war es nachts um halb vier draußen stockdunkel und es kam ihnen kein einziger Mensch entgegen, der Karen in diesem Zustand hätte sehen können. Obwohl sie den Eindruck hatte, dass ihr mittlerweile eigentlich alles egal sein müsste, war es sehr gut möglich, dass diese kleine Gnade sie vor einem endgültigen Nervenzusammenbruch bewahrte.

Sie wollte momentan nichts anderes als so schnell wie möglich nach Hause und unter die Dusche. Mindestens für eine Stunde oder so.

Wenn die Birkenau sie wenigstens mit ihrem penetranten Geschwätz verschont hätte. „Na, war das nicht mal ein absolut unvergessliches Erlebnis für uns beide?“ freute sie sich gerade. „Das muss für dich doch atemberaubend gewesen zu sein, im Mittelpunkt der Aufmerksamkeit all dieser Männer zu stehen. Du glaubst ja gar nicht, was es für mich bedeutet hat, dir dabei zusehen zu dürfen.“

Karen konnte es sich vorstellen. Bei dem Gedanken, dass der Anblick ihrer letzten absoluten Erniedrigung vermutlich auf ewig ins Gedächtnis ihrer einstigen Rivalin eingebrannt war, spürte sie Übelkeit in sich aufsteigen.

Sie betraten die nach außen offene Tiefgarage – eigentlich mehr ein überdachter Parkplatz -, an dem die Birkenau ihren Opel abgestellt hatte. Dort angekommen war Karen allerdings ein wenig verblüfft, dass sie nicht auf dem direkten Wege das Auto ansteuern.

„Ich glaube, wir müssen da lang“, wandte sie schüchtern ein.

„Nein, das stimmt schon“, korrigierte sie die Birkenau. „Wir machen einen kleinen Umweg. Und zwar – hierhin.“ Sie wies auf den großen grauschwarzen Müllcontainer, der in einer Ecke der Garage stand.

Karen verstand nicht ganz. „Was ... was soll das?“ fragte sie.

„Karen, du glaubst doch nicht im Ernst, dass ich dich mit all diesen versifften Klamotten auf die Polster meines Wagens lasse. Danach könnte ich ihn gleich neu beziehen lassen. Schau dich doch mal an, wie du aussiehst. Das ist doch alles über und über versifft mit Sperma! Und du willst doch nicht wirklich diese Sachen irgendwann später noch mal anziehen, nachdem du sie von der Reinigung zurückerhalten hast. Was immer die Leute dort von dir denken würden, mal ganz nebenbei bemerkt." Sie wies mit dem Kopf in Richtung Container. „Also zieh dich aus und rein mit dem Zeug."

Karen starrte sie an. „Ich soll mich ausziehen? Hier draußen?"

Die Birkenau seufzte. „Karen, hier ist weit und breit kein Mensch. Und das wird auch in den nächsten Minuten mit Sicherheit so bleiben. Aber bitte, wenn dir mein Wagen egal ist, dann kann ich dir auch deinen Wohnungsschlüssel zurückgeben, und ich fahre alleine nach Hause. Viel Spaß bei einer Fahrt mit dem Taxi oder morgen früh mit einem Bus."

Wieder einmal fühlte sich Karen vollkommen hilflos. Von den Befehlen der Birkenau und deren unumstößlicher Logik fühlte sie sich jedesmal wie von einer Dampfwalze überrollt. So entsetzlich der Gedanke für sie war, splitternackt auf dem Beifahrersitz zu sitzen und von der Birkenau durch die nächtliche Stadt kutschiert zu werden, so wenig hatte sie eine andere Wahl. Wie sollte sie es in diesem Zustand allein nach Hause schaffen?

„Also gut", würgte sie endlich hervor. Sie entledigte sich ihrer durchtränkten Bluse, stieg aus ihren befleckten Pumps, schlüpfte aus ihrem nicht weniger beschmutzten Rock. Spürte wie die Nachtluft ihren Körper kühlte und hier und da dazu beitrug, die eine oder andere Stelle etwas schneller zu trocknen. Dann schob sie den Deckel des Containers in die Höhe, warf ihre Kleidungsstücke hinein und ließ den Deckel mit einem dumpfen Geräusch wieder zufallen.

„Fa-fahren wir jetzt?" fragte sie dann unterwürfig und geschlagen.

„Ja", sagte die Birkenau und setzte sich wieder in Bewegung. „Jetzt fahren wir."

Ihr perlmuttfarbener Opel stand nicht allzu weit entfernt. Als sie sich ihm näherten, zückte die Birkenau ihren Schlüssel, aktivierte die Fernbedienung und begleitet von einem Aufleuchten der Rücklichter entsperrte sich geräuschvoll die Zentralverriegelung. Die Birkenau trat hinter den Wagen und öffnete den Kofferraum.

Karen blickte hinein. Der geräumige Kofferraum war mit einer blauen Plastikplane ausgeschlagen. Zuerst begriff sie nicht.

„Was ...?“

„Karen“, sagte die Birkenau noch einmal in tadelndem Tonfall. „Dein Körper ist genauso getränkt von diesem glitschigen, ekligen Zeug wie deine Klamotten. Du glaubst doch nicht im Ernst, dass ich dich so auf meine Polster lasse?“

Karen starrte in den Kofferraum. Sie kam sich vor wie ein Stück Müll, irgendein schmutziges Etwas, mit dem man nicht in Berührung kommen, sondern es so schnell wie möglich nur irgendwohin transportieren wollte, wo man sich seiner entledigen konnte. Wie ein Taschentuch, in das jemand nach dem Wichsen abgespritzt hatte. Die Psychospiele der Birkenau waren wirklich unfassbar.

Und natürlich blieb ihr, nackt wie sie inzwischen war, erst recht keine Wahl mehr. Also nahm sie es für sich an, dass sie nicht mehr als ein schmutziges Ding, ein gebrauchtes und besudeltes Sexspielzeug darstellte, und stieg in den Kofferraum.

Wenn sie daran dachte, dass sie vor wenigen Wochen noch eine überall respektierte, selbstbewusste Führungskraft gewesen war, hatte sie es wirklich weit gebracht.

Es folgte eine vielleicht halbstündige holprige Fahrt, die Karen zusammengerollt im Kofferraum verbrachte. Sie fühlte das Plastik um sich herum, und ihr konnte auch nicht entgehen, wie klebrig ihr Körper war und wie sehr ihre Haut und ihr Haar nach Sperma rochen. So wie sie da gerade durch die Gegend transportiert wurde, kam sie sich vor, als ob sie noch weit unter jeder noch so billigen Nutte stand.

Endlich hielt der Wagen. Und Sekunden später öffnete die Birkenau die Haube des Kofferraums.

„So“, sagte sie. „Wir sind da.“

Karens Augen gewöhnten sich an die veränderten Lichtverhältnisse. Sie erkannte die Umgebung wieder. Die Birkenau hatte den Wagen unter einer Straßenlaterne abgestellt, nur vielleicht ein paar Meter entfernt von dem Gebäude, in dem Karens Appartement lag.

Mühsam krabbelte sie aus dem Wagen. Die Birkenau half ihr dabei nicht, hielt sogar demonstrativ einen Schritt Abstand.

Endlich stand Karen im Freien. Sie fröstelte. Ein Grund mehr, so schnell wie möglich zurück in den Schutz ihrer Wohnung zu kommen.

„Und jetzt?“ fragte sie, noch immer ein Auge zugekniffen wegen des Spermas.

„Jetzt“, antwortete die Birkenau und reichte ihr den Vibrator, den sie von dem Küchenpapier befreit hatte, „wünsche ich dir noch eine gute Nacht.“

Karen nahm das Gerät reflexartig entgegen, starrte ihre Peinigerin aber verständnislos an. „Soll ich etwa so..?“

„Stell dich nicht so an, du dummes Ding. Es ist mitten in der Nacht. Da wirst du schon keinem deiner Nachbarn in die Arme laufen.“

Allein der Gedanke verschaffte Karen heftiges Nervenflattern.

„Aber ...“, sagte sie, „aber ... es kann immer mal jemand spät nach Hause kommen ... oder früh los müssen ...“

„Dann solltest du besser sehr schnell und sehr vorsichtig sein“, merkte die Birkenau an. Dann zuckte sie mit den Schultern. „Aber es ist mir eigentlich auch egal, wie du das machst. Mehr als dich direkt vor deine Haustür bringen kann ich wohl schlecht. Hier, dein Schlüssel.“ Sie ließ den Schlüsselbund, den sie Karen zu Beginn des Abends abgenommen hatte, klirrend auf den Bürgersteig fallen, stolzierte um ihren Wagen herum und stieg ein.

Karen stürzte sich auf den Schlüssel. Als die Birkenau ihren Wagen anließ, spurtete Karen bereits los. In diesem Zustand ertappt zu werden – sie hätte wirklich nicht die geringste Ahnung gehabt, wie sie das hätte bewältigen sollen.

Jetzt konnte sie nur noch hoffen, fiel ihr ein, als sie die Haustür des Gebäudes fast erreicht hatte, dass dieses Miststück ihr nicht unbemerkt einen falschen Schlüssel untergejubelt hatte.

Das hatte sie nicht, und Karen gelangte sicher und ungesehen in ihre Wohnung. Nachdem sie eine volle halbe Stunde unter der Dusche verbracht hatte, während in ihr immer noch die Eindrücke der vergangenen Stunden loderten, tappte sie diesmal splitternackt in ihr Schlafzimmer. Eine Welle der Erschöpfung, die sie plötzlich überkommen hatte, ließ ihr so gut wie alles egal sein. Sie kippte in die Laken und versank, einmal mehr, in unruhigen Träumen.

Am nächsten Morgen – es war 13:15 Uhr, wie sie mit einem Blick auf ihren Radiowecker feststellte – wachte sie auf, weil das Telefon schier gar nicht mehr zu klingeln aufhören wollte.

Völlig zerzaust und noch immer übernächtigt fühlend kämpfte sie sich hoch aus ihrem Schlummer und griff, noch immer schlaftrunken, nach dem Apparat. Das musste ja etwas verdammt Wichtiges sein, wenn wer auch immer sie an einem Sonntagmittag anrief so gar keine Ruhe geben wollte.

„Weißgerber", krächzte sie. Ihr Mund fühlte sich wie ausgetrocknet an. Sie hatte noch gar nicht gewusst, dass der massenweise Konsum von Sperma diese Wirkung hatte.

„Karen?" meldete sich durch den Hörer eine Männerstimme. „Es ist soweit."

„Was?" murmelte sie. Dass der Typ sich nicht mit seinem Namen melden konnte! Er schien das Ganze für eine Art Agententhriller zu halten. Wenigstens hatte sie sofort erkannt, wer da mit ihr sprach.

„Wir haben alles, was wir wollen. Komm doch morgen früh gleich um acht in dein Büro. In dein altes Büro."

Anweisungen, Anweisungen, Anweisungen. Immerhin klang diese aber ganz anders als die Befehle, die sie bisher erhalten hatte. Plötzlich schlug ihr Herz wieder schneller. „Okay", murmelte sie und hätte tausend Fragen gehabt, aber ihr Verstand war noch nicht ganz wach, und das Einzige, an das sie dachte, waren die Webcams und dass sie gar nicht wusste, ob Hagen bei dieser Gelegenheit vielleicht auch versteckte Mikrofone angebracht hatte. Deshalb sagte sie nichts mehr und hörte nur noch, wie ihr Anrufer auflegte.

Dann ließ sie sich zurück in die Laken fallen.

Aber sie schlief nicht wieder ein. Dazu war sie auf einmal viel zu aufgeregt.

Und dann kam endlich der ersehnte Montagmorgen.

Er begann wie immer mit einem kurzen Anruf der Birkenau, bei dem sie ihre Kleidungswünsche durchgab. Heute waren es mal wieder rote

Pumps, schwarze Netzstrümpfe und eine viel zu knappe Kombination aus Rock und Bluse, die ein bisschen wie eine Schulmädchenuniform aussah. Wieder einmal fühlte sich Karen wie ein Anziehpüppchen. Barbie als Nutte.

Dann fuhr sie in die Firma, machte dabei aber einen kleinen Umweg. Sie fand eine einsame Stelle, wo sie am Straßenrand parken sich und ungesehen von dem Vibrator, den sie sich kurz zuvor vor den Kameras angelegt hatte, befreien konnte. Sie schob ihn unter den Beifahrersitz und fuhr wieder los.

Um zehn Minuten vor acht stieg sie aus ihrem Wagen und stöckelte über den Parkplatz auf das Firmengebäude von Ekineba International zu. Wie immer wandten sich im Eingangsbereich ein paar Männerköpfe. Und wie immer zwang sich Karen dazu, die Blicke, mit denen sie bedacht wurde, zu ignorieren, stieg stattdessen in den Fahrstuhl und fuhr hinauf in die Etage, in der ihr früheres Büro lag.

Dort angekommen warf sie einen letzten Blick auf die Uhr, als sie die Aufzugskabine verließ. Es war Punkt acht.

Jetzt plötzlich schnürte sich doch noch alles in ihr zusammen, und sie ging mit jedem Schritt, der sie ihrem früheren Büro näherbrachte, langsamer.

Aus einem der angrenzenden Räume kam Finke getreten. Ihr früherer Assistent schaute sie verdutzt an, als ob sie sich in der Etage geirrt habe. Als sie ihn knapp, aber freundlich begrüßte, grüßte er ebenso freundlich zurück.

Dann hatte sie ihr Büro erreicht. Die Tür stand offen. Hinter dem Schreibtisch saß die Birkenau und blätterte in einem Ordner. Sie war allein. Mist. Das hatte Karen nicht erwartet. Einen Moment lang wusste sie nicht, wie sie sich verhalten sollte.

Die Birkenau sah auf und erblickte Karen. „Hallo“, sagte sie verdutzt. „Was machst du denn hier?“

Karen holte tief Luft. Jetzt ging es um alles oder nichts. „Wir haben uns hier verabredet“, sagte sie und trat ein.

„Oh?“ Die Birkenau zog eine Braue in die Höhe. „Das wüsste ich aber.“

„Von Ihnen habe ich ja auch nicht gesprochen.“

„Was?“ Die Birkenau wirkte jetzt halb verwirrt und halb amüsiert. Offenbar erwartete sie, dass sich Karen einmal mehr zum Affen machen würde. Und das schlimmste war, dass Karen nicht wusste, ob sie damit Recht hatte oder nicht.

„Guten Morgen“, ertönte dann plötzlich hinter ihr eine sonore Männerstimme. „Und entschuldigen Sie bitte. Es hat einen Moment länger gedauert.“

Die Stimme gehörte zu dem alten Degenhardt, einem stattlichen grauhaarigen Mann im dunkelbraunen Anzug. Der jetzige Geschäftsführer dieser Niederlassung von Ekineba International. Er schob sich in das Büro und strahlte durch seine bloße Anwesenheit eine so starke Präsenz aus, dass Peter Spinella, der in seinem Windschatten folgte, fast unbemerkt blieb. Aber nur fast. Er warf Karen ein aufmunterndes Lächeln zu.

Also doch! dachte Karen und ließ ebenfalls ein breites Lächeln sehen. Von einem Moment zum anderen strömte eine starke, kraftspendende Energie durch sie hindurch.

„Herr Degenhardt“, sagte Diana Birkenau überrascht. „Guten Morgen. Was führt sie denn hierher?“ Sie machte Anstalten, sich zu erheben.

„Bleiben sie ruhig sitzen“, erwiderte Degenhardt und unterstrich seine Worte durch die entsprechende Handbewegung. „Es kann ein bisschen länger dauern.“

„Worum geht es?“ fragte die Birkenau, jetzt ganz gespannte Aufmerksamkeit.

„Es geht“, antwortete Martin Degenhardt, „um die immensen Summen, die sie mit ihrem Komplizen von unseren Firmenkonten abziehen, und um die Art und Weise, wie sie ihre Kollegin erpressen.“

„Was?“ Die Birkenau wirkte durchaus glaubwürdig wie vor den Kopf geschlagen. Als träfen sie diese Vorwürfe aus heiterem Himmel.

„Sie können sich diese Show sparen“, kommentierte Degenhardt unwirsch. „Wir haben auch schon die Staatsanwaltschaft verständigt. Einer ihrer Beamten dürfte noch im Laufe dieser Stunde hier eintreffen und ein paar Dinge beschlagnahmen. Zum Beispiel diesen Computer hier ...“ Er deutete auf den Rechner, der neben dem Schreibtisch stand.

„Was ist denn hier los?“

Karen kreiselte herum. Es war Armin Hagen, der jetzt in den Raum trat.

Degenhardt schien ihn erwartet zu haben. „Schön, dass sie dazustoßen konnten", sagte er trocken. „Dann kann ich Ihnen ja jetzt beiden mitteilen, dass Ihre Tätigkeit für Ekineba International mit dem heutigen Tag beendet sein wird. Sie werden auch all Ihre Zeit benötigen, um sich auf den Gerichtsprozess vorzubereiten, der auf sie zukommt."

Hagen und die Birkenau wechselten alarmierte Blicke. Ihre Fassade begann bereits ein wenig zu bröckeln. Aber selbstverständlich waren sie nicht bereit, kampflos aufzugeben. „Ich weiß immer noch nicht, wie sie auf die Idee kommen", begann die Birkenau, „dass hier irgendwelche unrechtmäßigen Dinge vorgehen."

Degenhardt zeigte sich unbeeindruckt. „Ihre Kollegin und ehemalige Vorgesetzte Frau Weißgerber" – er blickte kurz in Karens Richtung – „hat sich schon vor einigen Wochen Herrn Spinella anvertraut ..."

Karen nickte. Ja, das hatte sie in der Tat. Damals auf der Rückbank von seinem Wagen, als sie kurz davor gestanden hatten, miteinander zu vögeln, Spinella aber merkte, wie extrem aufgewühlt sie war. Worauf es dann endlich aus ihr heraussprudelte, was sie in den Wochen zuvor alles über sich hatte ergehen lassen müssen. Peter hatte ihr versprochen, dass er ihr helfen würde, alles wieder in Ordnung zu bringen. Und es sah so aus, als habe er sein Versprechen gehalten.

Die Birkenau allerdings lachte gerade laut auf. „Diese Person?" Ihr Zeigefinger stach in Karens Richtung. „Sie wollen mir doch nicht sagen, sie glauben unbenommen irgendeine wilde Geschichte, die jemand ... jemand, der für jeden sichtbar wirklich üble seelische Probleme mit sich herumschleppt ..."

„Sie haben mir nicht ganz zugehört, glaube ich", unterbrach sie Degenhardt ungerührt. „Ich habe ihnen gerade gesagt, dass die Staatsanwaltschaft schon auf dem Weg hierher ist und ihre Mitarbeit hier in der Firma ein Ende gefunden hat. Sie glauben doch nicht, dass ich so weit gehen würde, wenn ich mich allein auf die Behauptungen einer einzelnen Mitarbeiterin verlassen müsste."

Die Birkenau war aus dem Konzept gebracht und wirkte jetzt nur noch verwirrt. Dafür schaltete sich jetzt Hagen ein. „Wovon sprechen sie überhaupt?“ Er klang schon deutlich aggressiv. Möglicherweise erwog er gerade, ob ein Gegenangriff die beste Verteidigung sein könnte.

Degenhardt musterte ihn von oben bis unten, als sähe er ihn zum ersten Mal. „Wissen sie, was ein Keylogger ist?“ fragte er dann.

Hagen runzelte die Stirn. „Ich habe das Wort schon mal gehört ...“

„Das ist ein winziges technisches Gerät“, erklärte Degenhardt, „das man zum Beispiel in Computertastaturen einbauen kann, so wie diese hier“ – er wies auf die Tastatur, die vor Diana Birkenau auf dem Schreibtisch stand, „um damit zu rekonstruieren, welche Befehle der Benutzer verwendet hat. Wenn sie zum Beispiel Firmengelder von einem Konto zum anderen schieben, dann zeichnet dieses Gerät diese Transaktionen auf ...“

„Sie haben meine Tastatur verwanzt?“ begehrte die Birkenau auf.

„Nachdem ich die Angaben von Frau Weißgerber überprüft hatte und feststellen musste, dass tatsächlich auf unsere Firmenkonten zugegriffen wird, habe ich genau das getan, um den Täter zu ermitteln, allerdings.“

„Aber ... Sie können doch nicht einfach jeden Handgriff überwachen und ausspionieren, den ich hier tue!“ Sie wirkte ernsthaft fassungslos darüber, so als ob ihr ein entsetzliches Unrecht getan worden war und nicht andersherum.

„Es sind Firmencomputer und Firmentastaturen.“

„Aber trotzdem ist das ein Eingriff in unsere persönliche Sphäre!“ unterstützte jetzt auch Hagen seine Komplizin.

Degenhardt warf ihm einen weiteren abschätzigen Blick zu, als habe er einen Kleinkriminellen vor sich. „Wissen sie was“, sagte er. „Rein juristisch könnten sie sogar Recht haben. Deshalb habe ich die Verantwortung für diesen Vorgang auch selbst übernommen, statt ihn der Staatsanwaltschaft zu überlassen. Ihre Anwälte können sich dann in den nächsten Jahren mit den besten Kanzleien, die Ekineba International aufbieten kann, herumprügeln, ob dieses Verfahren zulässig war oder nicht. Sie werden in den nächsten zehn Jahren vermutlich sowieso nicht aus den Gerichtsälen herauskommen.“

„Einen Moment“, sagte die Birkenau jetzt mit schneidender Stimme.

„Wenn ich sie richtig verstehe, ist alles, was dieses Gerät beweisen kann, dass irgendjemand auf meinem PC solche Transaktionen getätigt hat. Aber doch nicht wer! Wie sie genau wissen, hat an diesem PC ursprünglich Frau Weißgerber gesessen, und ich bin sicher, wenn man zum Beispiel die Passwörter vergleicht, als diese Transaktionen begonnen haben ..."

Degenhardt schüttelte unwillig den Kopf. „Ich kann ja verstehen, dass sie nicht so leicht aufgeben wollen. Aber ich habe mir mittlerweile von Frau Weißgerber die komplette Geschichte erzählen lassen. Ihr Fehler, Frau Birkenau, war, dass sie nicht aufhören konnten, immer weiter Firmengelder abzuziehen, selbst als sie Ihre Rivalin schon längst aus dem Weg geräumt hatten. Natürlich kann der Keylogger nicht nachvollziehen, wer gerade die Tastatur bedient. Aber er kann den Zeitpunkt feststellen. Und wenn das ein Zeitpunkt ist, an dem Herr Spinella sie an Ihrem Schreibtisch sieht und Frau Birkenau über die Webcams, die sie in Ihrer Wohnung angebracht haben, bei sich zu Hause ..."

Karen wurde ein wenig rot. Der Gedanke, dass Spinella und Degenhardt sie beim halb- oder sogar ganz nackten Herumlungern in ihrer Wohnung hatten beobachten können, sobald sie über den Keylogger den URL der entsprechenden Website herausgefunden hatten, behagte ihr ganz und gar nicht. Genausowenig wie es ihr behagt hatte, noch über einige zermürbende Wochen hinweg das Spiel mitzuspielen und die Sklavin der Birkenau zu bleiben, während ihre Vorgesetzten damit beschäftigt waren, handfeste Beweise gegen ihre Peinigerin zu sammeln. Aber das war wohl der letzte Preis, der notwendig gewesen war, um den beiden Galgenvögeln das Handwerk zu legen.

Der Birkenau jedenfalls schien immer klarer zu werden, auf welch unglücklichem Posten sie stand. Ihr Kopf ruckte in Karens Richtung, und ihre Augen funkelten wütend. „Das wirst du mir büßen!" zischte sie.

„Ach, da sie's gerade ansprechen", wandte Degenhardt kühl ein. „Sie sollten sich besser gut überlegen, ob sie beiden aus Rache irgendwelche kompromittierenden Aufnahmen, die sie von Frau Weißgerber angefertigt haben, an die Öffentlichkeit bringen. Selbst wenn sie das verdeckt täten, müsste man davon ausgehen, dass sie dahinterstecken. Und das dürfte die kommenden Prozesse gegen sie äußerst ungünstig beeinflussen. Neben dem illegalen Zugriff auf unsere Firmengelder kommen ja noch ganz andere Verfahren auf sie zu, zum Beispiel wegen Erpressung, Beleidigung und so weiter. Die Schadensersatz- und Schmerzensgeldzahlungen, die sie erwarten, dürften noch um einige weitere zehntausend Euro in die Höhe geschraubt werden, wenn sie jetzt noch weitere Aufnahmen an die Öffentlichkeit bringen sollten." Er zuckte mit den Schultern. „Wobei ich ohnehin tiefschwarz für sie beiden sehe, was Ihre finanzielle und berufliche Zukunft angeht. Da, wo sie Ekineba International nicht zu Rechenschaft zieht, dürfte sie Frau Weißgerber ausbluten lassen und umgekehrt." Er schenkte Karen ein Lächeln. „Verzeihen sie, wenn ich in ihrem Namen spreche. Ich habe nur den Eindruck, dass sie nach all den Unsäglichkeiten der letzten Wochen ein wenig angeschlagen sein könnten. Kommen sie am besten schnell wieder auf die Beine, dann gehören die beiden ganz Ihnen."

„Och", sagte Karen und lächelte zurück. „Ich fühle mich schon mit jeder Minute besser und besser."

Der Anblick, den die Eishexe und Hagen jetzt boten, reichte vollkommen aus, um in ihr lang vermisste Hochgefühle entstehen zu lassen. Die beiden hatten offenbar gerade begonnen zu verstehen, dass sie wirklich und endgültig ausgespielt hatten. Ab jetzt waren sie es, für die es nur noch abwärts ging.

Ein paar Tage später traf sie sich mit Peter in einem kleinen Café in der Innenstadt. Die Orte, an denen sie sich früher mit ihren Kollegen nach Feierabend getroffen hatte – das „Chez Louis" und die „Nova Lounge" – empfand sie durch die zurückliegenden Erlebnisse inzwischen wie verseucht. Ein unbelasteter Ort wie dieser war weit besser.

„Und?" fragte er sie mit sanfter Stimme. „Wie geht es dir mittlerweile?"

Sie goss ein wenig Milch in ihren Kaffee und sah bedächtig dabei zu, wie sich die beiden Flüssigkeiten vermischten. „Ganz gut", sagte sie. „Ich kann es irgendwie noch gar nicht fassen, dass dieser ganze Albtraum endlich vorbei sein soll."

Spinella nickte. „Ja, das kann ich verstehen. Die beiden hatten ja zum Schluss deinen ganzen Tag nur noch mit Erniedrigungen ausgefüllt."

„Ja, allerdings." Karen hatte Mühe, sich nicht vor Schauder zu schütteln, wenn sie daran zurückdachte. Wie hatte sie es in all dieser Zeit überhaupt geschafft, nicht zusammenzubrechen oder durchzudrehen? Offenbar war ihre innere Widerstandskraft viel größer, als sie vor dieser ganzen Geschichte angenommen hätte. „Naja, dafür habe ich jetzt den ganzen Tag über frei, um wieder zur Ruhe zu kommen. Ich brauche nicht mehr ins Büro, kann in meiner Wohnung endlich wieder so rumlaufen, wie ich das will, nachdem die ganzen Webcams abmontiert worden sind ..."

„Ja, das habe ich gesehen."

Der Anflug eines Lächelns zeigte sich auf Karens Lippen. Hatte dieser Vogel tatsächlich noch einmal die Website besucht, die Hagen damals eingerichtet hatte? Und wie oft hatte er das wohl getan, als Karen noch gezwungen war, so gut wie nackt in ihrer Wohnung herumzulungern? Komischerweise störte sie das bei Spinella nicht so arg.

„Wie ist denn dein Gespräch mit Degenhardt verlaufen?" wollte er wissen.

„Ganz gut", sagte sie. „Wir sind uns ja beide im Prinzip darüber einig, dass ich unmöglich bei Ekineba International bleiben kann. Ich meine ... das Bild, wie ich war, als mich diese beiden unter ihrer Fuchtel hatten, das steckt inzwischen natürlich in den Köpfen all meiner Kollegen fest. Das lässt sich nicht wieder löschen, und wir können nicht einfach wieder zur Tagesordnung übergehen. Wie will ich denn in einem Laden Autorität als Führungskraft aufbauen, in dem mich selbst die Praktikantin schon mal ordentlich auspeitschen durfte?"

„Ja, darüber hatten wir ja schon gesprochen. Konntest du denn mit den Vorschlägen, die Degenhardt dir gemacht hat, etwas anfangen."

Karen nickte. „Die Firmen, die er mir vorgestellt hat, waren eigentlich alle ganz okay, aber eine hat mir besonders zugesagt. Und die Verbindungen von Ekineba dorthin sind wohl auch sehr gut. Ich werde also ein glänzendes Arbeitszeugnis erhalten und dort ebenfalls in einer Stellung anfangen können, die meinem bisherigen beruflichen Werdegang entspricht. Kann natürlich sein, dass der eine oder andere dort auch etwas von meinem Hintergrund erfahren hat und das durch die Gerüchteküche weitergetratscht wird. Aber es ist immer noch ein Unterschied. Keiner von denen hat mich je so gesehen wie ..." Sie brach ab.

„Schon klar." Er sah ihr aufmunternd in die Augen.

„Danke", sagte sie schließlich, nicht zum ersten Mal. „Ohne dich hätte ich es nicht geschafft."

„Du warst sehr mutig und vertrauensvoll, als du mir die ganze Geschichte erzählt hast", erwidert er.

Sie lächelte. „Naja, so viel Menschenkenntnis habe ich dann doch noch."

Er lächelte jetzt auch. „Schade, dass aus uns nichts geworden ist, damals."

„Naja ...", sagte sie. „Was nicht ist, kann ja noch werden. Es muss ja nicht unbedingt auf dem Rücksitz von deinem Auto sein ..."